KB056043

OPERATION 38
통일 대작전

OPERATION 38
통일 대작전

김기상 지음

전례없는 한반도의 대위기!

사생결단, 핵공격도 불사하는 북한,
민족말살에 한강의 기적들이 소멸된다.
사전에 이 통일대작전으로 조국을 지키자!
또 다른 방법이 있는가?

생각나눔

머리말

    오천 년의 한반도 역사, 돌이켜보면 우리 조국과 민족은 항상 외세에 시달렸다. 근대에는 일제의 압박과 고통을 받았고, 근세엔 6·25전쟁으로 참혹한 동족상잔을 치렀다. 그리고 남북이 분단되어 이산가족의 아픔과 슬픔을 안고 한스럽게 살아야 했다.

    누구의 잘못인가? 이는 북한 지도자, 독재자 때문이다. 우리의 한 핏줄인 북한 동포는 아직도 철통 독재의 그늘에서 툭하면 총살 맞고 척하면 굶어 죽는다. 그러나 독재자와 그의 추종 세력은 호의호식에 사치가 하늘을 찌른다. 그들은 살아남기 위해 핵폭탄과 미사일을 개발하고 동족인 남한을 호시탐탐 도발한다.

    그 반면에 남한은 잘 먹고 잘산다. 그러나 물질적으로 풍요로운 남한 사람 역시도 정신적인 빈곤 속에서 살아갈 따름이다. 윤리 도덕이 무너져 가정과 사회, 국가의 기강이 무너졌다. 이제 토막살인에 부모살인, 묻지마 살인까지 매일 뉴스를 채운다.

    누가 이 조국과 이 민족을 존중한다 말했는가? 누가 이 나라와 이 백성을 사랑한다 말했는가? 누가 굶어 죽는 북한 동포를 구할 수 있단 말인가? 누가 이 땅에 자유와 행복, 화합과 정의를 누릴 수 있게 한단 말인가?

일찍이 인도의 시성(詩聖) 타고르는 한국을 가리켜 '동방의 작은 등불'이라 칭했다. 그러나 이 동방의 작은 등불은 무자비한 북한의 도발에 꺼지려 한다. 북한의 핵폭탄 한 방이면 7초 안에 600만 명의 남한 동족이 죽는다. 그뿐만 아니라 조상들이 피땀으로 성취한 한강의 기적이 말소된다. 어찌할 것인가? 속수무책 당해야 할 것인가? 아니다. 그 생각 끝에 쓴 글이 이 책이다. 이 책이 말하는 '구국통일 특공작전'을 해서라도 북한을 붕괴시켜 하루속히 통일돼야 한다. 그렇지 않으면 북한 동족이 모두 굶어 죽는다. 통일되어야 이 조국과 민족, 한반도와 백성이 산다. 북한이 자멸한다고? 어림없는 소리다. 아직도 굶주려 죽는 이들이 수백만이다. 그래도 북한은 꿈쩍 않고 핵폭탄과 미사일만 개발한다. 살기 위한 몸부림이다. 정권의 야욕에 물든 그들은 인간이 아니다. 살인마일 뿐이다. 동족을 말살하는 살인마에 분노하여 나는 이 소설을 썼다. 또한, 이 책에서 말하는 '구국 통일 작전'은 가능한 일이라 생각한다.

2016. 05. 01. 저자

차 례

1 통일된 한반도

하루 전만 해도 북한은 독재 생지옥이었다. 그러나 불과 몇 시간에 지옥이 천국으로 변했다. 북한의 전 지역에서 북한 주민들은 천지가 개벽하는 난리를 맞았다. 대북 남한방송으로 한반도가 통일됐다는 말이 전해졌다. 아닌 밤중에 도깨비를 만난 듯 북한 주민들은 난리 북새통을 쳤다. 이윽고 남한 TV 방송에서 한 마을에 초점을 맞췄다.

함흥 시내 다가구 아파트, 앞집 동희 어머니가 새벽녘에 철이네 아파트 문을 두드렸다.

"누구시오?"

"동희 엄마요."

철이 엄마가 문을 열었다. 문이 열리자 동희 엄마가 안으로 들어오며 당황하여 말했다.

"좀 전에 남한방송 봤소? 남한이 북한을 통일시켰대."

"뭔 말이여, 그게?"

철이 엄마가 믿지 않는 듯 대답했다.

"TV 좀 켜봐."

철이 엄마가 서둘러 TV를 틀었다. TV에서 남한방송이 나왔다. 철이 엄마는 순간 깜짝 놀라 습관적으로 TV를 껐다. 남한방송을 듣다가 걸리면 노동수용소행이기 때문이었다. 철통 같은 북한의 보안에 걸리면 인생 끝이었다. 오죽하면 'ㄹ'을 조심하라 했던가. 고위 정치인도 '술과 말'로 신세를 망친 사람들이 엄청 많았기 때문이다. 북한에서는 "짧은 혀가 긴 목을 친다."라는 말이 횡행했다.

그때, 인민반장이 찾아와 말했다.
"동무들, 남한이 북한을 통일시켰다는데 알고 있소? TV를 켜보라우. TV에서 난리가 났소."
인민반장의 말에 그제야 철이 엄마가 안심하고 TV를 틀었다. 서울 말투에 젊은 미녀가 방송에 나왔다. 분명 남한방송이었다. 여기저기 실황 화면이 돌아가며 난리였다. 남한이 북한을 점령하고 현장 소식을 알리는 장면들이었다. 곧이어 지금 비행기로 홍보물과 식량 포대를 각 지방 곳곳에 떨어뜨릴 테니 북한 주민들은 가져가라는 통보까지 나왔다. TV 화면으로 홍보물과 식량 포대들이 땅으로 떨어지는 모습이 나왔다. 철이, 동희, 인민반장이 이구동성으로 말했다.
"야, 우리두 빨리 나가 보자."

밖으로 나온 그들은 눈이 휘둥그레지며 놀랬다. 동네 이웃 몇 사람들이 벌써 나와 밭에 떨어진 포대 자루들을 메고 지고 뛰는 게 아닌가? 밭 언저리, 산자락에 홍보물과 식량이 널려 있었다.
"야, 빨리 가서 줍자."
셋은 재빨리 달려가 힘껏, 맘껏 어깨에 메고 또 머리에 이고 각각 제 집으로 들어갔다. 철이 엄마가 포대를 열었다. 쌀이었다. 그토록 갈망했던 쌀이었다. 쌀밥에 고깃국을 주겠다면서 실제로 그렇지 않았던 김정은의 말과는 달리 하늘에서 쌀밥이 저절로 떨어진 것이다. 홍보물 봉지엔 치약에 칫솔 등 생활필수품들이 꽉 차 있었다. 홍보물을 대충 훑어보니 통일됐다는 말인 듯싶었다. 철이 엄마는 몇 포대를 더 가져올 욕심에 또 밖으로 내달렸다. 소문이 났는지 어느새 온 동네 사람들이 달려 모여 포대들을 메고, 이고 야단들이었다. 어떤 이는 수레까지 대동하여 싣고 갔다. 난리였다. 철이 엄마는 간신히 두 포대를 억지로 빼앗아 싶어 해서 머리에 이고 집으로 왔다. 갑자기 부자가 된 기분이었다. 그리고 혼자 말했다.

"굶어 죽을 판에 이게 웬 떡이야? 정말 통일이 됐나 봐. 남조선은 엄청 잘 사나 봐. 이제 살 길이 열렸구먼. 똥 돼지 수령은 이미 남조선에서 붙잡아 갔다야. 세상에 이럴 수가…."

이윽고 TV 방송이 한 교도소를 보여줬다. 화면을 보는 순간 철이 엄마는 가슴이 철렁했다. 교도소에 김정은이 갇혀 있는 꼴이 보이질 않는가? 그뿐이 아니었다. TV 아나운서는 김정은, 황병서, 최용해, 김영철 등이 갇혀 있는 교도소를 비추며 말하고 있었다. 철이 엄마가 도저히 믿기지 않는 듯 혼자서 소리를 냈다.

"똥 돼지부터 몽땅 잡혀갔구먼. 정말 통일됐나 봐. 이제 자유인가? 굶지 않고도 살 수 있단 말인가?"

그때였다. TV 화면이 잠시 바뀌더니 남한 대통령의 연설이 나왔다.

"사랑하는 남북한 국민 여러분, 국외 근로자 여러분, 그리고 전 세계 시민 여러분, 2018년 06월 25일은 우리 민족의 오천 년 역사에 길이 남을 날입니다. 바로 한반도 통일, 남북이 통일된 날입니다. 우리의 구국통일 특공작전이 북한을 붕괴시키고 남북통일에 성공했습니다. 이제 이 땅에 자유와 평화, 보람된 삶이 보장된 자유민주주의가 새롭게 탄생되었습니다.

사랑하는 북한 동포 여러분, 우리 한 핏줄의 배달민족, 부모 형제가 서로 헤어져 그간 얼마나 많은 세월을 한스럽게 살아왔습니까? 북한의 독재에 시달려 그간 얼마나 많은 고통으로 배곯아 살아왔습니까? 죽어도 소원은 통일이라며 그간 얼마나 많은 세월을 울부짖었습니까? 마침내 금수강산 삼천리가 통일됐습니다. 그간 피지 못한 무궁화 꽃, 이제 그 꽃봉오리가 활짝 피었습니다.

50년 전, 저와 제 동생은 북에서 배곯아 죽을 뻔했습니다. 굶주려 불쌍히 죽어간 어머니를 맨땅에 맨손으로 파묻고 남한에 왔습니다. 허기진 배를 물로 채우고 나와 내 동생은 살기 위해 죽음의 38선을 넘었습니다. 사랑하는 제 아내는 굶어 죽기 전에 두만강을 넘어 탈북했습니다. 우리는 각자 살기 위해 자유 대한 남한 땅을 찾아왔습니다. 그 후로 목숨 걸고 공부했고, 목숨 걸고 남북통일을 염원했습니다. 이 조국과 이 민족, 이 나라와 이 백성들을 살려야 한다며 이를 물고 살아왔습니다."

철이 엄마는 눈 빠지라 쏟아지는 눈물을 훔치며 TV를 쳐다봤다. 원한과 감격이 겹치는 순간이었다. 말 한마디 잘못에 정치범수용소로 끌려가 모진 매질 당하고, 고통 속에서 죽어간 남편과 어린 아들이 생각났다. 지금도 먹을 것을 찾아 기약 없이 떠도는 꽃제비들이 생각나서 눈물을 흘렸다. 철이 엄마의 가슴속에 한 맺힌 소리가 오갔다.

"짐승보다 못한 놈들, 어찌 인간이 인간을 그렇게 죽이며 배부르게 처먹고 살까? 어찌 이렇게 굶겨 죽일 수가…."

가슴속에 멍든 삶의 한들이 가슴을 후비며 지나갔다. TV 속 대통령의 연설은 계속됐다. 문득 대통령의 말 한마디가 가슴에 꽂혔다.

"사랑하는 통일 국민 여러분, 이제 나는 죽어도 한이 없습니다. 이제 이 민족, 이 나라와 이 국민을 여러분께 맡깁니다. 그리고 저는 지금 대통령직에서 물러나겠습니다. 소명과 사명을 다 했기 때문입니다. 그리고 아름다운 산야, 정겨운 사람들과 여생을 마칠 것입니다. 항상 조국의 미래와 후손들의 영광을 위해 기도하겠습니다. 그러나 지금 여러분과 함께 자랑스러운 대한민국, 만세 삼창을 부르고 싶습니다. 대한민국 만세, 대한민국 만세, 대한민국 만세! 조국이여 영원하여라!"

철이 엄마는 가슴에 눈물이 고이며 함께 만세 삼창을 따라 외쳤다.

2 슬픈 엄마의 죽음

허물어져 가는 초가집이었다. 준호 엄마는 시름시름 앓고 있었다. 준호 엄마는 나지막이 준호를 불렀다. 겨우 손을 들으며 모깃소리로 준호에게 말했다.

"남조선…으로… 가. 살아…남거라…."

겨우 들은 준호가 엄마의 손을 잡고 울었다.

"가긴 어딜 가, 나 엄마 옆에 있을래. 남조선은 또 어디야?"

엄마는 손을 들어 남쪽을 향했다. 엄마는 퉁퉁 부어 있었다. 엄마는 무슨 병인지 지난 한 달간을 앓아누웠다. 그런데다 며칠간을 굶었다. 준호도 따라 같이 굶었다. 아무리 들녘과 뒷산을 더듬어도 먹을 것이 없었다. 그저 쑥과 나물, 소나무 송진 등을 조금 찾아 엄마에게 먹이고 있었다. 어젯밤도 그것들을 삶아 엄마를 먹였다. 그러나 엄마의 병세는 더해만 갔다. 강냉이 죽이라도 엄마에게 먹이고 싶었다.

준호는 가기 싫은 발걸음으로 이웃집 영희네로 갔다. 못 먹어 힘없는 발길로 한참 만에 다다랐다. 준호 나이 7살, 영희와 소학교 1학년 같은 반 학생이었다. 준호는 도착했지만, 막상 창피한 생각에 강냉이 구걸을 할 엄두가 나지 않았다. 준호는 문간에 쪼그리고 그저 앉아 있었다. 한참 동안 그렇게 앉아 있었다. 학교 갈 시간 즈음이 되어 영희가 등굣길에 나왔다. 영희는 준호를 보자 놀랐다.

"야, 준호야, 너 왜 여기 있니? 어디 아프니? 왜 그래?"

낮은 목소리로 준호가 말했다.

"엄마가 아퍼, 죽을 것 같아. 뭐 강냉이 죽이래도 먹일까 하고…. 그런데 집에 아무 것두 없어. 그래서 너희 집에….

준호의 말에 영희가 눈치챘다. 영희가 준호 손을 잡고 담 옆으로 데리고 갔다. 그리고 영희가 낮은 목소리로 말했다.

"여기 있어. 내 뭐래도 가져올게…."

한참 후에 영희가 다시 나왔다. 수건에 싼 뭔가를 쥐여줬다. 쌀 몇 줌이었다. 준호는 그나마 기뻤다. 몇 달 만에 보는 귀한 쌀이었다. 준호가 기쁜 얼굴로 영희에게 말했다.

"고마워, 가서 죽을 쒀 엄마 줘야겠다."

그때 영희가 또 책보 속에서 뭔가를 꺼내 준호 입에 쑤셔 넣어 주었다. 과자였다. 그리고 말했다.

"야, 큰일이다. 너두 먹구 힘내야 할 텐데…. 에이, 남조선은 잘 먹구 잘 산다던데, 어찌 우리 북조선은 이 모양인가?"

자기가 한 말에 영희는 스스로 놀라 입을 막았다. 그런 말을 했다가 들키면 수용소에 들어가 죽도록 일해야 했기 때문이었다. 이윽고 영희가 말했다.

"너 오늘 학교 못 가겠구나."

준호는 고개를 끄떡였다. 영희는 학교로 향했다. 준호는 있는 힘을 다해 집으로 왔다. 오자마자 문간에서부터 엄마를 불렀다.

"엄마, 엄마, 쌀 갖고 왔어. 죽 쒀 줄게…."

방안이 조용했다. 하기야 엄마가 대답할 기력조차 없겠다고 생각했다. 방문을 열고 준호가 다시 엄마, 엄마를 불렀다. 대답이 없었다. 이상한 생각에 방으로 들어가 엄마를 흔들어 봤다. 엄마는 대답이 없었다. 엄마는 눈이 감겨 있고 얼굴이 하얗게 변해 있었다. 이상한 기분에 준호는 왈칵 눈물을 쏟아내며 울었다. 엄마의 손을 잡고 흔들어도 봤다. 반응이 없었다. 엄마의 손이 힘없이 그저 방바닥에 떨어졌다. 준호는 엄마가 죽었다고 생각했다. 하염없는 눈물에 울고 또 울며 통곡했다. 가난에 한 맺힌 준호의 울부짖는 울음이었다.

"엄마, 죽으면 안 돼. 난 어떡하라구…."

준호는 울음에 울음으로 지쳐 있었다. 그리고 힘이 없어 그 자리에 쓰러져 잠들고 말았다.

꿈결에 엄마가 하얀 쌀밥을 준호에게 주었다. 잠결에 준호가 눈을 떴다. 그리고 주위를 살폈다. 엄마의 시신에 흠칫 놀랐다. 그리고 비켜 자리를 뒤로했다. 순간 무서웠다. 그리고 한마디 했다.

"엄마, 왜 나만 두고 죽었어? 난 이제 어떡해…?"

준호는 또 울었다. 그러나 무서운 생각이 더 들어 밖으로 나왔다. 마루에 앉아 한동안 생각에 잠겼다. 영희가 준 쌀이 생각이 났다. 준호가 방을 열고 꺼내 생쌀을 아드득, 아드득 씹어 먹었다. 눈에서 눈물이 자꾸만 흘러내렸다. 준호는 힘이 없어 그 자리에 누워 버렸다. 그리고 멀건 눈으로 창공을 바라봤다. 무슨 생각을 하고 있는지 멍한 눈동자만 하늘 위에 머물고 있었다. 그렇게 몇 시간이 지났다. 준호가 벌떡 일어나 삽을 찾았다. 삽이 없었다. 그리고 집 모퉁이 좁은 땅을 맨손으로 파고 있었다. 파고 또 파고, 쉬고…. 손에서 피가 나왔다. 그렇게 몇 시간을 팠다. 어림잡아 엄마 시신을 판 땅에 넣어도 땅 위에 올라올 것 같았다. 더는 팔 힘이 없었다. 준호는 엄마 시신을 묻을 생각에 방으로 갔다. 혼자 힘으로는 시신이 들리지 않았다. 생각하다 못해 방안에 걸린 헌 옷을 꺼내 시신을 돌려 밑으로 깔고 몸에 묶었다. 그렇게 시신을 끌고 나왔다. 준호가 울음 섞인 소리로 혼자 말했다.

"엄마, 미안해. 내가 힘이 없으니, 용서해줘."

준호는 간신히 엄마 시신을 구덩이에 넣었다. 그리고 맨손으로 흙을 한 줌씩 떠서 묻기 시작했다. 한참 후에 시신은 간신히 흙으로 덮였다. 그러나 시신이 땅 위로 올라올 것 같았다. 그래서 준호는 주위에 돌을 주워다 그 위에 덮었다. 돌을 수북이 쌓아 올렸다. 이곳이 묏자리라는 표시를 하기 위해서였다. 간신히 다 쌓고 허기진 힘을 다해 하늘을 봤다. 해가 서산에서 저녁때를 고하고 있었다. 해가 지기 전, 이 집을 떠나야 한다는 생각을 했다. 준호는 엄마의 묘를 뒤로하고 길을 나섰다. 발길이 떨어지지 않았다. 조금 가다가 돌아서 보고 또 보며 몇 번이나 그렇게 했다. 영영 헤어져야 한다는 생각에 어린 준호의 가슴속 한의 눈물이 고였다.

3 38선, 사선을 넘어

준호가 집을 떠난 지 꽤 오래됐다고 생각했다. 준호는 개성 시내 장마당 시장 근처에서 꽃제비 노릇을 했다. 먹을 것은 구걸해야 했고, 잘 곳은 아무 데나 으슥한 곳을 잡아 잠을 자야 했다. 거지 머리에 시커먼 거지 옷이었다. 먹을 것을 찾아서 구걸해야 했고, 때로는 쓰레기통을 뒤져야 했다. 준호가 집을 떠나온 지도 몇 달이 됐다. 준호는 간간이 엄마의 돌무덤이 생각났다. 무슨 일이라도 일거리를 찾았다. 그러나 모두 살기가 살벌한 터인지라 누구 하나 거들떠주지 않았다. 오늘도 장마당에서 허기진 배를 붙들고 구걸했지만, 소용이 없었다. 하는 수 없이 찐빵 하나를 훔치다 되게 얻어맞고 말았다. 그저 세상이 싫고 슬펐다.

"태어나지나 말걸…. 난 왜 세상에 나왔을까?"

눈물이 볼에서 흘렀다. 때 묻어 찌들은 소매로 눈물을 닦았다. 그리고 공중변소 앞 양지바른 언덕에 앉아 있었다.

그때였다. 조그만 아이가 헐레벌떡 뛰어 오더니 준호 옆에 숨듯이 기댔다. 잠시 후 누구를 찾는 듯 장마당 감시원이 나타났다. 그리고 잠시 두리번거리더니 물었다.

"네놈이 훔쳤지?"

아이가 눈을 피하며 도사렸다. 그때 준호가 말했다.

"훔치긴 뭘 훔쳐요? 내 동생이랑 여기서 내내 이렇게 앉아 있었구면…"

감시원이 긴지 아닌지 하는 눈치로 되돌아갔다. 감시원이 간 후에 아이가 더러운 호주머니에서 찐빵 하나를 꺼내더니 반으로 쪼개 준호에게 주며 말했다.

"너두 꽃제비구나. 야, 이거 하나 먹어. 가게에서 훔쳤어. 두 개를 들고 무조건 뛰었지 뭐. 아유, 잡히는 줄 알고 혼났어. 아까 그 감시원에 잡히는 줄 알고 간이 콩만 했네. 잡히면 노동수용소로 보낸다나? 네가 형제처럼 말하니까 그냥 갔나 봐. 고마워."

준호는 픽 하고 웃었다. 그리고 물었다.

"너도 혼자냐? 너, 엄마 아빠 없어? 몇 살인데?"

"응, 나 혼자야. 아빠는 끌려가 죽었대. 엄마는 먹을 것 찾아서 나랑 딴 나라로 도망가다가 인민군에 총 맞아 죽었구. 그래서 나 혼자야. 나 5살이래, 너는 몇 살이야?"

"나? 일곱 살."

"그럼 딱 형일세, 나보다 나이가 많으니까…"

"그런데 너 이름이 뭐니?"

"난 경호, 형은?

"난 준호."

"어, 경호, 준호…, 똑같네."

"그렇네? 너 이제 내 동생 해라…"

준호가 말했다. 그리고 준호가 경호의 얼굴을 자세히 봤다. 어디 닮은 데가 있나 해서였다.

아이가 신난 듯 말했다.

"이름두 비슷하구, 딱 형이네 뭐. 이제 형이라 부를게…. 형, 그런데 남조선이 어디야? 남조선에 가면 먹을 게 많대. 그런데 군인들이 지켜서 갈 수 없대. 에이…."

준호는 집을 나올 때 영희가 한 말이 생각났다. 영희도 똑같은 말을 했다. 남조선이 어딘지는 몰라도 가보고 싶었다. 죽은 엄마도 힘없는 손을 들어 준호에게 남쪽을 가리키며 그곳으로 가라 말했다. 그리고 살아남으라고 했다. 준호는 어떻게 해서라도 남조선으로 가야 한다며 마음을 굳혔다.

그때, 경호가 호주머니에서 또 하나의 찐빵을 꺼냈다. 그리고 그걸 반 토막 내어 준호에게 주며 말했다.

"이게 마지막이야. 이제 또 어떻게 먹고 살지?"

그 말에 준호가 생각나 대답했다.

"훔치다 들키면 노동 교화원에 보낸대. 거기로 가면 죽도록 일을 시킨대. 밥도 눈곱만큼 주고… 매 맞고…. 그러다 굶겨 죽인대."

경호의 눈이 금세 휘둥그러졌다. 무서운 느낌이 드는 눈치였다. 한편, 준호는 경호가 고마웠다. 빵 반 조각이라야 간에 기별도 가지 않지만, 그래도 형같이 나눠주는 경호가 고마웠다. 준호는 경호를 데리고 화장실로 갔다. 못 먹어 허기진 배를 물로 채우려는 심산이었다. 준호는 화장실 옆에 있는 쓰레기통을 뒤졌다. 깨진 병 하나가 있었다. 그곳에 물을 담아 꿀꺽꿀꺽 마시려는 속셈이었다. 물을 담아 경호에게 먼저 주면서 말했다.

"애, 정 배가 고플 때는 물로 배를 채워야 하는 거야. 그래야 살아, 너 알아?"

"알지, 형. 헌데 배가 꿀렁거려 싫어."

"그렇게 해서래도 먹어야 죽지 않아."

어느덧 해가 서산에 졌다. 두 아이는 공중변소 안에서 자기로 했다. 바닥이 더러웠다. 둘은 주위에서 종이들을 주워 와 바닥에 깔고 잠자리를 만들었다. 경호는 금세 잠이 들었는지 말이 없었다. 준호는 남쪽 생각에 잠이 오질 않았다. 어떻게 해서라도 남쪽으로 가야 한다고 마음먹었다.

다음 날 아침, 준호와 경호는 허기진 배를 우선 물로 채웠다. 그러나 힘이 없었다. 그래도 뭔가 먹어야 했다. 주위를 돌며 쓰레기통을 뒤졌다. 아무것도 없었다. 이미 수많은 꽃제비들이 여기저기 몰려다니며 다 뒤진 후였다. 경호는 먹을 것을 찾는 데는 준호보다 한 수 위였다. 어디 쓰레기통을 뒤지면 뭐가 나오고 어디를 가면 무엇을 얻어먹을 수 있는지 잘 알고 있었다. 그렇게 준호를 가르쳤다. 이윽고 듣고 있던 준호가 경호에게 말했다.

"경호야, 먹을 건 널 따라다닐게. 그런데 오늘은 너도 둘, 나도 둘, 담배 두 개비씩만 구해오자. 그래서 네 개비만 되면 우리 산으로 가자."

경호가 의아해하며 물었다.

"형, 담배 네 개비는 뭘 하게? 그리고 왜 산으로 가?"

"쓸 데가 있어서 그래. 나중에 알게 돼. 내가 하자는 대로 하자."

그래서 둘은 오전 내내 담배를 구걸했다. 어른들이 담배 피우는 모습만 보면 달려가 담배 한 개비를 구걸했다. 성과가 좋았다. 경호는 세 개비나 얻었다. 준호는 두 개비, 합해 다섯 개비가 되었다.

"이리 줘, 경호야. 내가 갖고 있을게. 그리고 이제 가자."

"형, 어디?"

"남조선으로…."

경호가 깜짝 놀라 스스로 손으로 입을 막았다. 전에 누군가 남조선이란 말을 했다가 감시원에 끌려가 호되게 욕을 먹고 교화원에 간 것이 생각났기 때문이었다.

"경호야, 남조선이라는 말하면 큰일 나. 그저 남쪽이라고 해. 아니, 그 말도 하지 마. 알았지?"

경호가 눈치챈 듯 답했다.

"아, 먹을 게 많다는 그곳? 그런데 왜?"

"남조선은 북조선의 원수래. 그래서 그 말을 쓰면 큰일 나. 알았지?"

그날 오후, 둘은 남쪽을 산을 향해 떠났다. 무작정 큰 도로를 따라 남으로 갔다. 멀리 산 밑에 초가집 몇 채가 보였다. 준호가 몇 집을 돌며 뭔가를 찾았다. 몇 집인가 들른 결과, 나무지게 한 개를 훔칠 수 있었다. 지게를 지고 나무꾼인 듯 산속 위로 향했다. 가다가 힘이 차 준호는 지게를 등에서 내려놓고 쉬었다. 그리고 경호에게 말했다.

"경호야, 너 지금부터 형 말 잘 들어. 우린 지금부터 먹을 게 많은 남조선으로 밤에 가는 거야. 그리고 이건 너랑 나랑 큰 비밀이야. 누구에게도 말하면 안 돼. 군인이 물으면 절대로 남조선 얘기는 꺼내지 말고 그저 나무하러 왔다고만 말해. 남조선 말 꺼내면 우리 둘 모두 죽어, 알았지?"

경호가 고개를 끄떡였다. 우리는 깊은 산 속으로 들어갔다. 그때였다. 아무도 없던 산속에서 군인이 나타나며 큰소리쳤다.

"거기 멈춰."

인민군 둘이 다가왔다. 총부리를 우리에게 겨누고 있었다.

"너희 뭐야? 여기 왜 왔어?"

"나무하러 왔어요. 나무라도 해서 팔아야 입에 풀칠하죠?"

준호 형이 대답했다. 경호는 옆에서 숨죽여 있었다.

"뭐? 나무를 여기까지 와서? 너희들 여기가 어딘 줄이나 아냐?"

"아뇨."

"야이, 간나이 새끼들아, 여기는 군인 기지야. 저기가 남조선이구…. 저 아래 철조망 넘어 남쪽으로 가면 그 즉시 총살이야, 이놈들아."

준호와 경호가 알았다는 듯이 깍듯이 인사했다. 그리고 말했다.

"이쪽이 나무거리가 많아서…. 그럼 저쪽 아래로 가서 나무 좀 해서 갈게요."

준호가 말했다. 그때 초소를 지키던 인민군이 말했다.

"야, 인마, 거기두 안 돼."

그때 준호가 담배 두 개비를 군인에게 내밀며 말했다.

"에이, 나무할 곳이란 이 근처밖에 없는데…."

그리고 펄떡 앉았다. 군인도 담배 두 개비를 받더니 덩달아 따라 앉았다. 그때다 싶어 준호가 이런저런 말을 물었다.

"철조망은 왜 있구, 남조선이 또 뭐래유?

인민군이 설명하기 시작했다.

"철조망은 남조선으로 못 넘어가게 친 거고, 남조선은 우리 웬수. 그런데 저쪽에는 나무하러 가지마. 거긴 지뢰밭이야. 넘어갈 수도 없어. 가다가 지뢰를 밟으면 죽어."

"지뢰가 뭔데유?"

"이놈이 지뢰도 몰라? 밟으면 터져서 몸이 엿 가루가 돼서 죽는 거 말이야."

"그런데 왜 지뢰를 깔아 났대유?"

"남쪽으로 가지 말라고. 물론 다 깔아 놓은 건 아냐. 있는 데는 있고 없는 데는 없지. 그래도 있는 곳은 아주 지뢰밭이야."

"아저씨는 어디서 자요?"

"저기 초소서."

"초소가 멀어요?"

"저쪽, 여기서 한참 가."

인민군 아저씨들은 고작 형뻘쯤 되는 청년들이었다. 그 군인들이 여기서 나무하지 말라는 말을 건네고 초소 쪽으로 돌아갔다. 준호는 나무를 하는 척하며 사뭇 유심히 초소 쪽을 살폈다. 그래도 나무가 꽤 됐다. 나무는 죽어서 마른 나뭇가지들을 모으는 일이었다. 준호는 나뭇짐을 지고 경호와 다시 산 중턱으로 내려갔다. 내려가면서 준호는 생나무 가지를 군데군데 꺾어 표시를 해두었다. 밤에 이 표시를 보고 다시 올라올 참이었다. 준호가 잠시 나뭇짐을 내려놓고 쉬었다. 힘이 부쳐 더 이상 갈 수가 없었다.

"경호야, 오늘은 이 나뭇짐을 지고 마을 가서 먹을 것과 바꿀 거야. 먹고 힘내 오늘 밤에 이쪽으로 다시 와서 남조선으로 넘어갈 거야. 지금부터 너도 각오를 단단히 해야 해. 알았지? 할 수 있어? 형만 따르면 돼."

"알았어. 난 죽어도 형만 따라갈 거야."

둘은 말없이 한동안 숨죽이며 앉아 있었다. 그러다가 나뭇짐을 다시

간신히 지고 산 아래에 있는 마을에 도달했다. 한 집에서 그 나뭇짐을 주고 음식을 조금을 얻어먹었다. 그리고 다시 지게를 지고 산으로 올라왔다. 해가 서산에 기울었다. 둘은 양지바른 산 웅덩이에 드러누웠다. 그리고 잠시 후 잠이 들었다.

시간이 흘렀다. 잠에서 깬 준호가 주위를 살폈다. 깜깜한 밤이었다. 잠자고 있는 경호를 흔들어 깨웠다. 준비해온 작은 손전등을 땅에 대고 켜 봤다. 잘 켜졌다. 그리고 하늘을 쳐다봤다. 하늘에 반달과 별들이 수없이 떠 있었다. 반달은 이미 서산으로 넘어갈 때쯤이었다. 경호에게 말했다.

"경호야, 지금부터 철조망 넘어 남조선으로 가는 거야. 기침도 딸꾹질도 어떤 소리도 내면 절대 안 돼. 이 형 뒤에서 형 허리띠만 붙잡고 따라오기만 해, 알았지?"

경호가 고개를 끄떡였지만, 칠흑 같은 야밤에 준호는 알 리 없었다. 준호가 귓속말로 다시 한 번 말했다.

"알았어?"

"응, 알았어."

준호는 내려올 때 꺾어 표시해둔 나무들을 따라 산 위로 올라갔다. 둘은 소리 없이 오늘 낮 초소 군인 아저씨들을 만났던 그곳까지 갔다. 준호가 내려오기 전 철조망 근처의 큰 소나무도 찾았다. 어둠과 하늘 사이로 그 큰 나무가 드러났다. 그 나무가 초소와 300m 정도 떨어져 있음도 알아두었다. 준호와 경호는 나무를 지나 10m 앞 철조망까지 다가갔다. 그리고 철조망을 벌려 떠받칠 나뭇가지를 찾았다. 그 사이로 넘어갈 생각이었다. 전기가 흐르는 철조망도 있다고 누군가 장마당에서 말하는 것을 들었기 때문이었다. 나뭇가지를 찾아 철조망을 간신히 떠받친 후 준호가 먼저 넘었다. 그리고 경호를 부추겼다. 경호도 뒤따라 철조망을 넘었다.

그때, 초소 쪽에서 개가 짖는 소리가 들렸다. 준호와 경호는 얼떨결에 앞으로 뛰었다. 앞에 갈대숲이 나타났다. 갈대는 키보다 훨씬 컸다. 둘은 재빨리 갈대숲으로 깊숙이 들어갔다. 그때 군인들이 불빛을 이리저리 비추며 준호네 쪽으로 왔다. 준호는 아찔했다. 준호는 손으로 경호의 입을 막았다. 철조망을 넘을 때 철조망에 끼워둔 나무를 빼 갖고 온 것이 무척 다행이었다. 그대로 두었다면 잡혔겠다고 생각하니 준호는 아찔했다. 천운이라 생각했다. 준호와 경호는 새파랗게 질려 숨소리도 크게 못 쉬었다. 인민군들은 철조망 근처까지 다가왔다. 여기저기를 살펴보던 중 한 명이 말했다.
"아무 이상 없는 것 같애, 가자!"
다른 한 명이 말했다.
"그런데 왜 개가 짖었지?"
인민군들이 되돌아갔다. 다행이었다.
"됐어, 경호야. 이제 살살 저쪽, 남쪽으로 가자. 우리가 그렇게 뛰어왔는데도 지뢰를 밟지 않았어. 정말 천운인 거야."
둘은 갈대를 살살 헤치며 계속 남쪽으로 갔다. 그리고 또 다른 철조망에 도착했다. 그때 갑자기 대낮 같은 조명이 준호에게 비치며 누군가가 말했다.
"누구야, 암호 대!"

준호가 들켰다는 듯 두 손 들고 말했다.

"살려줘요, 우린 애들이에요."

그때 빛을 비춰 보던 한 초소병이 말했다.

"상병님, 저건 애들입니다."

"뭐? 어디 봐."

군인들이 총을 겨누고 다가왔다. 준호와 경호는 그때까지 두 손 들고 있었다. 군인들이 총부리를 겨눈 채 다가와서 말했다. 북에서 나무할 때 본 군인들과 모습이 달랐다. 준호는 이들이 남조선 군인이라 생각했다.

"너희들 누구야?"

준호가 손으로 넘어온 곳을 가리키며 답했다.

"배고파서 저쪽에서 넘어왔어요."

그때 한 군인이 전화기에 뭐라고 말했다. 5분 후 군인 여러 명이 나타나 준호와 경호를 어떤 곳으로 데리고 갔다. 그들이 잠자는 곳으로 보였다. 높은 사람인 듯한 군인이 들어오며 물었다.

"너희들, 어디서 왜 왔니?"

"저쪽요, 북조선에서요. 배고파서… 남조선에 가면 먹을 게 많다구 해서요."

상관인 듯한 군인이 말했다.

"애들 모양을 보니 며칠 굶은 것 같다. 우선 먹을 것을 좀 갖다 줘. 한꺼번에 많이 주면 탈 나니까 조금씩…. 부드러운 음식들로 말이야. 먹인 후 애들을 목욕시켜. 그리고 새 군복 갖다 입혀."

"알았습니다, 중대장님."

음식이 준호와 경호에 주어졌다. 준호, 경호의 눈이 휘둥그레졌다. 우유와 빵과 과자를 한 쟁반이나 갖다 줬다. 처음 보는 귀한 음식들이었다. 횡재한 느낌이었다. 경호가 싱글벙글했다. 씹을 때마다 입안에서 살살 녹았다. 엄청 맛이 있었다. 모든 게 신기했다. 군인들은 정말 친절했다. 둘은 어리둥절했다. 듣던 대로 남조선은 먹을 것이 많다는 것을 실감했다. 먹고 난 후, 군인들이 이것저것 물었다. 그리고 잠시 후 우리는 한 아저씨를 따라 목욕을 했다. 비 오듯 내려치는 목욕물이었다. 아저씨가 이것을 샤워라 알려줬다. 먹는 것, 보는 것마다 모두 신기했다. 목욕 후에 준호, 경호는 새 군복으로 갈아입었다. 군복이 너무 커 망태기 같았다. 군대니까 사복이 없다고 했다. 그런데 이게 웬 말인가. 한참 후한 군인 아저씨가 멀리까지 가서 사왔다며 준호와 경호에 맞는 사복을 주었다. 준호와 경호는 세상에 둘도 없는 착한 군인 아저씨들이라 생각했다. 그리고 고맙다고 굽실굽실했다.

"너희들 대단하다. 어떻게 남쪽으로 올 생각을 다 했니?"

"거기 있으면 굶어 죽어요. 우리 집 마을에도 못 먹어 굶어 죽은 사람이 수십 명 돼요. 우리 엄마도 그랬고…" 그 말을 한 준호의 두 눈에서 눈물이 흘러내렸다. 한 아저씨가 준호의 볼에서 눈물을 닦아주며 말했다.

"그래, 잘 왔어. 그리고 이제 죽은 엄마는 잊어야지…."

그렇게 준호와 경호는 남조선에서 친절한 군인 아저씨들과 모처럼 깊은 잠을 잘 수가 있었다.

4 탈북 소녀의 신음

중국 연변의 한 교회, 목사님은 간밤에 이상한 꿈을 꾸었다. 뒤숭숭한 꿈결에 새벽 일찍 일어나 교회를 찾았다. 두 손 모아 엎드려 기도했다. 기도가 끝난 후 가끔 그렇듯 차를 타고 두만강 강가로 갔다. 아침 일찍 신선한 공기와 함께 조국인 북한 땅을 바라볼 수가 있기 때문이었다. 북한을 바라볼수록 성경 말씀이 새롭게 생각나며 북한 주민의 영혼을 깊이 기도할 수 있기 때문이다. 인간으로 태어나 숨소리도 제대로 내지 못하고 독재 통치에 고통받으며 살다가 굶주려 죽어가는 북한 주민들을 생각하며, 오늘도 목사님은 연변 국경의 강변에서 조용히 기도를 올렸다. 그리고 돌아오는 길이었다. 그때 강변 밑에서 신음이 들렸다. 목사님은 수풀을 헤치고 가까이 가 보았다. 아주 작은 어린아이가 강변에서 쓰러져 신음을 내고 있지 않은가? 목사가 달려가 아이를 바로 눕혔다. 살아 있었다. 혹시나 해서 말을 걸어 봤지만 대답은 없었다. 목사님은 아이를 안고 차로 돌아와 실었다. 그리고 집으로 돌아왔다.

아이는 한참을 정신을 잃고 신음했다. 목사님은 그동안 아이의 입을 벌려 정성스레 따끈한 물과 미음을 먹였다. 다행히 아이는 받아넘겼고, 며칠 후에 의식을 되찾았다. 천만다행이었다. 목사님은 하나님의 뜻으로 여기고 감사 기도를 올렸다.

아이는 의식이 돌아오고 처음으로 눈을 떴다. 눈을 뜨자 소스라치게 놀라 벌떡 일어났다. 아이는 엄마와 아빠를 부르며 울었다. 목사님은 우는 아이를 껴안고 위로하며 토닥거렸다. 힘이 빠진 아이는 목사님의 친절에 울음을 그치고 물끄러미 쳐다봤다. 그리고 바닥에 다시 누우며 사뭇 울어댔다. 울다가 지친 아이는 이제 포기한 듯 보였다. 이윽고 목사가 아이에게 물었다.

"애야, 너 몇 살이니?"

"5살요."

"이름은?"

"조명희요."

"어디서 왔니?"

"몰라요. 강을 건넜는데…."

목사가 북한에서 탈북하려 강을 넘었을 거라고 짐작을 했다. 아이에게 더 물어보려 했으나, 아이가 힘들어하는 모습이었다. 더 이상 묻지 않았다. 그 후 아이는 목사님의 간절한 간호에 마음이 돌아온 듯싶었다. 이제 아이는 기력이 회복되었고 목사의 물음에도 곧잘 대답해주었다.

"애야, 내가 너를 강변에서 정신 잃고 쓰러져 있는 것을 보고 이곳 집으로 데리고 왔단다. 그런데 어째서 너 혼자 그곳에 있었던 거냐?"

아이가 금세 눈물을 머금고 답했다.

"아저씨, 우리 엄마, 아빠 어딨어요? 못 보셨어요?"

"아니, 네가 쓰러져 있는 곳엔 너만 있더라. 엄마, 아빠도 같이 있었니?"

"네, 엄마, 아빠하고 강 넘어 도망 왔어요. 강을 거의 다 건넜는데 총소리가 나더니 엄마, 아빠가 강물에서 쓰러졌어요. 그리곤 몰라요."

아이의 말을 듣고 목사는 탈북하다가 아이의 부모가 총에 맞아 죽었다고 추측을 했다. 그리고 아이를 위로했다.

"아마 살아 있으면 언젠가는 너를 찾아올지도 몰라. 그러나 네 말 들으니 두 분 모두 총에 맞아 모두 돌아가신 것 같구나. 너는 당분간 우리 집에 같이 있어야겠다. 북한 감시원에 걸리면 너 또한 북한에 끌려가 혹독한 매를 맞을 것 같구나. 나는 교회의 목사인데 여기서 숨어 살자꾸나."

그때 아이가 목사란 말에 눈을 크게 뜨고 물었다.

"헌데 교회가 뭐고, 또 목사는 뭐예요?"

아이의 말에 어이없다는 생각으로 목사가 말했다.

"응, 왜 사람들이 일이 꼬일 때 툭하면 어머니, 아니면 하나님 찾지? 바로 그 하나님을 믿는 사람들이 교인이고, 그 교인들이 일요일에 한 번씩 나와 하나님 말씀을 듣는 곳이 교회란다. 그리고 그 하나님이 쓴 책, 성경을 갖고 하나님 말씀을 설교하는 사람이 바로 나 같은 목사란다."

아이, 명희가 고개를 끄덕였다. 명희는 그 후 목사님과 함께 목사님의 사랑과 교인들의 칭송을 받으며 행복하게 살았다.

그리고 5년이 지났다. 명희는 벌써 10살이 됐다. 그러던 어느 날, 북한의 보위부 소속 한 감시원이 교회를 염탐하는 기색을 목사님이 알아차렸다. 그간 목사님이 탈북한 북한인들을 도와줬다는 정보에 따른 것이었다. 목사님은 은근히 명희가 걱정되는 눈치셨다. 아직은 목사님의 자식이라는 문서가 없기에 북한 감시원이 명희를 언제든지 강제로 잡아갈 수가 있었다. 그래서 목사님은 명희를 한국에서 운영하는 고아원으로 빼돌릴 생각을 하고 있었다. 가족이란 증명서도 없이 명희가 교회에 있으면 위험했기 때문이다. 며칠 후, 목사님이 브로커를 만났다. 목사님이 물었다.

"저 아이를 한국으로 직접 보내는 방법이 없겠습니까?"

"아이가 여권이 없잖아요. 그래서 오직 방법은 중국 국경을 넘어 라오스를 거쳐 캄보디아 난민 수용소로 보내는 수밖에 없어요. 저 어린아이가 갈 수가 있을는지…?"

목사님은 명희를 주중 한국 대사관으로 직접 가서 한국으로 넘기려 했던 모양이었다. 그러나 브로커가 말했다.

"대사관 벽을 넘다 잡히는 게 대부분이지요. 중국 공안이 예전 같지 않게 철벽 경계를 하기 때문이요. 잡히면 북송되어 노동 수용소에 보내지는데, 그곳에 가면 살아남을 자가 없어요. 더군다나 어린 것이…."

브로커와 이야기를 끝낸 후, 목사님은 명희에게 한국으로 가야 하는 이유와 방법을 자세히 설명해주었다.

"명희야, 넌 남한으로 가야 해. 그래야 자유롭게 살 수 있어. 여기는 더 이상 안전치 않아. 북한 공작원이 우리를 염탐하고 있어. 남한엔 내가 운영하는 고아원이 있는데 넌 그곳으로 가야 해. 그래서 넌 탈북민이 머물다 남조선으로 가는 태국 난민 수용소로 가야 해. 그래야 남한으로 갈 수 있고, 그게 유일한 방법이야. 너와 내가 한국에 같이 있었다면 널 내 딸로 호적에 올려놓고 중국에서 맘대로 행동할 수가 있는데, 지금 넌 나와 가족이라는 증명서가 없어. 그래서 넌 태국으로 탈출해서 한국으로 가야 돼. 꼭 가야 해. 아니면 북한 공작원에 잡혀 북한으로 송환되어 네 앞길이 어떻게 될지 몰라. 할 수 있지?"

명희는 겁이 났다. 그러나 그 방법밖에 없다는 말에 대답했다.

"할 수 있어요. 그런데 저 혼자 가나요?"

"아니지. 같이 남조선으로 가는 어른들과 같이…."

"그럼 그분들만 따라가면 되잖아요? 할 수 있어요."

"그래, 그럼 약속하자. 죽어도 그들과 함께 태국으로 가겠다고…."

목사님은 내게 손가락을 내밀고 약속을 확인받았다. 나는 새끼손가락에 약속의 도장까지 찍었다.

그리고 다음 날, 명희는 이미 탈북민들에 끼여 중국 국경을 향해 버스로 달렸다. 갈아타고 또 타고, 3일을 달려 마침내 국경 근처에 도달했다. 트럭에서 내린 일행은 낮에는 중국 국경수비대의 눈을 피해 웅덩이 숲에 숨었고, 밤에는 줄행랑을 쳐서 태국을 향해갔다. 명희도 이제 무엇이 탈북이고, 어떻게 해야 국경을 넘을 수 있는지 눈치로 대강 알고 있었다. 그래서 죽자 살자 어른들만 부지런히 따라갔다.

중국 국경을 넘을 때였다. 수비대원들의 플래시 불빛과 함께 총소리가 났다. 월경이 들통 난 것이었다. 총소리와 함께 같이 가던 한 여인이 쓰러졌다. 그래도 일행은 아랑곳없다는 듯 이리저리 흩어져 숨는 데 목숨을 걸었다. 명희도 한 아저씨를 따라 열심히 숨었다. 죽고 사는 문제였다. 중국 수비대가 쓰러진 아주머니를 뒤집었다. 그리고 중국말로 뭐라 요란한 말들이 오갔다. 한동안 주위를 샅샅이 살피더니 결국 되돌아갔다. 일행 중 한 사람이 속삭였다.

"어휴, 살았다. 이제 빨리 도망가자. 그런데 어느 쪽이 태국 방향이지?"

옆에 있던 한 일행이 나침판을 꺼냈다. 그리고 땅밑을 향해 라이터를 켜더니 나침판 방향을 찾았다.

"이쪽이야."

일행은 칠흑 같은 밤 속을 숨소리도 없이 달렸다. 부딪혀서 자빠져도 소리도 없었다. 쓰러져 다친 상처도 전혀 아프지 않았다. 일행은 밤새

달려 어느덧 라오스 강변에 다다랐다. 밀림에 숨어 있던 한 명이 말했다.

"이쪽은 라오스고 저쪽은 태국인데, 이 강을 건너야 한다구. 그런데 이 강을 악어 강이라고 부른대. 잘못하다가는 악어에 물려 죽는다는 거야."

어떤 사람이 조그만 배를 타고 건너왔다. 연결하는 또 다른 브로커라 했다. 배가 강변에 닿았다. 갓난애와 같이 가는 아주머니가 있어 먼저 태웠다. 일행이 배에 모두 탔다. 명희까지 6명이었다. 배가 10여 미터 정도 전진하고 있을 때였다. 갓난애를 가슴에 품고 도망온 아주머니가 갑자기 통곡하며 말했다.

"얘가 죽었어. 아이구, 아이구···. 총을 쏘는 바람에 놀라서 울까 봐 입을 막았더니 숨통 막혀 죽었구먼. 아이구, 아이구···."

아주머니의 절규하는 통곡 소리에 배 위에서 일행이 일어서며 아주머니를 부축하려는 그때였다. 배가 균형을 잃고 한쪽으로 쏠리며 뒤집어졌다. 모두가 허우적댔다. 그리고 아저씨들이 배를 똑바로 세웠다. 허우적대는 나를 한 아저씨가 머리채를 잡고 배 위에 올렸다. 그때였다. 절규하던 그 아주머니가 악 하는 소리가 냈다. 배에 탄 한 명이 소리쳤다.

"아이구, 악어야, 악어. 아주머니가 악어에 물렸어."

그 순간 물에서 허우적대던 2명이 사생결단으로 배를 잡았다. 배 위에서 몇 명이 그들을 부축해 끌어올렸다. 한 아저씨가 말했다.

"저 노로 악어 대갈통을 때려봐, 빨리, 빨리···."

모든 게 순간에 일어난 일이었다. 아주머니는 다시 물에 뜨지 않았다. 악어와 맞서 퍼덕대는 모습도 없었다. 물결이 조용했다. 이미 악어가 그 아주머니를 물고 어디론가 사라진 때였다. 노 젓던 브로커가 말했다.

"아주머니는 이미 죽었어요. 지금 빨리 떠나지 않으면 라오스 군대한테 다 죽어요. 자, 그냥 갑니다. 가만히들 엎드려 있어요. 절대 요동치면 안 돼요. 말도 말아요."

절박한 상황이었다. 모두들 죽은 듯 있었다. 한 20여 분이 지났을까? 드디어 일행이 강을 건너 태국땅에 도착했다. 그리고 브로커가 말했다.

"지금부터 누구든 사람을 보거든 "Police, Help me(경찰이요, 도와주세요)!" 크게 소리치세요."

일행 중 한 사람이 물었다.

"왜요?"

"그래야 경찰이 와서 태국 난민 수용소로 잡아가거든. 수용소로 가야 거기서 남한으로 갈 수 있어요."

강 건너 태국 국경도 밀림에 가시밭 고산지대였다. 명희는 엎어지고 자빠져 무릎에, 다리에 피가 흘렀다. 그래도 이를 악물고 다물고 한 아저씨만 놓치지 않고 졸졸 따라갔다. 산을 넘고 넘어 마침내 태국 경찰을 만났다. 그리고 난민 수용소로 보내졌다.

수용소는 살 것 같았다. 오랜만에 사람 대접을 받는 곳이었다. 북한처럼 무서운 문초도, 매질도 없었다. 수용소에는 수백 명이 한국행을 기다리고 있었다.

수속이 끝난 3개월쯤, 마침내 그들은 남한행 비행기에 탔다. 비행기 안내원의 따뜻한 친절에 명희는 혼자 속으로 느꼈다.

"아! 이런 세상, 이런 분들도 있구나."

생전 처음 받은 친절에 이것이 진정 사람 대우구나 생각했다. 드디어 비행기를 탔지만, 비행기가 남한 아닌 딴 곳으로 갈까 봐 내심 불안했다. 3시간 후, 비행기 안에서 방송이 나왔다. 곧 남한에 착륙한다고 했다. 조이던 가슴이 맥없이 힘 빠지며 명희는 안도의 한숨을 내쉬었다.

창으로 밖을 내다봤다. 딴 세상이었다. 그때, 누군가 앞자리에서 말했다.

"아유, 이제 살았다. 여기가 서울이래."

비행기에서 내린 일행은 버스에 실려 고속도로를 달렸다. 시내에 들어서니 빌딩들이 하늘을 가렸다. 겹겹이 펼친 도로에 어디로 가는지 사람들의 모습이 자유로웠다. 북한에서는 도저히 상상도 못 할 새로운 세상이었다. 버스가 닿은 곳은 국정원이라 했다. 조사를 받아야 세상으로 나갈 수 있다. 국정원에서 준비한 숙소는 호텔 같았다. 모든 게 현대식, 새롭고 신기했다. 맘껏 먹을 수 있다는 기쁨에 모두들 흥분했다. 명희는 갑자기 죽어간 엄마, 아빠가 생각났다.

"같이 왔었다면 얼마나 좋을까?"

명희는 입으로는 먹고 있었지만, 가슴은 울먹이고 있었다.

국정원의 조사를 받고 일행은 하나원에 들어갔다. 남한에서 살아가는 생활 양식들을 배우는 곳이라 했다. 선생들이 모두 다 친절하고 예뻤다. 수업시간 내내 우리를 존대하며 친절히 대했다. 북한에서는 모든 게 독재자를 위한 교육이었는데, 남한은 전혀 달랐다. 모두가 인간답게 살아가는 상식과 생활 교육을 받았다.

어느 날 오후, 누가 나를 찾아왔다며 면회장으로 안내했다. 거기서 본 사람은 낯선 젊은 언니였다. 그녀가 말을 걸었다.

"조명희 양?"

"예, 전데요."

그녀가 앉으라 권했다. 그리고 말을 시작했다.

"중국 연길에서 왔지요?"

"네."

"××× 목사님을 잘 아시죠?"

"네."

"목사님한테 소식 들었어요. 명희 양이 남한에 와서 수속을 마치면 우리 집에 데려오라고."

"아, 예. 목사님한테 들었어요."

"야! 여기까지 오느라 명희 양, 얼마나 고생했소. 잘 참았어요. 장하다. 이제 내가 언니 해줄게. 걱정하지 말아요."

그 말을 듣는 순간, 명희는 눈물이 났다. 총을 맞고 돌아가신 엄마, 아빠 생각에 이어서 서럽게 죽어간 라오스 강의 갓난애와 그 엄마…. 모든 게 꿈만 같았다. 목이 메고 눈물이 왈칵 쏟아졌다. 이를 본 언니가 명희를 끌어안고 등을 토닥거렸다. 처음 느끼는 아름다운 정이었다.

5 어린 소년의 소망

38선을 넘어 남한에 온 지도 어언 10년이 지났다. 준호와 경호는 이제 어엿한 청소년이 됐다. 준호는 지나온 과거가 꿈만 같았다. 오늘따라 준호는 눈을 지그시 감고 옛날을 회상하고 있었다. 어머니가 묻힌 초라한 돌멩이 묘지는 잘 있으려나? 38선을 넘어와 친절했던 남한 군인 아저씨들은 다 어디서 무얼 하며 사는 것일까? 당시 준호와 경호는 그 군부대에서 군인 아저씨들과 같이 생활하다가 3개월 후에 서울 소재의 고아원으로 옮겨와 지금껏 살아왔다.

그간 준호와 경호는 나이가 다 차서 이제 고아원에서 나와야 했다. 그리고 둘이서 자취방을 얻어 생활하고 있었다. 둘은 정당하고 성실히 살았다. 낮에는 이 일 저 일 가리지 않고 열심히 일했고, 밤에는 야간학교에서 열심히 공부했다. 그 결과로 준호는 고등 검정고시에, 경호는 중등 검정고시에 합격했다. 이제 준호는 이제 어엿한 대학생으로, 경호는 고등학생이 되었다. 준호, 경호에겐 꿈만 같았다. 북한에 있었으면 살았을까, 죽었을까를 생각하며 경호에 물었다.

"글쎄, 형. 아마 굶어 죽지 않았을까?"

"죽진 않았을 거야. 너나 나나 지독했으니까?"

"그럴까? 에이, 도둑질 않고는 살아남을 수가 없었는데…."

경호가 아무렇지 않은 듯 말했다.

"경호야, 넌 커서 뭐가 될래?"

"38선을 때려 부술 무기 발명가!"

"어떻게?"

"세계 어디에도 없는 신무기를 만들어야지. 헌데 형은?"

"나는 정치가. 그래서 38선을 까부술 거야!"

"어, 길은 다르지만, 꿈은 나랑 비슷하네?"

"당연하지, 너나 내나 북한이 웬수잖아? 부모 잃은 원한을 풀어야지!"

"형, 난 미국으로 유학 갈 거다."

"어, 어떻게 내 생각이랑 그렇게 똑같아? 나도 그런 꿈을 갖고 있었는데…."

둘은 그렇게 미래에 흥분해서 소곤거렸다. 둘에게 미국의 유학은 꿈도 같았다. 희한한 일이었다.

"유학 가려면 영어 공부 열심히 해야 해!"

"물론이지, 형!"

준호와 경호는 주경야독으로 열심히 살았다. 준호는 대학에서 장학금을 받아 공부했고, 경호는 전국에서 첫째가는 우등생이 되었다. 그간에 열심히 번 푼돈들도 꼼꼼히 챙겨 저금통장에 모았다. 돈이 생기면 고아원 동생들을 위해 쓰는 돈 이외는 거의 모두가 저금통으로 들어갔다.

"경호야, 항상 몸과 마음을 정결케 해야 한다. 몸가짐은 항상 예의 있게 정중히, 옷매무새는 항상 우아하게 깨끗이, 학교에선 언제나 좋은 친구, 학구적인 친구들과 어울려야 한다."

"알았어, 형. 그렇게 하고 있어. 난 무조건 형만 닮으면 돼."

준호는 경호에게 아빠며 형이었다. 그리고 경호는 준호에게 항상 든든한 아우였다. 어느 추운 겨울밤, 창문 밖에는 함박눈이 소리 없이 소록소록 내렸다. 둘은 소복이 쌓이는 눈처럼 오손도손 소곤거렸다.

전쟁 후 남한의 경제는 급속도로 성장하고 있었다. 새마을 운동, '잘살아 보세' 정신으로 남한 경제는 이미 개발도상국 이상의 수준에 머물렀다. 전 국토가 고속도로망으로 연결돼 날로 수출이 늘어서 이제 수출액만 연 1천억을 넘기고 있었다. 국민소득은 6·25전쟁 때 100불이던 것이 이제 3만 불을 넘어섰다. 바야흐로 세계 10대 안의 대 경제 성장국이었다.

한국이 한강의 기적을 이룬 것은 이미 십수 년 전 일이었다. 그동안 군부 정치와 맞서는 몇 번의 민주화운동을 거치며 이제 한국도 완전한 자유민주주의의 나라였다. 그러나 급격한 자본주의의 유입으로 황금만능주의, 자유방임주의가 생겨나고, 이기주의가 극단적으로 더해져 국민 정신, 사상, 의식만은 후진국에 머물러 있었다.

준호의 대학 전공은 정치외교학이었다. 어느 날, 준호는 전국 대학생 심포지엄 대회에서 '이념과 체제'란 제목으로 공산주의와 민주주의에 대한 발표를 했다.

"여러분, 공산주의나 민주주의는 모두 다 인간이 만든, 인간을 구속하는 통치 수단에 불과합니다. 일찍이 카를 마르크스가 주장한 자본론(Das Capita)은 자본주의적 병폐를 지적하는 사회주의입니다. 그는 자본주의적 병폐를 이렇게 지적합니다.

한 나라의 인구 중 96%는 못 사는 층, 즉 '프롤레타리아'이며 잘사는 층은 고작 5%, 즉 '부르주아'입니다. 사회는 돈 놓고 돈 먹기라고, 있는 자들이 더더욱 잘살게 되어 빈익빈 부익부가 생겨나고, 불평과 원성 속에 결국 프롤레타리아 민중 봉기가 발생한다고 주장합니다. 그래서 모든 것을 국가 소유로 하고 모두가 동일하게 노동하여 그 가치를 공분하자는 논리가 바로 그가 주장했던 사회주의, 공산주의였습니다.

그러나 이 이념과 체제는 현실에서는 실패했습니다. 러시아가 그랬고, 북한이 지금 그렇습니다. 그 이유 중의 하나가 개인의 소유화를 인정하지 않음으로써 국가 계획 경제하에 시키는 일만 하면 되기 때문에 경쟁주의, 자율 시장 논리가 없다는 점입니다. 소유가 없으니 경쟁이 없고, 경쟁이 없으니 창조성, 생산성이 떨어져 국가 경제가 하락합니다. 그 와중에도 뇌물을 원하는 자가 많아 독재 권력자들은 무척이나 잘살고 대중들은 못 사는 결과를 낳아 스스로 이념과 체제가 붕괴됩니다.

반면에, 민주주의의 이념과 체제는 소유와 자유입니다. 민주주의 국민은 자유 속에서 경쟁하여 개인 소유화합니다. 그래서 자유로운 창조, 생산성, 발전이 보장됩니다. 누구나 열심히 일하면 부를 축적할 수 있고, 그러다 보면 국가 경제가 발전되고 국가성장이 빠르게 된다는 이론입니다. 그러나 이 민주주의도 문제가 있습니다. 황금만능주의가 판을 치며 돈을 벌기 위한 권력층의 부정부패 비리가 난무하게 됩니다. 이를 막기 위해 공산주의적 독재와 달리 민주주의 아래에서는 법치를 합니다. 법과 규정과 규제로 통치수단을 행사한다는 말입니다. 그러다 보니 자유민주주의 아래에서도 부유한 자와 가난한 자, 배운 자와 못 배운 자, 권력자와 피 권력자 계층이 생성되며 계층 간의 차별을 초래합니다. 이것이 또한 민주주의의 단점입니다.

결국, 이념과 체제는 하나의 통치수단에 불과하며 공산주의든, 민주주의든 그 통치 수단 목적은 '인간 구속'에 근거를 둡니다. 공산주의는 독재로, 민주주의는 법과 규정과 규제로 인간을 구속하기는 마찬가지입니다. 그 합리적 이론만 다릅니다. 이것이 세계 각국에서 실현하는 오늘날 정치이념과 체제입니다. 즉, 정치 철학입니다. 한 마디로, 정치는 인간 구속을 뜻합니다. 그 구속 강도가 민주주의는 공산주의보다 훨씬 강도가 낮고 인간적이며 합법적이나, 반면에, 공산주의는 무조건 소수의 독재 통치 식이란 점이 다릅니다."

준호의 발표 후 우레와 같은 박수가 수차례 쏟아졌다. 그리고 며칠 뒤, 5·18 광주 학생 사태가 터졌다. 군부 독재에 저항하는 격렬한 학생 운동이었다. 군인들이 학생 데모와 시위를 막기 위해 과잉 진압을 한 것이 큰 사태로 번진 것이었다. 학생들과 시민들이 한데 어울려 벌떼같이 시내로 진입한 것에 군부는 겁을 먹었다. 그들의 과격한 최루탄에 총질로 많은 학생과 시민들이 죽었다. 이를 두고 준호는 배부른 자들의 사치라 말했다. 준호는 여전히 도서관으로 향했다.

6 고아원 소녀의 기도

　고아원에서 명희의 삶은 모든 게 새로웠다. 새로운 가족들을 만났고 새로운 환경에, 새로운 생활로 새롭게 안정된 삶을 살게 되었다. 북한에서는 죽기보다 싫었던 고통의 삶이었으나, 남한의 삶은 새로운 즐거움이었다. 어디를 가나 사람들로 붐볐고 어디를 봐도 자유, 그 자체였다. 어디를 가도 먹음직스런 음식이 넘쳐나 있었고, 어디를 봐도 고도의 문명생활이 자리 잡고 있었다.

　명희 나이 이제 10살, 고아원에서는 중간 나이로 꽤 언니 노릇을 하고 있었다. 하나원을 찾아준 나영 언니는 명희를 언제나 친동생처럼 대해 주었다. 나경 언니는 졸망졸망한 어린아이들에겐 엄마와 같은 존재였다. 명희에게는 언제나 친언니, 그 자체였다. 명희는 고아원에서 모든 일을 잘해냈다. 아이들 치다꺼리에 이것저것 쉴 사이 없이 고아원 일에 성실했다. 명희에 대한 칭송이 자자했다. 그토록 명희는 동생 아이들과 정을 쌓고 살았다.

　북한에서 명희는 초등학교에 입학조차 못 했다. 당시 명희 나이 고작 5살이었으니 말이다. 그래서 연변 교회에 있을 때 목사님은 명희의 아버지이자 선생이었다. 목사님은 명희에게 틈틈이 글을 가르쳤고, 당시 명희의 실력은 초등학교 4학년 수준이었다. 그리고 남한에서 월반한 후

1년 만에 중학교에 입학했다. 아이들 보살피는 틈새마다 명희는 책 보기를 게을리하지 않았다. 그래서 중학교에서도 실력이 출중했다. 항상 우등생이었다. 어느 날 하교 후에 고아원에 돌아와 보니 중국 연변에서 목사님이 와 계셨다. 가끔 전화로 통화는 했지만 오랜만에 다시 만난 기쁨이 아주 컸다. 명희는 목사님에게 달려가 와락 안겼다. 그리고 기뻐서 눈물을 흘렸다. 목사님도 명희를 딸처럼 껴안아 다독거리며 두 뺨의 눈물을 손으로 닦아 주었다. 그렇게 명희와 목사님은 고아원에서 화기애애하게 지냈다. 그리고 며칠 뒤, 하루는 목사님이 명희에게 말씀을 했다.

"명희야, 넌 커서 뭐가 되고 싶으냐?"

"마더 테레사 수녀 같은 사람요."

"그래? 왜 그렇게 생각했어?"

"북한 주민들을 생각해서요."

"아, 참 훌륭한 생각이다. 그래, 사람은 누구나 다 똑같지. 그리고 한평생 보람있는 삶을 살다가 천국에 가면 그것으로 행복이지. 행복을 말해 독일의 문호 괴테는 '보람된 삶을 살라는 것이다.'라 했고, 또 영국의 문호 셰익스피어는 '행복은 가까운 곳에 있으니 스스로 찾으라.'라고 말했단다. 마더 테레사 수녀는 한평생 남을 위해 헌신한 분이지. 사람은 모두 자기 위해 살지만, 마더 테레사 수녀님처럼 한평생 내내 남을 위해 산다는 것은 쉽지가 않아. 나는 네가 커서 네가 말한 것처럼 훌륭한 사회봉사자가 되기를 원해. 그러려면 배워야 해. 남을 위한 일이라면 우선 남을 배려하는 마음이 커야 하는데, 그렇게 되려면 세상 지식, 견식이 필요하지. 그래서 난 네가 대학까지, 아니 미국 같은 나라에 그들의 실용적 학식도 배우고, 또 선진국의 견식, 안목도 넓히길 바란단다. 넌 내가 기른 내 딸이니까…."

명희는 목사님의 그 말에 감격을 받아 눈물을 훔쳤다. 마치 아빠가 하는 말과 다를 바가 없었기 때문이었다. 목사님은 눈물을 닦는 명희를 껴안아 등을 토닥거려 주었다. 그 순간, 명희는 공부를 잘해 미국까지 유학을 가야겠다고 마음속으로 다짐했다. 그리고 목사님은 며칠 후 다시 중국으로 떠났다.

어언 세월이 흘러 명희는 한국의 명문대, ××대학 사회봉사학과에 수석으로 입학했다. 명희는 고등학교 2학년 때 교육청에서 실시하는 학교별 퀴즈 대회에서 우승한 적이 있었다. 그래서 명희는 학교에서 명성이 자자했다. 당시 시상으로 대학 등록금을 벌었고, 이번에 대학에 수석으로 입학하여 4년간 내내 장학금을 받기로 했다. 그래서 학교 기숙사비와 책값, 용돈만 있으면 대학공부를 마치는 데 문제가 없었다. 명희에겐 아주 여유로운 대학생활이었다. 그저 공부에 영어만 잘하면 되었다.

오래전, 목사님의 말이 생각났다. 마더 테레사가 되려면 선진국에 가서 학문과 견식을 높이라는 그 말씀을 항상 기억하며 살아왔다. 그리고 그 후 내내 명희는 소망의 끈과 기도를 잊지 않았다. 명희는 대학 입학 후 곧바로 유학 계획을 세웠다. 대학 1학년 때에 미국 대학을 선택하여 통신하고, 2학년 때에 미국 풀브라이트 장학금을 신청하여 또 통신을 계속하고, 3학년 때에 한국 정부의 유학 시험 6과목에 합격하고, 또 미국의 토플을 보고…. 그렇게 대학생활의 계획을 세웠다. 그리고 세월은 빠르게 흘러 벌써 4년이 지났다. 그리고 명희의 꿈은 현실이 됐다.

김포공항, 명희는 드디어 미국 유학의 장도에 섰다. 친구들이 마중 나와 부러워했다. 고아원 식구들이 모두 나왔다. 그들은 이제 어엿한 사회인들이 되어 마중을 나왔다. 명희에게는 무엇보다도 목사님이 나온 것이 제일 큰 기쁨이었고 행복이었다. 목사님은 기분이 하늘에 닿은 듯 자랑스럽게 이 사람 저 사람에게 명희 자랑을 하고 다녔다. 그리고 마지막 이별에서 명희는 울어버렸다.

7 꿈을 향한 유학

준호는 대학을 졸업하기 전에 군대에 갔다 와야 했다. 군필증이 없으면 여권이 나오질 않았기 때문이었다. 대학 2학년을 마치고 준호는 자원하여 해병대에 입대했다. 해병대 근무가 24개월로 짧았기 때문이다. 1개월이라도 빨리 군무를 마치고 대학 졸업 후 곧장 미국으로 유학을 떠나려는 계획이었다. 진해에서 신병 훈련을 3개월 마친 뒤 신병들은 상남으로 넘어가 또 3개월의 혹독한 실전 훈련이 계속했다.

"한 번 해병이면 영원한 해병! 복창해, 알았나?"

"예!"

훈련병들의 우렁찬 복창 소리가 하늘을 찔렀다.

"소리가 작아!"

구호가 작으면 원산폭격에 나이롱뽕 같은 이상한 벌칙으로 고된 훈련을 시켰다. 각개훈련 중이었다.

"35번! 고개 더 숙여, 철모에 총알 박혀."

온몸이 진흙투성이가 됐다. 기진맥진으로 훈련이 끝났다. 샤워하고 내무실에서 병기 손질을 하고 있었다. 그때였다.

"35번, 나와!"

선임하사 조교가 준호를 불렀다. 따라가는 준호를 향해 그가 말했다.

"면회실 가봐, 누가 면회 왔어."

면회실을 가보니 경호가 앉아있었다. 보는 순간 둘은 얼싸안았다. 해병대에 입대한 후로 경호를 보지 않은 것이 벌써 수개월이 지났다.

"야, 경호야, 공부나 하지 여기까지 뭘 면회를 오니? 잘 있었어?"

"응, 형, 시간이 좀 있길래…. 형 어때? 훈련하기 괜찮아?"

"그럼, 잘 훈련하고 있어. 그런데 너 혼자 어떻게 지냈어?"

"가끔 형이 생각났지만 지낼 만했어."

"경호야, 고맙다. 꿋꿋이 살아줘서…."

"에이, 형, 뭘 그런 것까지, 형 덕에 문제없었어."

"너 건강은 어때? 건강해야 해. 그래야 유학도 간단다."

"아참, 형. 미국으로 유학 갈 거지?"

"그래, 이 고된 훈련 속에서도 틈만 있으면 영어 공부하고 있어."

"형의 집념은 알아줘야 해."

"너도 미국 유학 간다며?"

"말하면 잔소리지! 기필코…!"

"좋았어! 어디 우리 형제, 한국, 미국 다 접수해보자!"

"그런데 형, 형은 미국 어느 대학에 갈 거야? 그리구 학과는?"

"캘리포니아 버클리 대학교, 전공은 한국과 약간 다른 정치법학. 한국에서 학사를 마쳤으니 미국에선 석사 과정부터 할 참이야. 젊음에 시간이 없잖아. 그런데 미국 가려면 우선 군대를 마쳐야 여권이 나오고, 또 문교부 유학 시험 봐서 합격해야 하거든. 그래서 지금부터 하나하나 준비하는 중이야."

"야, 미국 유학 가기가 하늘의 별 따기네. 형 대단해!"

"그뿐인 줄 알아? 미국 대학교를 선정하면 미국 대학에서 토플 성적을 요구하거든."

"그게 뭔데?"

"일종의 대학 입학시험이거든. 적어도 600점이 넘어야 좋은 대학에서 입학을 허락한단 말이야."

"와! 미국 유학이 어렵긴 어렵군."

경호가 겁난다는 듯이 눈이 휘둥그레졌다.

"너도 할 수 있어. 네가 누구냐, 내 동생 경호 아냐? 다들 못 해도 너는 할 수 있어. 지금부터 나처럼 하나하나 철저히 준비해. 그런데 넌 미국 가서 전공을 뭐로 하지?"

"그야 물론, 지금 하는 전자공학이지."

"그럼 너도 버클리 대학이나 MIT 대학으로 가야겠다."

그렇게 오랜만에 둘은 다정한 대화를 끝냈다. 그리고 그 후 6개월이 지났다. 준호는 이미 제대를 해서 문교부 유학 자격시험을 치르고 6과목에 한꺼번에 합격했다. 그리고 미국에서 시험지가 밀봉되어 비행기로 공수된 토플도 이미 650점을 맞아 합격 수준이었다. 이제 미국 대학에서 입학 원서와 풀브라이트 장학금만 받으면 미국 유학을 가게 돼 있었다.

그로부터 다시 6개월 후, 준호는 김포공항 대합실에 섰다. 대합실은 오가는 사람들로 붐볐다. 사업가나 유학생, 아니면 외교관만이 외국으로 가고자 공항을 드나들던 때였다. 일반인들은 외국 여행을 꿈도 꿀 수가 없었다. 그만큼 먹고살기가 힘들었다. 그런데 준호는 오늘 미국 유학길에 오른 것이다.

당시에는 미국 직행이 없었다. 그래서 준호는 서울에서 일본 도쿄로, 도쿄에서 미국 샌프란시스코까지 가서 버클리 대학에 가기로 했다. 버클리 대학은 미국 50개 주 중 3번째로 큰 캘리포니아 중부에 있었다. 경호는 벌써 눈시울이 빨갛게 달아 있었다. 준호 형과 헤어지는 것이 서글펐으리라. 그간 준호가 아버지, 형 노릇을 하며 남달리 정을 나눴기 때문이다. 준호는 경호를 껴안으며 달래는 듯 말했다.

"너도 2년 후면 미국 올 텐데 뭐. 울지 마. 내가 먼저 가서 자리 잡아 놓고 널 기다릴게!"

"알았어, 형."

경호는 준호의 말에 눈물을 닦았다.

"헌데 나, 형 없이 어떻게 살지?"

"아이, 대장부가 이 무슨 말이여? 나 없었어도 잘 살았구먼, 저번에."

그때 대학 친구들, 해병대 친구들, 친지들이 하나둘 마중을 나왔다. 준호는 그들과 이런저런 잡담을 하며 비행기 시간을 기다렸다.

당시엔 유학비도 여유 있게 지참할 수가 없었다. 정부에서 지원 허가가 난 유학비라고 해봐야 고작 돈 100불이었다. 미국 대학의 평균 6개월 수업료가 6,000불이었고 기숙사비에 책값이 또 6,000불은 있어야 했다. 그래서 정부 지원금 100불로 유학은 절대로 불가능했다. 미국에 연고자가 있거나 한국에서 큰 부자가 아니고선 유학은 꿈도 꿀 수 없었다. 그러나 준호의 경우는 달랐다. 풀브라이트 장학금을 받고 가기 때문에 다른 유학생들보다 처지가 달랐다. 미국에 가서도 공부에만 전념할 수가 있었다.

이윽고 비행기 탑승시간이 되었다. 준호는 마중 나온 사람들과 일일이 악수하며 이별을 고했다. 마지막 출입국 문이 닫힐 때, 준호는 경호를 다시 한 번 쳐다보며 오라고 손짓했다. 경호가 다가오자 준호는 그를 뜨겁게 포옹했다. 준호의 눈에서 왈칵 눈물이 났다. 이를 본 경호는 아예 울어버렸다. 손을 흔들며 들어가는 준호의 모습이 마냥 서러웠다.

비행기가 하늘을 날았다. 준호는 신기했다. 이 육중한 비행기가 떨어지지 않고 하늘을 평온하게 나는 것이 궁금하고 신기했다. 구름 위의 하늘은 광활했다. 온통 푸르고 맑은 하늘만이 끝없었다. 저 멀리 밑으로 내려다보이는 뭉게구름이 산과 바다처럼 보이는 모습이 마치 또 다른 육지 같았다. 비행기가 하늘을 난 지 한참이 되었다. 갑자기 옆자리에 얌전히 앉아 있던 아가씨가 말을 걸어왔다.

"아, 구름이 정말 아름답네요. 그죠?"

"예, 그렇네요."

그리고 한동안 서로가 서먹하게 말이 없었다. 그때 뒷자리에서 누군가 말했다.

"아유, 아직도 미국에 도착하려면 8시간이나 남았네. 아, 지루해…."

준호는 책을 꺼내 읽었다. 그러나 집중이 되질 않았다. 옆에 아름다운 아가씨가 있었기 때문이다. 평생 여자와 사귀어본 적이 없는 준호로는 아가씨가 옆에 있다는 사실만으로 가슴이 뛰었다. 그것도 아주 가까운 옆에…. 가슴이 울렁거려서 어찌할 바를 몰랐다. '말을 붙여 볼까? 무슨 말로?' 등이 머릿속에 맴돌았고 가슴이 뛰었다. 대학 시절, 그리운 낭만은 준호에겐 사치였다. 일부러 여자를 피하며 앞만 보고 공부만 했던 준호였다. 그래야 출세를 한다고 믿어왔던 것이다. 그런데 지금 준호의 가슴이 뛰는 이유는 무엇인가?

준호는 용기를 내어 간신히 말을 꺼냈다.

"아가씨도 미국 가세요?"

"네."

"제 이름은 준호라 해요."

"전 명희라 해요."

얼떨결에 서로 인사를 했다.

"미국에 어떻게 가세요?"

아가씨가 또 물었다.

"예, 유학요, 공부하러."

"아, 그래요?"

"아가씨는 미국엔 왜?"

준호가 아가씨에게 물었다.

"저두요."

"아, 그렇군요. 여자분이 유학이라니…. 장하십니다."

준호가 또 물었다.

"혹 실례가 아니라면 어디 학교로?"

"캘리포니아, LA에 있는 UCLA 대학이요."

"아, 그래요? 크고 좋은 학교로 알고 있는데…. 혹시 한국에선 뭘 전공하셨어요?"

"××대학교에서 사회학과요."

그리고 아가씨가 준호에게 또 물었다.

"미국 가면 뭘 전공하실 건가요?"

"한국 ×××에서는 정치외교학을 했는데, 미국에선 약간 다른 정치법학을 석사 과정부터 전공하려고요."

"아, 그래요? 혹시 미국 어느 학교로?"

"저도 캘리포니아, 버클리에 있는 버클리 대학요."

"아, 같은 주에 있는…."

말을 조금 주고받은 덕에 수줍음이 좀 사라졌다고 준호는 느꼈다. 둘은 주고받던 말을 잠깐 멈추고 창밖을 내다봤다. 준호가 말을 걸었다.

"밖을 보세요. 천상의 또 다른 세계 같아요. 저기 뭉게구름은 마치 산 같지 않아요? 환상적이네요. 정말 아름다워요."

"예, 그렇네요. 정말 하늘이 티끌 하나 없이 맑아요. 상상의 나라 같네요. 뭉게구름, 지상에서 볼 수 없는 또 다른 낭만이군요."

그리고 준호가 그녀에게 다시 물었다.

"고향이 어디세요?"

"황해도 해주요."

"네? 어떻게 이북에서…."

"사실 전 탈북민이지요. 북한에선 정말 살기가 어려웠어요. 북한 주민 모두가 다 그래요. 먹을 것이 없어서 집을 나간 어린 꽃제비들이 이리저리 거리를 방황하며 쓰레기를 뒤져요. 북한 사회는 정말 지옥이에요. 배급도 없고 스스로 알아서 먹으라는 독재 정권이지요. 더구나 자유가 전혀 없으니 정말 힘들어요. 산이나 들에 풀을 뜯어 먹고 사는 사람들이 부지기수예요. 인간이 사는 나라가 아니지요. 그래서 엄마와 아빠와 중국으로 탈출했지요. 그리고 강을 다 건넜을 때쯤 양부모님 모두 북한 인민군 총에 맞아 강에서 그만 돌아가셨어요."

말을 잇지 못하는 그녀의 눈시울이 붉어졌다. 준호는 호주머니에서 흰 손수건을 꺼내 그녀에게 주었다. 준호가 감탄한 듯 물었다.

"참 훌륭하시네요. 그래도 지금 유학길에 올랐으니…. 대단하시네요."

그녀는 계속해서 말을 이었다.

"그때 생각만 하면 너무 끔찍해요. 엄마와 아빠가 총에 맞아 쓰러지는 순간 전 기절했지요. 그리고 눈을 떠보니 어느 한 교회였어요. 당시 지나가던 사람이 기절한 나를 발견했대요. 그분은 교회 목사였는데, 그때 나를 자신의 집으로 데려갔대요. 그 후에 저는 교회에서 열심히 일하며 목사님 댁에서 행복하게 지냈지요. 그런데 북한 감시원들이 눈치를 챈 거였어요. 그래서 목사님이 나를 남한으로 데리고 가려고 했지요. 그런데 한국 여권이 없잖아요?"

"그럼 어떻게 남한까지 올 수 있었던가요?"

"그 일들을 생각하면 끔찍해요. 목사님이 브로커에게 돈을 주고 저를 부탁했어요. 전 브로커를 따라 중국 국경에서 라오스 국경으로, 거기서 또 태국으로 넘어갔지요. 그때를 생각하면 소름 끼쳐요. 중국 국경수비대의 총에 맞아 죽어간 아주머니, 들킬까 무서워 울지 못하게 갓난아이의 입을 막았다가 나중에 보니 아이가 숨통 막혀 죽었던 일, 라오스 악어 강을 넘다가 악어에 물려 죽은 그 갓난아이의 엄마…. 정말 생과 사가 수십 번 넘나들었지요. 사느냐 아니면 죽느냐? 바로 셰익스피어의 말 그 자체였어요. 그렇게 남한에 들어와 고아원에서 열심히 일하고 공부했어요. 북한 주민들 생각에 나중에 통일되면 사회봉사를 하겠다고 사회봉사학을 전공했지요."

"아, 한 편의 드라마 같네요. 무척 고생하셨군요. 정말 존경이 저절로 나오네요. 살아남으신 게 신기하네요, 듣고 보니…. 그런데 지금은 남이 부러워하는 미국 유학길에 올랐으니 정말 대단하세요. 내로라하는 한국 명문가의 자식들도 감히 미국 유학에 도전할 수가 없는데…"

"다 목사님 덕분이죠. 목사님이 아버지시고 제 인생의 선생이셨어요. 한국에 와서 열심히 교회 일 보고, 또 아이들 보살피고, 그리고 열심히 공부한 댓가지요, 뭐."

"여하튼, 참 훌륭하시네요."

이어 준호가 자기 사정을 말했다.

"저 역시 탈북민이죠. 제 나이 7살, 북한에서 꽃제비였어요. 어머니 말씀으로는 아버지는 정치범 수용소에서 돌아가셨고, 어머니는 굶어 돌아가시고…. 어쩔 수 없이 살기 위해 38선. 사선을 넘어 동생 경호와 탈북했지요. 그래서 명희 씨의 말이 더 실감 나고 제 가슴을 치네요."

"아, 어쩜! 우리 운명이 비슷하네요."

이번에는 동정 어린 그녀의 말이 준호의 가슴에 닿았다. 둘 다 남한에 와서 홀로 역경을 거쳐 지금의 유학길에 올랐다는 사실에 적이 놀랐다. 준호는 그녀가 더 장해 보였다. 어린 소녀가 그 모진 고생을 감내하고 남한에 왔다는 사실이 더 감동이었다. 북한이란 지독한 사회에서 벗어나 꿈을 간직하고 여기까지 왔다는 사실에 서로가 놀라워했다. 서로는 그렇게 몇 시간 동안을 얘기했다. 마치 오래전 짝꿍을 만난 듯 이야기꽃을 피웠다. 미국에서 거처할 곳, 미국 친척들, 학교 졸업 후 꿈들을 서로 나눴다. 둘은 서로 전화번호를 교환했다. 그리고 서로 연락을 약속했다. 준호는 가슴이 뛰었다. 준호의 인생 중 아가씨를 만난 것도, 이토록 장시간 가슴을 맞대고 얘기한 적도 처음이었다. 준호는 인연이라는 생각이 들었다. 유학의 기쁨, 인연의 기쁨, 기쁨이 배가 되어 가슴이 뛰었다. 이제 둘은 오래전에 만난 여인들처럼 가까워졌다.

어느덧 비행기가 샌프란시스코에 도착했다. 초저녁 밤이었다. 하늘 위에서 내려다본 샌프란시스코의 시가지는 보석 그 자체였다. 준호는 버스로 버클리 대학으로 가야 했고, 그녀는 또 LA로 가는 비행기를 갈아 타야 했다. 헤어져야 하는 공항 플랫폼, 둘은 스스럼없는 악수로 서로 이별을 고했다. 되돌아서면서 준호는 공연히 서글퍼지며 눈물이 났다. 이제 혼자라는 생각 때문이었다.

　준호는 학교로 향하는 버스에 올라타 차창 밖을 내다봤다. 빠르게 지나치는 한가로운 가로등들, 그리고 높고 가느다랗게 늘어진 팜 트리의 모습이 준호에겐 낯선 이국의 아름다운 정취였다. 갑자기 머릿속에 고향이 떠올랐다. 가난에 찌들어 헤매던 어린 시절, 죽 한 그릇을 앞에 놓고 "너나 먹어, 난 배불러."라 말하던 어머니의 옛말들, 그리고 서럽게 죽어간 어머니의 마지막 모습, 모두 다 잊히지 않는 고독한 슬픔이었다. 어머니의 돌무덤…. 버스는 어느덧 학교 앞에 도착했다.

8 아름다운 낭만

준호가 미국에 온 것도 어언 2년이 넘었다. 미국의 새로운 생활과 환경에 이젠 제법 적응이 되었다. 준호의 목표는 대학원 졸업 전에 변호사 시험에 합격하고, 졸업 후 인턴으로 백악관에 들어가 정치와 법을 실습하는 것이었다. 그리고 최종 목표는 조국으로 돌아가 조국 정치와 통일에 헌신하는 대통령이 되는 것이었다. 목표가 그랬으니 마치 양파 껍질을 벗겨 내듯 하나씩, 한 발씩 집념을 다 해 다가가는 것이었다. 수업료 부담이 없었으니 책값과 생활비, 그리고 용돈을 위해 아르바트 일을 하는 일 이외는 항상 도서관에 있었다. 준호는 수업시간에는 언제나 의견 발표를 주도하고 열띤 토론에 임하여 교수의 신임을 얻었다. 학생 회의에도 빠짐없이 참석하여 학교의 발전에 대한 의견을 내고, 또 열심히 봉사하며 헌신했다. 학교에서 준호는 모범생, 우등생으로 소문나 있었다. 그리고 어느 날 학생회장 후보로 나가보라는 반 친구들의 극성에 준호는 학생회장 선거에 입후보했고 결국 당선되었다. 이 역시 앞날의 계획에 보탬이 되리라 준호는 여겼다.

어느 날 아침이었다. 경호가 보고 싶었다. 해외 전화가 비싸다는 것을 알고 그간 자제해왔지만, 오늘은 경호에게 전화하고 싶었다. 경호가 머무는 자취방 주인집에 전화하여 경호를 바꿔 달라 청했다. 경호는 다행히 집에 있었다. 경호가 당황했으나 신이 나서 전화를 받았다.

"경호니?"

"응, 형! 웬일이야? 잘 있었어? 반가워, 형. 건강하구?"

오랜만에 경호가 무척 반가워했다.

"응, 난 괜찮아. 오랜만이다. 너 건강하니? 몸은 어떻구?"

"다 괜찮아. 가끔 형이 보고 싶어 탈이지만…. 형, 어디 아픈 데 없지?"

"응, 아픈 데 없고 잘하고 있어, 너 공부 잘하고 있지?"

"그럼, 벌써 졸업반이야. 이제 군대만 가면 돼. 졸업 전에 군대 갔다 오려고. 나도 형처럼 해병대 입대할까 해. 갔다 와서 또 형처럼 유학 시험, 토플, 입학 원서 등에 매진할 거고…."

"그래, 넌 잘할 거야. 하다가 모르면 형한테 물어. 그런데 미국 학교는 선택했어?"

"응, 나두 형 학교, 버클리 대학 갈 거야. 그리고 풀브라이트 장학금 도 이미 신청했고…. 지금도 계속 교신 중이야. 잘 될 거야."

"학교 성적도 좋아야 하는데… 성적은 괜찮니?"

"그야 물론 올 에이에 가깝지, 뭐."

"그래, 그러면 됐어."

"그런데 형, 혹시 애인 있어?"

"아니, 아직은…. 여자 사귈 시간이 어딨니? 그런데 왜 갑자기 그걸 묻니?"

둘은 오랜만에 즐겁게 통화했다. 경호의 활기찬 소리를 듣고 나니 맘이 놓였다. 전화를 끊고 준호는 생각했다. 다행히 경호도 자신과 똑같은 길을 걸어갈 거로 생각하니 준호는 기뻤다. 경호나 준호는 북한에서 외톨이로 꽃제비가 되어 숱한 고생을 한 과거가 있지 않은가?

준호는 어머니를 잃고 울부짖던 때가 엊그제만 같았다. 그런데 벌써 대학 졸업이 코앞이라는 생각에 세월이 빠름을 실감했다. 그리고 공연히 눈시울이 뜨거워졌다. 이제 2년만 있으면 경호도 미국에 올 수 있으니 무척 기뻤다. 경호라도 옆에 있으면 서로가 의지가 될 것으로 생각하니 외로움이 덜해지는 듯했다. 전화 중 경호가 준호에게 애인 있느냐는 말에 준호는 갑자기 비행기 안에서 만났던 명희가 생각났다. 비행기 안에서 짧은 시간 동안 꽤 정이 들었고 인연이 됐다고 생각했다. 그녀가 궁금했다. 내친김에 준호는 전화를 했다.

"여보세요?"

"누구세요?"

"저, 김준호란 학생인데요. 조명희 씨 좀 부탁합니다."

기숙사 관리인 같은 사람이 전화를 받았다. 잠시 후 명희의 목소리가 수화기에서 흘러나왔다.

"저, 전데요? 혹시 준호 씨?"

"안녕하세요? 예, 김준호입니다."

"어머, 안녕하셨어요? 반가워요, 어쩐 일로…?"

"네, 갑자기 생각이 나서…. 건강하시죠?"

"네, 준호 씨도요?"

"그럼요. 기숙사인가요? 공부는 어떠세요?"

"네, 여전히 수업에 도서관에 그저 바빠요. 준호 씨는요?"

"네, 저두 그래요. 수업에, 도서관에, 아르바이트에… 바쁘게 살죠."

"고생이 많으시네요."

"명희 씨도 그렇죠, 뭐."

"저도 준호 씨처럼 하는데, 좀 벅차요."

"명희 씨도 장학생이잖아요?"

"네, 수업료만 장학생이지, 그 외는 알바로 생활비를 보태야 해요."

"그야 그렇죠."

명희도 자신과 처지가 같다고 준호가 생각했다. 전화 중에 명희가 의외의 말을 했다.

"오는 여름 방학에 샌프란시스코에 한번 다녀와야 할 일이 생겼어요."

"아, 그래요? 저야 오시면 좋지요. 그런데 왜요?"

"친구가 한국에서 샌프란시스코에 온대요."

"그럼 그때 제가 꼭 모실게요."

"말만 들어도 고맙네요. 가면 꼭 전화할게요."

"예, 꼭 그렇게 해줘요. 어쩐지 보고 싶네요. 그럼 그때를 기다리고 있을게요."

명희와의 전화도 오랜만이었다. 전화를 끊은 준호는 어쩐지 가슴에 여운이 감돌며 파르르 떨렸다. 기분이 좋았다.

"아, 좋아한다는 것이 이런 기분이구나."

준호가 혼자 말로 중얼거렸다. 여름 방학이 기다려졌다.

드디어 여름 방학이 되었다. 명희가 샌프란시스코에 온다는 전화가 왔다. 준호는 공항으로 마중을 나갈 준비를 했다. 신경 안 쓰던 머리도 다듬고, 입지도 않던 단벌 신사복을 꺼내 먼지를 털었다. 차가 없던 준호는 임시로 차를 빌렸다. 준호는 버클리 시가지를 지나 샌프란시스코를 연결하는 베이브리지를 건넜다. 청운의 꿈을 안고 미국에 처음 온 그때의 기분과 달랐다. 그때는 두려움과 각오가 교차했지만, 지금은 설렘과 익숙함이 배였다. 운전 중 명희를 만나 어떻게 시간을 보낼 것인가 곰곰이 생각했다.

준호는 공항에 도착했다. LA에서 명희가 타고 오는 비행기는 델타 항공기 #314기였다. 준호는 하객들이 나오는 비행기 출구에서 명희가 나오기만을 기다렸다. 이윽고 명희가 준호의 시야에 들어왔다. 준호는 재빨리 앞으로 다가가 명희의 손을 덥석 잡았다. 그리고 과감하게 포옹까지 했다. 명희가 쑥스러운 듯 얼굴이 금세 빨개지며 웃었다. 그러나 무척 반가운 기색이었다. 준호도 엉겁결에 포옹했지만, 좀 쑥스러웠다. 그러나 참으로 기뻤다. 준호는 그녀를 차에 태우고 그녀가 말한 행선지를 달렸다. 차가 도착한 곳은 한국에서 온 그녀 친구가 묵고 있는 곳이었다. 명희는 준호에게 친구를 소개했다. 준호는 그곳에서 커피를 한 잔하고, 내일을 약속하며 기숙사로 돌아왔다.

다음 날 아침, 명희로부터 전화가 왔다. 준호는 그녀의 친구 집으로 달려갔다. 오늘은 명희와 명희 친구에게 샌프란시스코의 시내 명소들을 소개할 생각이었다. 준호는 둘을 태우고 샌프란시스코 시내의 높은 언덕 꼬부랑길을 드라이브했다. 그리고 샌프란시스코의 바닷가 명소인 피어에 도착했다. 우선 때가 되어 점심을 했다. 그리고 조용한 찻집을 찾았다. 한동안 주고받는 얘기들이 바쁘게 오갔다. 다양한 이야기를 나누다 보니 시간 가는 줄을 몰랐다.

어느덧 저녁때가 되었다. 준호는 그들과 함께 유람선을 탔다. 그들에게 유람선에서 펼쳐지는 샌프란시스코의 야경을 보여주고 주고 싶었다. 준호 역시 유람선을 타 보기는 처음이었다.

유람선이 금문교 다리 밑을 지날 때, 언덕 위에 자리 잡은 시내 경치는 절경이었다. 섬 위의 도시처럼 참으로 낭만적이었다. 그래서 샌프란시스코는 낭만의 도시, 여인의 도시라 했던가? 공부에만 집착했던 준호와 명희에게 마치 새로운 낭만의 세계에 펼쳐진 듯했다. 모두 황홀했다. 그간의 외로움들이 싹 가시는 듯 상쾌했다.

준호는 저녁 늦게까지 그들과 시간을 보내고 또 집까지 데려다 주었다. 그리고 명희에게 물었다.

"명희 씨, 내일 LA 간다고 들었는데 몇 시죠?"

"오전 11시요."

"아…. 제가 공항까지 픽업해드리면 어떨까 해서…."

"에이, 신세를 많이 졌는데 그것까지…."

"아니요, 명희 씨와 친구를 만난 게 제 기쁨이었는데요. 정말 좋았어요. 그간 좀 홀로 외로웠거든요. 명희 씨도 그랬을 텐데…. 그리고 이제 명희 씨를 또 보려면 또 한참 걸릴 듯싶은데… 제가 8시까지 올게요."

준호는 명희 씨와 잡은 손을 놓으며 그 손에 키스했다. 명희 씨가 수줍어했다. 돌아서는 준호에게 명희는 손을 흔들어 배웅했다.

돌아오는 내내 준호는 흐뭇하게 가슴 뛰는 기분에 어쩔 줄을 몰랐다. 이미 명희는 준호에게 연인이 되어버린 기분이었다. 갑자기 대학 시절이 떠올랐다. 교정에서 청춘들이 정답게 손잡고 걸어가는 모습, 다방에서 청춘들이 무언가 낭만을 조잘대는 모습, 그때는 그들의 모습이 모두 사치라 생각하며, 그래도 부러워했던 준호의 자화상이 생각났다. 이제 늦게나마 그 애틋한 경험을 하고 있음에 가슴이 두근거렸다.

9 이국에서 만난 기쁨

올해는 신수가 좋다고 준호는 생각했다. 명희를 보내고 몇 개월이 채 되지 않았다. 오늘은 한국에서 경호가 오는 날이었다. 경호도 운 좋게 준호가 다니는 버클리 대학으로 유학 왔다. 전자공학 석사 과정으로 준호처럼 역시 풀브라이트 장학생으로 오는 것이었다. 경호가 준호를 따라 잘해내고 있다는 생각에 경호가 대견스러웠다. 우선 경호도 수업료 전액 면제 장학생이었다. 고로 공부에 전념할 수 있는 처지였다. 준호는 경호의 도착 시간에 맞춰 공항에 나갔다. 기다리는 동안 수많은 사람들, 수많은 발길들이 오가는 모습을 준호는 바라보면서 인생이, 삶이 무엇인가를 잠시 사색하고 있었다.

"무엇이 저토록 저들을 바쁘게 하고 있는 것인가? 어디서 왔다가 어디로 가는 것인가? 여기서 또 어디로 저렇게 가는 발걸음들이던가? 만나는 기쁨, 헤어지는 서글픔, 모두가 삶이던가? 삶에 따라 희비가 엇갈리는 인생들이 아니던가? 주어진 인생, 삶 따라 운명이 엇갈리며, 그래도 숙연히 스스로의 삶에 충실한 인간들이 아닌가? 헤어지고 만남에 희비가 교차하며 그 삶 속에서 그래도 스스로의 고독과 슬픔을 간직하며 살아가는 인간들이 아닌가? 그렇게 인간은 주어진 운명에 순종하며 살아가야 하는 것이 인간이던가? 그러다가 세월이 가면 세월과 함께 인간의 운명도 다하는 것인가? 인생과 삶의 고독, 마치 공수래공수거가 아니던가? 산다는 것, 마치 맑은 하늘에 떠 있는 한 점의 구름, 또한 보이는 듯 잠시 후 사라는 아침 안개 같은 것이 곧 인생이 아니던가?"

어쩐지 서글픈 생각이 들었다. 그때였다. 비행기 도착을 알리는 방송이 나와 준호를 깨웠다. 이윽고 비행기에서 사람들이 나오기 시작했다. 잠시 후, 경호의 모습이 나타났다. 준호의 가슴에 기쁨이 잔물결을 이루며 경호를 불렀다. 다가가 경호를 왈칵 껴안아 포옹했다. 둘은 한동안 떨어지질 않았다. 어깨너머 준호와 경호의 눈에서 눈시울이 맴돌았다. 그리고 준호가 말했다.

"너, 왜 이렇게 말랐니?"

"그래? 난 예나 지금이나 똑같다 느끼는데…. 형은 살쪘네? 공부에 변호사 시험, 학생회장에 바빴을 텐데 말이지."

"미국에서 너보단 잘 먹고 잘 있었지. 그러니 살쪘지."

"그야 그렇지. 헌데 요즘 한국도 형이 미국에 올 때보다 많이 달라졌어. 이제 잘 먹고 잘들 살아. 그간 한국이 고속 경제성장을 했잖아. 한국의 경제 수준이 세계 10위권 이내래. 옛날과 달라."

경호의 말에 준호의 머릿속에 그간 한국의 경제발전 모습이 주마등처럼 떠올라 지나갔다. 불도저의 요란한 건설 현장, 고속도로를 달리는 수많은 자가용들, 울산과 포항에서 내뿜는 산업 굴뚝들, 하늘을 찌르는 서울과 도시심의 고층 아파트들, 모두 고속 성장의 결과물들이 머릿속을 스쳐 갔다. 이미 TV로부터 수차례 보아 왔기 때문이었다. 공항을 나오며 이윽고 경호가 화제를 돌려 물었다.

"형, 그건 그렇고, 형 연애한다며?"

"누구한테 들었니?"

"어허, 형이 저번 통화에서 말했잖아, 아가씨를 샌프란시스코에 안내 했다구…."

"어, 내가 그랬나?"

공항에서 나올 때는 이미 점심시간이었다. 둘은 모처럼 한국 식당을 찾았다. 경호에게 한국에서 못 먹었던 소갈비를 맘껏 먹이고 싶었다. 경 호가 그런 고기를 언제 먹어 봤을까 하는 생각에서였다. 경호는 갈비가 되게 맛있다며 계속 먹었다. 하기야 한국이 잘산다고 말들 하지만, 아 직 소고기를 실컷 먹으며 살 정도의 처지는 아니라 싶었다. 식사 후에 나왔지만, 경호를 학교 기숙사로 향하기가 좀 이르다고 생각했다. 그래 서 준호는 경호를 데리고 시원한 바닷가 피어에 들렀다. 전에 명희를 데 리고 와 봤던 곳이다. 그곳에서 준호와 경호는 그간 살아온 얘기로 시 간 가는 줄을 몰랐다. 그리고 저녁쯤에 기숙사로 돌아왔다.

10 의젓한 미국 검사

세월이 유수같이 지나갔다. 경호가 미국에 온 지도 꽤 시간이 지났다. 그리고 명희가 샌프란시스코에 들른 지도 꽤 시간이 흘렀다. 그간 경호는 학업에 매진했다. 준호 역시 학업에, 학생회장에, 졸업 준비에, 그리고 변호사 시험 준비에 여념이 없었다. 그래도 준호는 잊지 않고 가끔 명희에게 전화를 해왔다. 그리고 6월이 왔다. 준호의 졸업식이 다가왔다. 그리고 졸업식, 그때 LA에서 명희가 축하차 왔다. 졸업식이 끝나고 준호와 경호, 그리고 명희는 샌프란시스코 시내, 유명한 한국 식당을 찾았다. 준호가 한턱내기로 작정했다. 셋은 모처럼 맥주잔을 돌리며 시끌벅적 기분이 좋았다. 이런저런 추억거리에 왁자지껄했다. 경호와 명희가 말했다.

"형, 졸업 축하해."

"준호 씨, 졸업 축하해."

"땡큐, 누구나 다 하는 걸, 뭘."

"명희 씨, 졸업도 얼마 안 남았지?"

"그렇지."

"그때는 내가 LA 가야지. 품앗이해야 하잖아. 나라도 가야 명희 씨가 외롭지 않지. 안 가면 울걸? 졸업식이 며칠, 몇 시, 어디서야?"

"6월 20일 9시. 축구장, 운동장에서지만…. 뭐하러 LA까지 와? 와주면 좋긴 하지만…."

명희가 둘러댔다.

며칠 후, 준호는 LA 명희의 졸업식에 갔다. 듣던 바처럼 UCLA 대학은 엄청 컸다. 동네가 모두 UCLA 캠퍼스였다. 졸업생만 수천 명이 되는 듯싶었다. 하기야 전 학생 수만 무려 수만 명이라 누군가 말했다. 미국에서 제일 학생 수가 많은 학교였다. 졸업식이 끝나고 준호는 꽃다발을 명희에게 안겼다. 기쁜 명희의 눈에 눈시울이 맴돌았다. 기념사진을 찍었다. 축하객이 많지 않은 명희의 졸업식에 준호가 있어 다행이었다.

"명희 씨, 졸업 축하해."

"고마워, 와 줘서."

"안 오면…? 내가 학부모인데?"

둘은 멋쩍듯이 웃었다. 순간 명희의 얼굴에 서글픔이 서렸다. 준호는 명희가 돌아가신 부모님을 생각하는 것이라 여겼다.

졸업식이 끝난 후 준호는 명희를 데리고 UCLA 근처 산타 모니카 해변으로 갔다. 졸업축하 겸 한턱낼 요량이었다. 둘이서 해변을 걸었다. 산뜻한 봄, 태양이 대지에 깔리며 시원한 바닷바람이 가슴을 스쳤다.

다정히 걷는 둘의 모습은 누가 봐도 천상 연인이었다. 언제부터인가 준호와 명희는 그렇게 변해 있었다. 준호는 명희가 무척 좋았다. 준호의 눈에는 처음 비행기 안에서 명희를 봤을 때처럼 여전히 그녀가 천사 같았다.

해변을 걷다가 둘은 계단에 따라 산타 모니카 피어에 올랐다. 그곳은 놀이터인 양 많은 사람들이 오가며 즐겼다. 어떤 이들은 하늘을 나는 바이킹 배를 타고, 수직으로 오르내리는 로켓을 타고 비명을 질렀으며, 또 어떤 이들은 회전목마를 타고, 한가히 난간에서 낚시질하며 즐거움을 누리고 있었다. 또 예술인들은 호객을 불러 놓고 힙합으로, 그림으로 나름대로 용돈을 벌었다. 준호가 말했다.

"시간도 됐고 배고프지 않으세요?"

명희가 고개를 끄덕였다.

"저쪽으로 가면 바닷가에 한국 식당이 하나 있는데요, 한식 어떠세요?"

"좋지요. 아무래도 나는 한국 체질이라…."

준호는 차를 몰아 해안 도로를 따라가다가 한국 식당으로 들어갔다.

"아유, 이 식당 분위기 멋지네요. 정말 낭만적이네요."

명희가 말했다.

"분위기 좋지요? 그래서 밤에 연인들이 많이 찾는 곳이지요."

바위에 부딪히는 파도 모습이 한 폭의 그림 같았다. 잠시 후, 웨이트리스가 주문을 요청했다. 그때 명희가 웨이트리스에게 물었다.

"혹 북한에서 왔어요?"

"그건 어떻게…?"

웨이트리스가 당황하며 말했다.

"말투가 북한말 같아서, 저도 북한에서 왔거든요…."

그러자 웨이트리스가 신기하다는 듯 수줍은 웃음을 띠더니 말했다.

"정말 이런 곳에서 북한 분을 만나다니…. 고향 친구를 만난 기분이네요?"

"저도 그렇네요."

웨이트리스가 주문을 받고 떠난 후 준호가 명희에게 말했다.

"어떻게 북한인인 줄을 맞췄어요?"

"북한말은 어딘가 좀 달라요. 그래서… 여기까지 와서 고생하는구면."

명희의 얼굴에 서글픈 여운이 감돌았다.

"갑자기 옛날 탈북했을 당시가 생각나네요. 그때는 상상만 해도 끔찍한데 저 웨이트리스분은 어떻게 미국까지 왔을까 하는 생각이 들어서…"

말끝에 명희의 눈이 눈시울에 젖어 있었다. 눈물에 찬 명희의 심정을 돌려 보려고 준호는 일부러 슬픈 사연들을 한 번 더 물어봤다.

"에이, 전번에 말했잖아요? 중국 국경수비대에 들켰죠. 탈북 일행들이 이리 뛰고 저리 뛰며 도망갔지요. 갓난아기 엄마는 애가 우니까 입을 막았지요. 그리고 한참 후 라오스의 악어 강에서 배 위에 올랐죠. 한숨 돌린 엄마가 그제야 아이를 보니 이미 숨통이 끊겨 죽은 거예요. 엄마는 울부짖으며 통곡했지요. 이를 말리려 일행이 일어나자 배가 균형을 잃고 뒤집혔어요. 그리고 그 갓난아기 엄마는 하늘의 뜻인지 악어에 물려 죽게 됐지요. 그런 슬픈 탈북 얘기죠, 뭐."

허심탄회하게 명희는 말했지만, 흐르는 눈물은 막을 수가 없었나 보다. 준호가 계면쩍어 말을 이었다.

"에이, 공연히 제가 말을 꺼내서…. 미안해요. 이제 잊어요."

그리고 덧붙여 말했다.

"인간이 인간을 무참히 짓밟고 죽이는 천하에 둘도 없는 나라, 김정일…. 하나님이 있다면 어찌 그런 자들을 가만 놔둘까? 한겨레, 배달민족끼리 어찌 그렇게 잔혹할 수가 있는지…?"

이어 식사가 나왔다. LA 갈비가 유명하다며 명희가 분위기를 바꾸는 눈치였다.

저녁을 먹고 준호는 명희를 UCLA 기숙사까지 바래다 주었다. 그리고 그 길로 준호는 다시 북쪽 버클리로 향했다. 운전 중 내내 명희의 서글픈 얘기들이 가슴에 와 닿았다. 기구한 명희의 과거였다. 팔자인가 보다 생각하며 차를 몰았다.

명희가 대단했다. 그 고통과 역경을 넘어 미국까지 왔다. 그리고 지금은 어엿한 인텔리 숙녀가 됐다. 명희가 불쌍하다 생각했지만, 한편 대견스러워 보였다.

"내가 불쌍한 명희 씨를 끝까지 도와야지. 누가 명희 씨의 외로운 인생을 달래주겠나? 하기야 나도 그렇지만…. 외로운 사람끼리 외로움을 달래야지."

그렇게 혼자 말을 지껄이며 차를 몰았다. 그렇게 생각들이 길동무가되어 준호는 지루하지 않은 장시간의 드라이브를 마쳐 기숙사 집으로왔다.

졸업하자마자 준호는 변호사 시험에 합격했다. 그 후 준호는 미 연방검찰청 샌프란시스코 서부지청에 검사직 임용에 응시해놓았다. 오늘이바로 2차 마지막 관문, 인터뷰가 있는 날이었다. 준호는 차례에 따라 인터뷰실로 들어갔다. 3명의 미국인 심사관들이 준호에게 물었다.

"귀관은 검사의 임무가 무엇이라고 생각합니까?"

"만인이 법 앞에 평등함을 근거하여 공공사회의 안전과 질서를 위해법을 공정히 집행하는 공인의 임무라 생각합니다."

"귀관의 친구가 위법 행위를 하여 귀관이 그 사건을 맡았다고 가정합시다. 귀관은 이 사건을 어떻게 처리하겠습니까?"

"사심을 떠나 정당한 법에 따라 공정히 집행해야 한다고 생각합니다."

"귀관은 원래 한국인입니다. 법 집행상에 인종적 편견이 없다고 생각합니까?"

"법 집행은 정당, 공평이 생명입니다. 어떠한 이유라도 편견이나 사심은 절대 금물임을 명심하며, 또한 그것이 제 철학입니다."

그리고 며칠이 지났다. 검사직에 합격했다는 통지서가 왔다. 준호는 그 기쁨을 혼자 할 수가 없었다. 우선 LA에 있는 명희에게 전화를 걸었다.

"저, 준호예요."

"예, 알아요. 무슨 좋은 일이라도? 말소리가 꽤 활기찬데…."

"있긴 있는데…. 알아맞혀 볼래요?"

"글쎄, 뭘까? 혹시… 무슨 취직?"

"딩동댕! 나 연방정부 검사에 임용됐어."

"어머, 웬일이야! 우선 축하해! 아유, 정말 기분 좋겠다."

"고마워."

준호는 처음으로 자랑하며 말했다. 이제 명희에게 하는 말도 격이 없었다. 친구인 양, 친구 아닌 연인 간의 서슴없는 말이었다.

"어, 미안, 나도 모르게 말이 막 나오네?"

"그러면 어때? 이제 알 만큼 알았는데…."

명희의 대답이 고마웠다.

"맞아, 이제 우리 사이 말을 어느 정도 놔도 될 성싶어."

"맞아, 준호 씨. 그게 편해."

"그럼 우리 앞으로 뭐라고 서로 부를까?"

준호가 은근히 뭔가 바라며 물었다.

"난 준호 씨를 John이라 부를게. 준호 씨는 날 Myong 혹은 You라고 부르면 되지 않을까?"

"I see. That'll be good. 그게 좋겠네. 고마워!"

명희도 때를 같이하여 졸업 후 모교인 UCLA에서 사회학과 조교수로 일부 강의를 맡은 상태였다.

"그건 그렇고, You의 대학취직을 축하해. 늦었지만…."

"뭘…. 고마워. 어쨌든…."

"그리고 명희 씨…?"

"왜요? 또 명희 씨란다."

"아니, 나… You를 사랑하나 봐. 봐도 또 보고 싶고, 들어도 또 듣고 싶고, 해도 해도 또 말하고 싶고, 그리고 있어도 또 같이 있고 싶고…."

"저런…. 어쩜 좋아? 나도 그런 것 같은데…."

"사랑해. 그리고 경호 여름 방학 때쯤 해서 You를 보러 또 LA를 갈 거야…."

"그럼 나두 좋구, John. 그때 검사 축하 겸 내가 쏠게."

"말만 들어도 고맙지 뭐. 안 해도 돼. You만 곁에 있으면…."

준호와 명희는 이제 서슴없는 연인이었다. 준호에겐 오늘의 대화가 역사적인 순간 같았다. 기분이 아주 최고였다. 전화를 끊고 한동안 명희만을 생각했다. 공연히 육체적 흥분까지 되어 있었다. 곧장 이러면 안 된다는 식으로 생각을 바꾸려 야단이었다. 아름다운 청춘이라 생각했다.

11 박사, 또 다른 도전

샌프란시스코 연방정부 검찰청, 연방 검사로 일한 지도 꽤 됐다. 준호는 검사로서 공무에 충실했다. 한 시간 전에 출근하여 검사 행정은 물론 부여된 사건 업무에 만전을 기했다. 준호는 주어진 일 외에도 매우 적극적, 협조적, 창조적, 생산적이었다. 의무와 책임감이 강했으며, 또한 양심, 경우, 도리에 맞게 처사를 했다. 직원들 간에도 협동과 화합을 잘하여 직장에서 칭송이 자자하며 평판이 나 있었다. 한 마디로, 신임을 얻은 것이었다. 공무상에서 항상 단정한 옷차림에 예의가 밝았다. 검사로서 약한 자들 편에서 인정이 많아 이미 평민 검사로 이미 소문나 있었다.

어느 날, 샌프란시스코 차량국 소속으로 시내에서 운행하던 버스가 큰 교통사고를 냈다. 무리하게 빨간불에서 직진하다가 파란 신호에 건너가던 무고한 노인들 5명이나 일시에 치여 죽게 한 사건이었다. 준호가 사건을 위임받았다. 그런데 시에서 연금이나 타 먹는 노인들이라 하여 사건을 소홀히 여기며 사망 보상을 소액으로 주라고 상관들이 준호에게 압력을 가했다. 준호가 부당하다며 대항했다. 상관들이 준호를, 검사는 변호사가 아니고 정부를 대변하는 검사라 꾸짖었다. 준호가 속으로 화가 나 있었다. 그리고 재판장에서 준호는 마치 변호사 같은 구형을 했다.

"존경하는 피해자 가족 여러분, 그리고 판사님, 변호사님, 저는 연방 정부 검사 김준호입니다. 본 사건을 검토해본 결과, 무고하게 사망하신 노인분들에게 정부가 부당한 처사를 하고 있습니다. 노인이라 하여 소중한 생명을 무시하고 피해보상을 마치 개값을 주듯 적게 주려는 지방 행정부의 처사는 아주 잘못한 처사입니다.

법은 만인에 평등하고 공정하고 또한 정당하게 형평성을 유지해야 합니다. 고로 여생이 얼마 남지 않은 노인이라고, 또한 노인 연금을 타 먹는다 하여 귀중한 생명을 등한시하고 피해보상을 무척 적게 보상하려는 정부의 행위는 지극히 잘못된 것입니다.

우리 한번 바꿔 생각해봅시다. 판사님의 노모께서 이 같은 사고를 당하여 마치 개값을 받듯 귀중한 생명을 무시당한다고 가정하십시다. 판사님은 가만있겠습니까? 고로 이들 노인 사망자들에게도 젊은이들의 사망과 똑같은 액수의 피해보상을 받도록 구형하는 바입니다."

이윽고 재판장이 와자지껄해지며 박수가 요란했다. 이때 판사가 화를 내며 준호를 쳐다봤다.

"검사 김준호 씨, 당신은 행정부 소속 검사요? 아니면 피해자 가족 변호사요? 무슨 놈의 정부 검사가 피해자 편에서 변호사 노릇을 하는 거요?"

준호가 판사에 반박하며 말대꾸했다.

"검사라고 무조건 행정부 편에 서라는 법이 어디 있습니까? 법 아래 만인이 평등하므로 저는 오직 법의 공정성, 정당성, 형평성을 말한 것뿐입니다."

준호의 말이 떨어지자 피해자 가족들이 우레와 같은 박수로 옹립했다. 그리고 청중석에서 일어나며 판사에게 항의했다. 결국, 선고는 연기되고 재판은 끝났다. 유가족들이 준호에 다가와서 손을 붙들며 고맙다고 인사했다.

"감사합니다. 변호사도 정부 측에 벌벌 떠는 일을 검사님이 오히려 우리를 대변해 주셔서 정말 감사합니다."

이때 몇 명의 신문사 기자들이 플래시를 터트리며 물었다.

"검사님, 당신은 정부 소속 검사가 맞습니까?"

"그렇소."

"그런데 어찌 피해자 편을 드신 겁니까?"

"법정에서 말하지 않았소? 정부든, 피해자든 법은 항상 공평하고 공정하며 또 형평성이 있어야 하기 때문이요. 그래서 그렇게 한 것뿐이요. 못 들었소? 그럼 다시 말하리다. 법은 만인에 공평하며 공정하고 정당해야 합니다."

이 사건 후에 준호는 미국 내 유명인사가 되었다. 정부 측의 지탄도 있었지만, 서민층으로부터 용감한 검사, 약자 검사, 양심 검사로서 이름이 났다. 언론, 방송의 중요 이슈로 연속 관심사로 화제가 되었다. 그리고 일주일 후, 준호는 검사직을 자진해서 사퇴했다. 의로운 법의 집행을 소신껏 할 수 없는 공직 사회가 싫었고, 양심상 정부 대변 검사로서 그 역할을 다할 수 없었기 때문이었다. 사표를 내고 준호는 모교에서 박사 학위 과정에 도전했다. 박사 과정은 4년이었으나, 준호는 3년을 계획하고 학교 측에 양해를 구했다. 그리고 박사를 마친 후 조국에 돌아가 조국통일과 조국 정치에 헌신하기로 결심을 마음먹었다. 그것이 준호가 도미 유학하게 된 청운의 꿈이었기 때문이었다.

준호는 주야로 박사 공부에 매진했다. 박사 과정 수행 중 준호는 서민 정치에 초점을 두고 공부하기로 했다. 백성들에게 편안한 정치, 백성들의 민도가 높아지는 정치, 정치인들이 양심과 경우, 도리에 맞게 정치하는 정치, 그래서 사회 질서가 깨끗한 정치, 대통령이 큰 머슴이며, 국회의원들은 작은 머슴이 되는 정치, 그래서 국민을 위한, 국민에 의한, 국민의 정치가 되도록 하는 박사 공부를 하고 싶었다.

박사 과정 학생이라고야 고작 12명이었다. 계획된 3년 내내 준호는 출석에서부터 토론, 시험, 연구 논문까지 항상 으뜸이 되었다. 그리고 마지막 관문, 박사 학위 논문은 근 9개월을 걸려 통과했다. 드디어 준호는 3년 안에 박사 학위를 땄다.

박사 학위 졸업식에 명희와 경호가 와 주었다.

"형, 축하해."

"준호 씨, 축하해."

경호와 명희가 꽃다발을 안겨주며 말했다.

"형은 무한도전 Man이야. 와, 검사를 때려치우고 박사를 따다니… It's amazing, unbelievable! 대단해!"

"검사는 원래 내 성격에 안 맞아. 난 인간답지 않은 사람, 스스로를 모르고 난 척하는 사람, 권력이 제 것인 양 주접떠는 사람은 싫어하잖아? 그래서 검사를 때려치운 거야."

"잘했어, John. 남자다워. 박사가 검사보다 훨씬 나은데 뭐."

준호는 문득 불쌍하게 죽은 어머니, 남들처럼 묏자리 하나 제대로 못 해놓고 온 것이 생각났다. 살아 계셨으면 미국도 와서 아들의 박사 학위에 얼마나 기뻐했을까 하는 생각도 들었다. 준호의 마음은 순간 쓸쓸해졌다.

12 백악관 청문회

준호는 박사 학위를 수료한 후에 버클리 모교 대학에서 강의를 맡고, 또 서민들을 위한 싸구려 수임료의 변호사 사무실을 운영하고 있었다. 그러던 어느 날, 우체통을 열어보니 백악관으로부터 서신 한 통이 와 있었다. 백악관 주최 '북한 문제 정세 청문회'에 참석해줄 수 있느냐 하는 편지였다. 청문회 발표는 15분 정도라 했다. 준호는 별 신경을 쓰지 않았다. 그즈음 명희로부터 전화가 왔다.

"John, 나 백악관에서 북한 인권 문제 증언자로 초청장이 왔어. 그런데 갈까 말까 하는 중인데, John의 생각은 어떤가 해서 전화한 거야."

"응, 그래? 나도 왔지만, 북한 정세 발표자로 초청이 왔는데…. You한테도 왔구먼…."

"그래서 준호 씨는 갈 거야?"

"글쎄, 가지 뭐. 그런데 You와 내가 북한 문제에 평판이 났나? 어떻게 알고 왔지? 이번 기회에 You나 내가 유명 인사 한번 되어볼까? 가서 북한의 참혹한 모습, 김정일이 짐승보다 못한 놈이란 걸 폭로해 볼까?"

명희와 전화를 끝내고 준호는 그 즉시 백악관에 전화를 걸었다. 그리고 준호와 명희도 함께 간다는 통보를 했다.

초청 전일, 준호는 명희와 같이 워싱턴 DC 행 비행기에 탔다. 준호는 북한 정세를, 명희는 북한 사회 증언을 하기로 했다. 비행 중 둘은 어떤 내용의 발표와 어떤 내용의 증언을 할 것인가를 곰곰이 상의하고 메모했다. 4시간 후, 우리는 워싱턴에 도착했다. 백악관과 거리가 가까운 포토맥 강 언저리에 100년 이상 오래된 벽돌 호텔을 예약했다. 우람한 나무와 함께 운치 있고 정겨운 호텔이었다. 호텔에 여장을 풀고 준호는 명희와 강 언저리를 걸었다. 물 위를 자유롭게 떠도는 쌍쌍 오리 떼들을 바라보며 둘은 다정히 얘기를 나눴다. 준호가 명희에게 떠보며 물었다.

"당신이나 나나 외로운 처지인데, 우리 아예 결혼해버릴까?"

명희가 당황하는 기색이었다. 갑작스러운 화제에 그녀는 다소 놀라는 듯했으나, 내심 좋아하는 눈치였다. 그녀가 웃으며 말했다.

"John, 내게 지금 프러포즈하는 거지?"

"응, 나중에 정식으로 하고…"

"나도 좋지, 뭐. 거절은 안 해."

순간 준호는 명희를 잡아당겨 키스했다. 둘은 서로 열정적 진한 키스를 나눴다. 키스 후 명희가 수줍은 표정을 지었다. 준호는 기분이 퍽 좋았다.

다음 날, 준호와 명희는 백악관으로 향했다. 경비가 무척 삼엄했다. 몸수색은 기본이고 소지품들을 일일이 점검했다. 그리고 휴대폰은 지참이 허용되지 않았다. 수색을 마치고 둘은 입구로 들어갔다. 그때 중년쯤 돼 보이는 백인 여자가 그들에게 다가오더니 웃음 띤 얼굴로 물었다.

"혹시 김준호 박사님? 그리고 이쪽은 조명희 박사님?"

"예, 그렇습니다만…?"

"아, 만나서 반가워요. 제 이름은 스텔라예요. 두 분을 기다리고 있었습니다. 제가 지금부터 안내해드리겠습니다."

인사를 나누고 둘은 스텔라를 따라갔다. 백악관 소회의실, 그곳엔 백여 명의 참석자들이 이미 와 있었다. 앞자리 별석에서 TV에서 몇 번인가 봤던 국무장관 윌리엄 버틀러시, 국방장관 샘 헌팅턴의 얼굴이 보였다. 그리고 다른 몇 명이 앉아 있었다. 대중을 위한 청문회가 아닌 정치 정책 수립에 참고되는 청문회인 것으로 생각했다. 두 사람이 들어서자 국방장관과 국무장관 간의 담소가 멈췄다. 스텔라가 준호와 명희를 그들 한 분 한 분에게 소개했다.

"이분은 오늘 청문회에서 의견을 발표하실 김준호 박사, 그리고 이분은 증언해 주실 조명희 박사입니다."

"안녕하세요?"

스텔라가 돌아가며 계속 인사시켰다.

"그리고 이분은 국무장관 버틀러 씨."

"Hi, how do you do?"

"Thank you. how do you do, secretary Mr. Butler, Minister, Mr. Huntington?"

둘은 스텔라의 안내를 따라 몇몇 고위직 인사들과 인사를 교환했다. 비서실장 에드 쿤, 안보 담당 존 매킨리, 인사담당 비서 조너선 켈리 등…. 이윽고 스텔라가 둘을 초대석에 앉혔다. 그리고 잠시 후, 미국 대통령 에드워드 밀이 입장했다. 앉아 있던 사람들이 모두 자리에 일어서나서 박수로 마중했다. 대통령은 국무장관, 국방장관 등등을 거쳐 준호와 명희 앞에 왔다. 스텔라가 그들을 소개했다.

"Mr. president, Edward Mill입니다. 그리고 이쪽은 김준호 박사, 그리

고 조명희 박사…."

"안녕하십니까?"

대통령이 한국말로 인사를 했다. 둘도 대통령에게 정중히 90도로 인사했다.

"대통령님, 만나뵙게 되어서 영광입니다."

대통령이 손을 내밀며 악수를 청했다.

"대통령님께서 한국말을 잘하시네요."

명희가 말했다.

"조금 전에 배웠어요."

대통령은 유머러스했다. 이윽고 사회자가 등단하며 대통령을 소개했다. 이윽고 대통령이 등단하여 오늘 자리를 설명했다.

"청문회에 참석한 여러분, 감사합니다. 오늘 청문회의 목적은 최근 북한의 지속적인 핵실험과 미사일 발사에 관한 내용입니다. 이는 향후 미국 정책에 도움이 될 것입니다. 이 청문회에 김준호 박사와 조명희 박사를 초청했습니다. 김준호 박사는 북한 정권의 정세를, 또 조명희 박사는 북한 사회 증언을 발표하겠습니다. 그리고 이어 패널리스트들과 대담이 전개될 것입니다. 일찍이 마틴 킹 목사는 우리에겐 내일의 희망이 있다고 말했습니다. 우리는 더 이상 핵전쟁을 원치 않습니다. 그래야 희망이 있고 세계 평화가 오기 때문입니다."

대통령은 말을 마치고 김준호 박사를 소개했다. 북한의 실정에 대해 증언해야 할 순간이었다. 준호가 연단에 올라와 90도로 인사한 후에 마이크를 입 높이에 맞추고 준비된 영상을 화면에 비췄다. 그리고 화면에 따라 발표하기 시작했다.

"이 자리에 참석하신 신사 숙녀 여러분, 대통령 각하, 그리고 참석자 여러분! 저에게 북한 실정에 관해 발표할 기회를 주셔서 영광이고 감사합니다.

우선 첫째, 북한의 실상을 말씀드리겠습니다. 북한은 역사에도 없는, 또한 세계에서 둘도 없는 독재 공산주의 세습제 국가입니다. 그들은 세계 어느 누구의 말도 듣지 않는 나라입니다. 이제 그들은 우방인 중국이나 러시아의 말도 절대 듣지 않습니다. 그저 독재 체제를 유지하기 위해 툭하면 총살하고 척하면 인민을 굶겨 죽입니다. 1995~1999년까지 고난의 행군 시절에 연간 200만 명의 인민이 굶어 죽었습니다. 그럼에도, 북한 정권은 온갖 수단과 방법을 동원하여 수소폭탄과 장거리 미사일만을 개발했습니다.

둘째, 북한이 왜 핵폭탄과 미사일 개발만을 고집하는가에 대해 말씀드리겠습니다. 우선 그들의 공산 독재체제를 유지하기 위해서입니다. 핵보유국임을 세계에 알리고 미국을 위협하면 아무도, 심지어 미국도 감히 그들을 쉽게 공격할 수 없다는 것이 그들의 망상입니다. 고로, 핵과 미사일 개발은 곧 그들이 살기 위해, 그리고 체제를 유지하기 위해 하는 짓입니다.

그렇다면 셋째, 북한의 핵폭탄과 ICBM 개발에 대한 세계의 대응책은 무엇이겠습니까?

다시 첫 번째, 유엔과 미국의 강력한 제재입니다. 완전한 제재라면 북한은 자체 붕괴할 수 있습니다.

두 번째, 남한을 북한과 대등한 군사적 위치로 만드는 일입니다. 이 경우 남한도 핵을 개발해야 하는데, 이는 핵 확산 금지 조약에 위배가 됩니다.

세 번째, 김정일과 그 실권자들을 제거하여 북한의 자체 붕괴를 유도

하는 방법입니다. 이는 이상적인 방법이나 위험이 따릅니다. 만약 김정일이 정신이 나가 이판사판으로 남한에 핵폭탄을 날린다면 최소 600만 명의 목숨과 그간 성취해놓은 한강의 기적이 잿더미로 변하기 때문입니다.

네 번째, 북한 주민 혹은 북한 군부의 자발적 봉기를 유도하는 방법입니다. 가장 좋은 방법이지만, 이 역시 거의 불가합니다. 북한 사회 내의 비밀 조직은 존재할 수도 없고, 사전에 발각돼 총살당하기 때문입니다.

다섯 번째, 평화적 통일협약입니다. 즉, 남북이 평화적 통일협약을 하고 통일 후에 김정일로 하여금 자유민주주의를 수호하는 통치자가 되게 하는 방법입니다. 이 경우는 국민 전체의 동의가 있어야 하고, 통일 후에 통치자가 자유민주주의를 고수한다는 확고한 보증이 있어야 합니다.

예컨대, 만약 이를 위반한다면 즉시 미국, 중국, 러시아, 일본의 연대 책임하에 자유민주주의를 회복시킨다는 협약 보증 같은 것입니다. 그렇지 않고는 북한이 언제 또다시 공산주의로 전향할지 모릅니다.

신사 숙녀 참석자 여러분, 북한의 핵·미사일 개발과 그들의 지속적 도발을 막아낼 방법은 북한 실세를 제거하여 통일된 자유민주주의 국가를 이룩하거나, 또는 평화 협정으로 통일된 자유민주주의를 수립하거나, 혹은 UN과 세계 각국의 지속적인 제재로 북한의 자체 붕괴를 유인하는 것입니다. 그러나 남북한 간의 평화 협정 체결에 의한 평화 통일은 불가합니다. 북한은 무력통일을 광적으로 고수하기 때문입니다. 그들은 동족이 멸하고 한반도가 잿더미로 변할지언정 반드시 무력으로 통일을 달성하겠다고 합니다. 이것은 한반도의 서글픈 운명입니다.

신사숙녀 여러분, 북한 주민은 지금도 풀을 겨우 뜯어 먹고 연명합니다. 숱한 국민들이 독재 아래에 굶어 죽고 있습니다. 그들이 자유를 찾아 인간답게 살 수 있게 되기를 기도해 주십시오. 감사합니다."

준호의 발표가 끝났다. 박수갈채가 터져 나왔다. 준호는 몇 번인가 인사를 거듭하고 연단 아래로 내려왔다. 이어서 사회자가 말했다.

"김 박사님의 북한 실상에 관한 발표, 감명 깊게 잘 들었습니다. 이번에는 북한 사회에 관한 조명희 박사님의 증언을 들도록 하겠습니다. 조명희 박사를 소개합니다."

명희가 수줍은 모습으로 연단에 올랐다. 그리고 비장한 모습으로 발표를 시작했다. 그녀의 말을 따라 북한의 참혹상이 화면에 비쳤다.

"저는 인간이 인간을 총살하고 탄압하며 굶겨 죽이는, 짐승보다 못한 김정일과 그의 추종 세력들을 세계만방에 알리고 규탄하고자 이 자리에 나왔습니다. 북한의 처참한 사회 실정을 제가 직접 경험한 바대로 말씀드리겠습니다.

저는 중국과 접경지대인 황해도의 작은 마을에서 태어났습니다. 제가 탈북할 때만 해도 마을 주민 20여 명 중 11명이 굶어 죽었습니다. 북한은 핵과 미사일 개발에만 온갖 재력을 쏟아부을 뿐, 굶어 죽는 북한 주민들은 안중에도 없습니다. 오히려 때마다 강냉이에 쇠붙이, 심지어 꽃이나 똥까지 착취해갑니다.

지금 북한 주민들은 살기 위해 산과 들을 방황하며 산채, 들풀을 뜯어다 연명합니다. 그래서 어떤 이는 독이 올라 죽고, 어떤 이는 몸이 퉁퉁 부어 죽습니다. 오죽하면 북한 주민의 평균 키가 150입니다. 못 먹어 성장이 멈춘 결과입니다. 실상이 이러니 모두가 탈북하려고 온갖 노력을 다합니다. 그러나 탈북하다 걸리면 총살입니다.

그래도 탈북이 대세입니다. 탈북하다 죽으나 집에서 굶어 죽으나, 죽기는 마찬가지라는 게 북한 주민들의 생각입니다.

어느 날 밤, 저는 어머니와 아버지와 함께 탈북을 시도했습니다. 국경인 두만강을 거의 다 건넜을 때였습니다. 북한군이 쏜 총에 저의 어머니와 아버지가 맞았고, 결국 두 분 다 돌아가셨습니다. 저는 기절했고 눈을 떠보니 중국 내 어느 한 교회였습니다. 지나가던 교회 목사님이 우연히 저를 발견하고 교회에 데려왔던 것이었습니다. 그 후에 저는 목사님의 도움으로 탈북 브로커를 만나 남한으로 넘어왔습니다.

탈북에 성공하고 남한으로 가는 도중에도 탈북자들은 말할 수 없는 고통을 겪었습니다. 국경수비대 총에 맞아 죽어 가는 탈북민, 들키지 않으려고 갓난아이 입을 막고 한참 후 아이가 죽은 것을 안 엄마의 절규하는 모습, 그 엄마는 악어 강을 넘다가 강에 빠져서 악어에 물려 죽었습니다. 그 사지에서의 고통은 이루 말로 다 할 수 없습니다."

명희가 발표를 잠깐 멈칫했다. 그리고 얼굴을 돌리며 눈물을 훔쳤다. 잠시 후 발표를 계속했다.

"북한의 또 다른 장면을 말씀해드리겠습니다. 탈북하기 전, 제 친구 아버지는 함흥 제철소에서 일했습니다. 어느 날, 제 친구 아버지가 공장장에 한 마디 불평했습니다. 화가 난 공장장은 즉시 사람을 시켜 용광로 속 펄펄 끓는 쇳물을 친구 아버지 머리 위에 부었습니다. 많은 노동자들이 보고 있던 상황입니다. 친구 아버지는 즉시 쇳물에 타죽었습니다.

북한은 인간도 못 되는 짐승들이 운영하는 독재 국가입니다. 주민을 툭하면 총살하고, 척하면 굶겨 죽이는 노동수용소에 보냅니다. 아오지 탄광으로 보내진 사람은 일주일이면 시체가 됩니다. 굶기는 가운데 혹독한 매질로 괴롭히기 때문입니다. 게다가 정치에 불만을 토하면 무조건 총살입니다.

지금 북한엔 가출한 꽃제비들이 수백만입니다. 5살~8살인 이 아이들은 살기 위해 매일 쓰레기통을 뒤지며 먹을 것을 찾습니다. 지금 이 순간에도 수용소에서 매 맞아 죽어가는 북한 주민들과 굶어 죽지 않기 위해 쓰레기통을 뒤지는 꽃제비들이 부지기수입니다.

이 자리에 참석한 여러분, 그리고 세계 시민 여러분! 북한 주민을 살려주십시오. 지옥에서 꺼내주십시오. 기도해주십시오."

명희가 울먹였다. 차마 발표를 끝내지 못하는 모습이었다. 명희가 연설을 끝맺지 못하고 내려왔다. 참석자들은 감동하여 박수를 보냈다. 참석자 중 몇몇은 울음과 격분을 참지 못하는 듯했다. 사회자가 명희를 부축하여 자리에 앉혔다.

청문회는 끝났다. 이제 북한에 대한 패널리스트들의 토론이 시작됐다. 토론이 끝난 후, 참석자들이 몰려와 명희를 위로했다. 그들이 고마웠다. 그리고 준호와 명희는 일정을 끝내고 숙소로 돌아왔다.

13 백악관 입성

청문회가 끝나고 준호와 명희는 워싱턴과 뉴욕을 오가며 며칠간 여유 있는 시간을 보냈다. 그리고 캘리포니아로 돌아가기 전 마지막 날, 준호와 명희는 뉴욕의 센트럴 파크에서 한가로이 즐기고 있었다. 그런데 어느 순간, 준호의 휴대폰이 요란하게 울렸다. 백악관에서 온 전화였다.

"안녕하세요, 김 박사님, 여긴 백악관입니다. 대통령님께서 당신들을 보자고 하십니다. 아직 워싱턴에 머물고 있습니까?"

"안녕하세요, 아뇨, 우리는 지금 뉴욕에 와 있는데요."

"아, 그렇군요. 실은 대통령님께서 두 분을 같이 뵙자고 해서…."

"아, 그래요. 그럼 내일 뵙죠."

"내일 오전 10시까지 백악관으로 오실 수 있을까요?"

"네, 그러겠습니다."

예기치 않았던 전화였다. 준호는 무슨 일일까 하고 궁금했다. 곰곰이 생각해보았지만, 짐작 가지 않았다. 옆에 있던 명희가 물었다.

"어디서 온 전화야?"

"백악관."

"백악관에서 왜?"

"나도 몰라. 내일 오전 10시까지 백악관으로 올 수 있느냐고…? 그래서 그렇게 하겠다고 대답은 했지."

"무슨 일일까?"

준호와 명희가 고개를 갸우뚱거리며 무슨 일일까 생각했다. 센트럴 파크에서의 낭만적인 데이트도 끝내야 했다. 둘은 숙소로 돌아와 대충 짐을 챙겨 워싱턴행 버스를 탔다. 워싱턴은 밤늦게 도착했다. 둘은 전에 투숙했던 호텔에 다시 체크인했다. 숙소에 짐을 풀고 인근 식당을 찾았다. 그러나 식당들은 모두 문이 닫혀 있었다. 명희가 말했다.

"저기 편의점 들러서 라면 좀 사 갈까?"

"그거 좋은 생각이야."

둘은 편의점에 들러 라면과 간식거리를 샀다. 그리고 호텔로 돌아와 라면을 끓여 먹었다. 간단히 식사를 마치고 둘은 서로 어깨에 기댄 채 창문을 통해 호텔 밖 풍경을 한동안 바라봤다. 늦은 밤, 오가는 사람들은 없고 한가한 정원 속에서 가로등만이 조용히 어둠을 밝히고 있었다. 고요 속에서 낭만이 아름답게 묻어 나는 정경이었다.

그때, 어디서 나타났는지 어린아이가 엄마의 손을 잡고 호텔 정원을 건너갔다. 그들을 본 명희가 말했다.

"아이와 엄마가 밤늦게 어딜 가지? 오손도손 정취가 흐르네. 귀엽다."

"그러네…."

준호도 맞장구를 쳤다. 이윽고 준호가 물었다.

"그런데 You도 아이들을 좋아하나 봐?"

"에이, 두말하면 잔소리지."

"그럼 결혼해야 하지 않나?"

"말이 그렇게 되나? 그럼, 결혼은 해야지."

"결혼할 사람은 있구?"

"있잖아, 내 옆에…."

"…Thank you."

준호는 엉겁결에 명희 볼에 뽀뽀하고 방으로 달려갔다. 그리고 등 뒤로 뭔가를 쥔 채 다시 나왔다. 환하게 웃음 띤 얼굴이었다. 명희가 이상하다는 듯 물었다.

"뭐야? 숨긴 게? 왜 그래?"

이때 준호가 재빨리 명희 앞에 무릎을 꿇었다. 그리고 손안에 반지함을 명희에게 올려바쳤다. 그리고 말했다.

"짜잔…. 명희 씨, 나와 결혼해주겠소?"

명희가 놀라 당황하여 얼굴이 빨개지며 말했다.

"진짜? 장난 아니지?"

"명희 씨, 난 명희 씨를 너무 사랑해. 명희 씨가 없으면 내가 살아야할 이유조차 없어. 나와 결혼해줘."

명희는 무릎 꿇은 준호를 감싸 안았다. 그리고 잠시 후 둘은 같이 일어섰다. 그리고 명희가 말했다.

"아유, 깜짝 놀랐네. 고마워. You의 프러포즈를 받아줄게."

이윽고 준호는 명희의 손가락에 반지를 끼워줬다. 그리고 명희는 준호의 손가락에 반지를 끼웠다. 똑같은 반지로 내일을 약속한 것이다. 그리고 둘은 깊게 포옹했다.

깊은 포옹에 모두 숨결이 거셌다. 준호는 참을 수가 없었다. 준호는 명희를 번쩍 들어 침대에 눕혔다.

그날 밤, 둘은 내내 사랑을 나눴다. 생전 처음 경험하는 꿈 같은 밤이었다.

다음 날, 둘은 백악관에 들어갔다. 청문회 때와 같이 스텔라가 문전에서 기다리고 있었다. 둘은 신분증과 휴대폰을 맡기고 검색대를 통과했다. 스텔라는 둘을 대통령 집무실로 안내했다. 방안에 들어서자 넓은 책상과 그 옆에 위용을 자랑하는 성조기가 눈에 처음 들어왔다. 집무실 공기가 무겁게 느껴졌다.

대통령이 몇 사람과 얘기하는 모습이 보였다. 대통령 외에도 구면인 사람이 몇 있었다. 대통령이 준호와 명희를 보더니 반갑게 맞아 주었다. 둘 역시 대통령이 반가웠다. 대통령과 악수를 하고 나니 스텔라가 옆에 있는 사람들을 소개했다.

"이 두 분은 멀리 캘리포니아에서 오신 김준호 박사, 조명희 박사입니다. 엊그제 청문회에서 멋지게 발표를 했던 분들이지요. 그리고 여기 앉아 있는 이분은 대통령 비서실장 에드 쿤, 이분은 백악관 인사담당 비서 윌리엄 버틀러, 그리고 이분은 백악관 인권담당 비서 조너선 켈리, 그리고 이분은 백악관 행정국장 페이 도나우 여사입니다."

스텔라가 한참을 소개했다. 그들은 소개할 때마다 악수를 청하며 둘에게 인사를 했다. 그리고 준호와 명희도 그때마다 반갑게 인사했다. 이윽고 대통령이 입을 열었다.

"김 박사는 버클리 대학의 수재였답니다. 거기다 검사에 변호사, 그리고 또 정치법학 박사를 딴 천재랍니다."

대통령의 말에 준호가 부끄럽다는 듯 웃음을 띠며 말했다.

"과찬의 말씀이십니다."

"전번 청문회 때 김 박사의 북한 실정 발표에 감명받았어요. 그리고 조 박사의 북한 실정 증언에서 나는 또 한 번 울었어요."

대통령이 둘을 추켜세웠다.

"감사합니다, 천만의 말씀을…."

참석자 모두가 잠시 북한의 실상과 핵과 미사일에 관해, 그리고 북한의 참혹한 인권 유린에 대해 의견을 나눴다. 그리고 대통령이 말했다.

"오늘 내가 김 박사, 조 박사를 부른 이유는 북한 체제와 실상, 인권 문제를 잘 아는 두 분을 백악관에 특채하여 앞으로 대북 관계의 해결책을 연구해 볼까 하는 뜻이오. 내 생각으론 김 박사를 대북 관계 차관보로, 조 박사를 대북 인권 관계 차관보로 하면 어떨까 싶소만…? 그래서 김 박사와 조 박사의 뜻을 듣고자 이리 불렀소. 그래야 앞으로 북한 문제에 더 소상히 접근할 수 있을 것 같아서…."

의자에 앉아 있던 참모들이 고개를 끄덕였다. 그리고 대통령이 이어 말했다.

"김 박사, 조 박사 의견은 어떠시오?"

"감사합니다. 저희에게는 큰 영광입니다."

대통령이 참석한 참모들에게 말했다.

"다음 달에 대북 관계에 대한 특단의 조치를 발표해야 하는데, 그래서 빠른 시일 안에 이 두 분의 발령을 부탁하오."

"OK, we'll do(그렇게 하죠)."

백악관 참모들이 대답했다. 그리고 이어 인사담당 비서가 우리에게 물었다.

"지금 두 분은 어디에 머물고 있나요?"

"호텔입니다. 며칠 후면 캘리포니아로 돌아갈 예정입니다."

"아, 그래요? 우리가 연락하면 항상 전화 통화는 되는 거죠?"

"그럼요, 발령이 나면 곧장 다시 올라오겠습니다. 또, 미국을 위해 몸과 맘을 다해 열심히 일해보겠습니다."

대통령이 일어서며 우리에게 악수를 청했다. 그리고 말했다.

"Let's get it(한번 해보세)."

준호와 명희는 "Thanks."로 화답했다. 대통령은 둘의 손을 힘있게 잡고 악수했다. 자신들을 위해서 바쁜 비서들을 여기로 소집했다고 생각하니, 준호와 명희는 다시금 대통령에게 감사했다. 그리고 스스로 대견하다고 생각했다.

14 북한의 핵 도발

　백악관에서 근무한 지도 꽤 되었다. 준호는 대북전담 차관보로 북한의 핵과 미사일 개발, 북한의 도발에 대응하는 연구에 열중했다. 유엔은 물론이고, 아시아 태평양 지역의 각 국가의 대표와 긴밀히 연대하며 공무수행을 잘해내고 있었다. 준호는 이미 한국과 북한 관계, 중국과 일본 등에 깊숙이 관여하고 있었다.

　명희는 백악관 대북 인권 관계 차관보로 미국과 유엔과 우방국을 오가며 열심히 일을 잘해내었다. 이미 백악관에서 준호와 명희는 뛰어난 실적과 성실함, 매너로 소문이 난 터였다. 준호와 명희는 백악관 안에서 자주 만났으나 공과 사를 엄격히 했다.

　한편, 경호는 대학원을 마치고 국방부 전자무기 개발과에서 근무했다. 주로 국방 산업 부문의 전자무기 개발이었다. 경호의 전자공학적 실력은 세계적 수준이었다. 부서 내에서도 그는 알아주는 인재였다. 특히, 전자 전파 교란 무기 개발에서 그를 따를 자가 없었다. 그는 원하는 정보라면 손끝 하나로 세계를 넘나들며 정보를 입수하는 정보통신 기술자였다. 그래서 그에게는 항상 신변 보호라는 명색하에 수사관이 따라 붙었다. 그의 행동을 감시하기 위한 미국 국방정보부의 비책이었다.

어느 토요일이었다. 모처럼 준호와 경호, 명희가 저녁 식사로 같이 모여 앉았다. 늘 그렇듯 셋이 모이면 깨를 볶았다. 활기찬 얘기로 꽃을 피웠다. 그러나 공적인 업무에 대해서는 입을 다물었다. 그만큼 비밀을 유지하는 것이 채용 시의 조건이었기 때문이었다. 오늘은 한국의 전통 김치 얘기와 한국인의 습성에 관하여 깔깔대며 저녁을 먹고 있었다. 식사 중에 준호의 전화가 울렸다. 백악관 국가안전회의 보좌관이었다.

"김 박사, 백악관에 빨리 와야 해. 지금 들어오라는 지시야."

"예, 알겠습니다. 지금 곧 가겠습니다."

준호는 전화를 끊고 곧바로 일어났다. 명희와 경호가 의아한 눈초리로 준호를 쳐다봤다. 준호가 말했다.

"또 북한에서 무슨 일이 터졌나 봐. 빨리 들어오래. 미안해, 나 먼저 갈게…"

준호는 백악관으로 쏜살같이 달려갔다. 준호는 백악관에 들어서자마자 국가안전부 차관보 빌 러셀과 마주쳤다. 준호가 물었다.

"무슨 일 있습니까?"

"나도 자세한 것은 몰라. 하지만 북한에서 한 방 쐈다는군."

"한 방? 미사일요? 아니면… 핵폭탄을요?"

준호가 허겁지겁 대통령 집무실로 들어갔다. 이미 국방장관, 국가안보회의장, CIA 국장 등이 와 있었다. 이윽고 대통령이 등장했다.

CIA 국장이 상황을 브리핑했다.

"김 박사가 암시했던 대로 북한이 또 일을 냈습니다. 북한이 소형 핵폭탄으로 남한 태안반도의 격렬비열도를 타격했다는 보고입니다. 다행히 그곳에 사람이 몇 명 살지 않아서 인명 피해는 별로 없는 듯 보여 북한이 일부러 그런 곳을 골라 소형 핵폭탄을 실험한 것 같습니다. 이에 남한은 핵폭탄이 발사된 풍수리 핵기지에 미사일을 발사하고 전군 비상 대기 중이라고 합니다."

화제가 사뭇 진중하게 돌아갔다. 모두가 굳은 표정이었다. 대통령이 말했다.

"국방장관은 즉시 한국과 일본에 주둔 중인 우리 군에 전쟁 준비 코드를 전파하시오. 그리고 오키나와에 있는 B-52 폭격기, F-22 전투기를 출격 대비시키시오. 또한, 태평양 함대 사령관에 지시하여 즉시 핵항공모함, 애리조나호와 핵잠수함을 남한 내 동해로 출동시키도록 하시오. 그리고 스텔스 정찰기를 오키나와에서 매일 출격시켜 북한의 동태를 살피도록 지시하시오."

대통령의 전쟁 준비에 전운이 감돌며 백악관 집무실의 분위기가 무거워졌다. 그리고 준호가 언급했다.

"문제는 북한의 ICBM입니다. 북한은 이미 미국 본토까지 타격 가능한 핵미사일을 갖고 있습니다. 이에 대한 대비책을…."

대통령이 준호의 말에 동의하며 말했다.

"맞아요. 이는 우리 국민 보호 차원에서 심각한 문제요. 이를 위해 어떤 대책이 있는지 말해 주겠소?"

이어 국방장관이 말했다.

"별로 염려될 일은 아닙니다. 우리는 이러한 공격에 이미 3단계 조기 미사일 방어 체제를 갖추고 있습니다. 제일 먼저 ICBM을 인공위성과 콜로라도 대공 전략처에서 사전에 감지합니다. 감지되는 ICBM은 인공위성에서 즉시 파괴합니다. 만일 인공위성이 실패하면, 두 번째로 전 세계에 배치된 지대공 미사일로 파괴합니다. 그리고 이것도 실패하면 전 세계에서 작전 중인 공군, 해군, 잠수함에서 즉시 지대공 미사일로 파괴합니다. 고로, ICBM이 감지되는 한 파괴 작전은 성공할 수밖에 없습니다. 문제는 조기감지입니다. 이를 위해 일본 등 아시아 각국에게 조기 감시 발령와 작전 대기령을 발동하겠습니다."

대통령이 안도하며 말했다.

"잘 알겠습니다. 국방장관은 철저히 대응 조치하도록 명령하시오. 그리고 김 차관보는 유엔 주재 미 대사와 유엔 안보리 이사국을 만나 대책을 해보시오. 그리고 그전에 우선 유엔 주재 북한 대사를 만나 북한 상황을 점검하고 항의토록 조치하시오."

"네, 알겠습니다."

대통령이 부언하여 준호에게 말했다.

"아, 또한 김 차관보는 한국, 중국, 러시아, 일본 주미 대사를 만나 이번 북한의 도발에 대응하고 전면전을 피할 방책도 마련해보시오."

"네, 알겠습니다."

대통령의 지시에 준호와 국방장관은 연거푸 "예, 예!" 소리를 냈다. 긴급회의가 끝나자마자 준호는 빠른 걸음으로 백악관을 빠져나왔다. 그리고 그 길로 유엔 주재 미국 대사를 만나기 위해 바쁜 걸음을 재촉했다.

CNN은 속보로 북한의 격렬비열도 타격을 보도했다. 그리고 ABC, CBS 등 모든 방송들도 난리가 난 듯 보도했다. 남한 국민들이 당황하며 식료품을 사재기하는 모습이 TV 화면에 등장하기도 했다.

다음 날, 유엔 안보리가 긴급 소집됐다. 준호는 국무부 차관 프랭크 스튜어드와 유엔 주재 북한 대사를 찾았다. 프랭크가 말문을 열었다.

"이번 북한 도발은 미국을 향해 도발한 것이나 마찬가지요. 진정 북한이 미국과 한번 전쟁을 해보자는 의도요?"

"제가 한 일이 아니질 않소. 수령께서 하는 일을…."

북한 대사가 아무렇지도 않다는 표정으로 태연하게 말했다. 울화통이 치민 준호가 북한 대사에게 말을 건넸다.

"리영국 대사님, 북한은 언제까지 도발만 계속할 것인가요? 이번 일은 대남, 대미 전쟁 선포요. 이건 국지전도 아니고 전면전, 핵전쟁이요. 북한은 남한의 동족을 몰살시킬 작정이오? 핵실험을 하려면 당신네 나라 섬에다 할 것이지 어찌 남한에 분풀이하는 거요? 이는 엄연한 정전 협정 위반이오.

생각해보시오. 북한은 그간 무수한 도발을 해왔소. 미국 푸에블로호 납치에 판문점 도끼 살인 사건, 연평도 포격 사건에 천안함 침몰 사건 등 무려 지금까지 880번에 걸친 도발을 해왔소. 이제 핵폭탄으로 동족을 말살하고 한강의 기적까지 잿더미로 만들 작정이요? 이번 사건은 중대 사건이요. 한국과 미국이 가만있을 듯싶소? 이젠 전면전이요. 북한이 살아남을 수 있을 것 같소?"

준호는 흥분하여 북한 대사에게 거칠게 항의했다. 마치 북한의 만행에 민족의 혼으로 울부짖는 모습이었다. 북한 대사가 심각한 얼굴로 준호에게 말했다.

"조국 통일, 나라와 민족을 위해서요. 수령님과 북한 인민의 염원이오."

준호가 또다시 항의했다.

"조국통일이 무력전쟁이오? 누구를 위한 통일이요? 동족을 말살하는 전쟁이 민족 통일이요? 툭하면 총살하고 척하면 북한 주민을 굶겨 죽이는 자들이 행하는 민족 통일이 무슨 의미요? 김정일과 그를 추종하는 자들의 권력 야욕의 끝은 어디까지요? 국민을 학살하며 무력 통일을 하면 그게 무슨 소용이요? 이렇게까지 하면 미국과 손잡을 수 있을 줄 아시오? 꿈도 꾸지 마시오. 미국은 악의 축, 북한을 거들떠보지도 않을 것이요."

이어 북한 대사가 말했다.

"…물론 미국과 손잡고 평화적으로 남북이 통일된다면 더 좋겠지요."

준호는 북한 대사의 말에 일고의 가치도 없다고 생각했다. 그러나 그의 얼굴에서 미국을 무서워하는 기색은 있었다.

준호는 북한 대사관을 나왔다. 프랭크와 함께 백악관으로 돌아오는 길, 차 안에서 프랭크 차관이 내게 물었다.

"진정 북한이 전면전을 각오하고 도발한 것으로 김 차관은 보오?"

"아닙니다. 제 생각으론 북한이 소형 핵폭탄을 시험해본 것 같아요. 시험 성공 결과도 알아볼 겸, 또 남한에 터뜨리면 남한을 위협하는 식이니 이들에겐 꿩 먹고 알 먹는 격이죠. 전면전은 생각도 안 했을 겁니다. 전면전을 해 봤자 미국과 한국에 대응할 방도가 없기 때문입니다. 전면전을 치를 만큼 경제적 여유가 없기 때문입니다."

프랭크가 또다시 물었다.

"북한 내에서 군인이나 민간이 독재 정치에 반기를 드는 경우는 없을까요?"

"절대로 불가합니다. 한다 해도 사전에 발각될 확률이 100%죠. 발각 즉시 총살인데, 누가 그 무모한 짓을 합니까? 그래서 아직 봉기는 없었습니다."

"그러면 북한이 언제 전면전으로 선제공격할 것으로 생각하오?"

"북한이 먼저 선제공격으로 전면전을 해올 확률은 낮습니다. 그러나 북한이 유엔 및 미국, 그리고 세계 각국으로부터 엄청난 제재를 받아다 죽게 생겼을 때나 한국과 미국이 선제 공격해올 때는 북한도 하는 수 없이 전면전으로 대응하겠지요. 이때가 문제입니다. 만약 김정일이 정신이 돌았거나 사면초가인 상황에서 죽기 살기로 싸울 경우, ICBM을 미국과 남한에 쏠 수도 있다는 점입니다. 이는 더 이상 방법이 없을 때 쓰는 최후의 발악입니다."

"그럼 김 차관보, 미국의 입장에선 북한을 어떻게 다뤄야 한다고 봅니까?"

"지금은 당근 대신 강경책이지요. 더 이상 원조 없이 제재를 가해야죠. 경제적으로 최악의 상태로 몰고 가서 최후에 핵 포기를 끌어내는 협상을 해야 합니다."

다음 날, 유엔은 곧바로 안보리 회의를 소집했다. 중국과 러시아도 동조하였으나, 러시아는 북한 주민들의 생계유지를 위해 제한적 제재안을 들고 나왔다. 그러나 곧이어 중국과 러시아가 동조하는 결과가 됐다. 이제 북한과의 다방면에 걸친 국제 거래가 단절되는 조치였다. 단, 북한 주민의 생존을 위해 생필품과 북한에 보내는 송유관만은 제재치 않기로 했다. 전 세계가 이에 동조하여 북한과의 거래를 끊었다.

며칠 후, 미국 대통령이 준호를 불렀다. 국무차관에게 차 안에서 한 얘기들을 차관이 대통령에게 말한 듯싶었다. 대통령은 다짜고짜 준호에게 물었다.

"김 차관보, 이번에는 북한이 진정 전쟁을 불사한다고 보는가?"

"아닙니다. 미국과 손잡으려는 일시적 도발이라고 봅니다. 그러나 이번 강력한 제재에도 북한은 끄떡 안 할 것입니다. 북한은 여태껏 국제 여론과 유엔 제재, 미국의 조치를 무시해 왔거든요. 할 테면 해보라는 식이죠. 북한은 그 정도로 지독한 국가입니다. 예를 들어 볼까요? 95년 도 고난의 행군을 시작으로 그들은 해마다 300만 북한 주민들을 잃는 경험을 했어요. 그런데도 눈 하나 깜짝 않고 오직 핵폭탄과 미사일 제조에만 열을 올렸습니다. 악종 중의 악종이죠."

대통령이 근심 어린 얼굴로 준호에게 말했다.
"미국이 난처하오. 남한과는 50년 피로 맺은 동맹인데, 이를 깨고 북한과 손을 잡을 수도 없고…. 그래서 말인데, 아무래도 김 차관보가 북한을 한번 다녀와야 하겠소. 북한이 핵만 포기하면 미국과 손을 잡을 수 있고, 또한 경제지원도 하겠다는 내 뜻을 전하면서 그들의 심중을 파악하고 오면 어떨까 싶소만…."
"네, 참 좋으신 발상이십니다. 그렇게 하겠습니다."
며칠 후, 준호는 대통령의 특사로 비밀리에 북한을 가게 되었다.

15 특사, 북한을 향해

준호는 북경을 통해 비밀리에 북한에 갔다. 수행원 두 명에 보좌관 한 명, 이렇게 세 명이 동행했다. 북경에서 탄 북한행 고려 항공기가 한 시간 후를 비행하고 북한의 순안공항에 도착했다. 공항엔 타 국적 비행기도 전혀 보이질 않았다. 북한의 국제 담당 중앙당 비서 이수용이 수행원과 함께 마중을 나왔다. 유엔 주재 북한 대사로 있을 때에 몇 번 만난 적이 있었다.

준호 일행은 그들이 안내하는 대로 차를 탔다. 그리고 얼마 안 되어 모란봉 호텔에서 내렸다. 준호 일행은 호텔에 들어가 여장을 풀었다. 호텔은 꽤 사치스러웠다. 그러나 손님들은 별로 없어 보였다.

다음 날 아침, 준호는 국제 담당 비서의 안내에 따라 중앙당 당 사무실로 향했다. 그리고 거기서 국제 담당 비서와 대화하며 김정일을 만나기 위해 대기했다. 비서는 연락을 취한 후 준호를 어디론가 안내했다. 가는 도중 곳곳마다 경비가 삼엄했다. 한참을 돌고 돌아 '중앙당 1호'라는 작은 간판 앞에 섰다. 문전에 김정일의 비서인 듯 보이는 자가 준호 일행을 맞았다. 그를 따라 일행은 안에 들어섰다. 넓은 집무실 안은 공기가 갑갑하고 무거웠다. 그리고 중앙 데스크에 배가 불룩 나올 정도로

비대한 사람이 앉아있었다. 그는 준호를 보자 반갑게 웃으며 일어서더니 악수를 청했다. 바로 북한의 최고 김정일이었다.

"오시느라 수고했수이다."

준호는 90도로 인사하며 악수를 했다.

"감사합니다."

준호는 국제 담당 비서와 같이 자리에 앉았다. 김정일은 날씨며 미국 얘기 같이 잡다한 얘기로 준호와 덕담을 나눴다. 그리고 잠시 후, 준호는 바로 미국 대통령의 밀서를 김정일에게 건넸다. 그는 비서관을 통해 영문으로 된 밀서의 내용을 설명받았다. 그리고 준호에게 물었다.

"도대체 미국의 숨은 뜻은 뭐요?"

"단도직입적으로 말씀드리면, 북한이 핵을 포기하면 경제지원은 물론이고, 양자 간 정상 외교를 수립하겠다는 것이 미국의 입장입니다. 아시다시피 미국은 남한과 혈맹국입니다. 미군 5만여 명이 한국을 위해 희생되었지 않습니까? 핵 확산 금지 조약에 따라 남한은 핵이 없습니다. 그런데 귀국엔 핵이 있지요. 미국의 입장은 남북한이 핵이 없어야 한반도의 안전과 평화를 유지할 수 있다고 보는 견해입니다."

준호의 말에 김정일이 물었다.

"우리가 핵을 포기하면 미국은 우리 북한의 공산 체제를 인정하고 또 경제를 책임진다…?"

"예, 그렇습니다. 그리고 북한 주민의 인권 보호와 어느 정도의 기본적 자유를 위해 노력한다는 보장이 있어야 할 것입니다. 그렇게만 되면 미국의 경제 지원으로 북한도 과거 남한과 같이 산업국가로 발전할 수 있다는 것입니다."

"그렇다면 미국이 원하는 것은 결국 우리도 남한처럼 자유민주주의를 택하라는 건데…. 난 체제 변화에 동감이 가질 않소. 그리고 미국을 믿을 수도 없고…. 이 밀서엔 그런 보장이 없질 않소."

준호가 또 답을 했다.

"물론 대통령 서한엔 꼭 보장한다는 말씀은 없습니다. 그러나 북한이 핵을 포기할 때 외교 수립과 경제 지원을 하겠다는 말씀이 있잖습니까? 제 소견으로는 그 말이면 충분하다고 생각됩니다만…."

"김 박사, 그래도 좀 그렇소."

"네, 이해합니다. 그러나 만약 수령님께서 그런 뜻이 있다면, 앞으로 미국과 북한 간의 정식 외교를 통해 수령님께서 원하시는 세세한 조건과 내용을 끌어낼 수 있으리라 봅니다만…. 그리고 이건 제 소견입니다만, 남북이 어떤 나라입니까? 한겨레, 한 핏줄, 배달민족이 아닙니까? 저 역시 한민족 동족입니다. 앞으로 동족끼리 이제 평화롭게 잘살 수 있는 나라가 됐으면 합니다."

준호의 말에 김정일은 다소 감동 받은 듯한 기색이었다. 애초부터 준호는 김정일이 핵과 ICBM 개발을 쉽게 포기하지 않으리라 예상했다. 또한, 북한 주민들에게 인권 보호와 자유를 허락하리라 생각지도 않았다. 그러면 언젠가 북한의 지독한 독재도 스스로 붕괴될 터이니까 말이다. 김정일이 갑자기 엉뚱한 질문을 했다.

"김 박사, 아니 김 차관보는 미국에서 얼마나 사셨소?"

"예, 한 8년 됐지요."

"그렇소? 그런데 어찌 미국을 그리도 잘 아는 식으로 말하시오? 미국 놈 믿지 말고, 일본 놈에 잃지 말고, 소련 놈에 속지 말라는 말도 있지 않소?"

준호는 당황하여 한동안 가만히 있었다. 그가 또 길게 말했다.

"그래서 우리 북조선은 우선 미국과 유엔이 먼저 우리의 국가 체제를 인정하고, 또 핵과 미사일을 먼저 인정해 달라는 것이오. 어쨌거나 우리는 우리 식의 정치 철학이 있고, 또한 이미 핵과 ICBM 보유국이 아니오? 그런데 어찌 이미 개발한 핵과 미사일을 인정치 않고 무조건 포기만 하라는 건지 내 도저히 알 수가 없소. 개발한 것은 개발한 것이니 선 인정 후 개발 포기를 하라면 또 모르겠소. 무조건 포기하라고만 하니 그 포기가 개발한 것도 포기하고, 또 앞으로의 개발도 포기하라는 것인지, 미국의 의중을 잘 모르겠소. 정식 국교를 먼저 트고 그 후 논의에서 핵보유국임을 인정하고 향후 핵 개발을 더 이상 하지 말라면 내가 이해하고, 또 그렇게 미국 입장을 수락하겠소. 그러나 지금 미국은 무조건 포기하면 국교 수립에 경제 지원을 한다니, 그 포기가 어디서부터 어디까지인지 난 모르겠소. 또한, 자기들은 수많은 핵을 갖고 있으면서 약소국인 우리들은 핵을 갖지 못하게 하는 미국의 심보는 뭐요? 이 문제는 차후 천천히 생각해보기로 하겠소. 아무튼, 김 차관이 이왕 평양에 오셨으니 편히 쉬다 가시길 바라오. 그리고 떠나기 전에 한 번 더 만납시다."

준호는 김정일의 말에도 일리가 있다고 생각했다. 포기의 뜻이 핵·미사일 제조 기술과 이미 개발한 상태의 핵·미사일 전체를 포기하라는 뜻인지, 아니면 개발한 것은 개발한 것이니 다음부터 개발하지 말라는 것인지를 분명히 하지 않고 무작정 '포기'를 하라는 것이 미국의 행동이었다. 그러나 분명 미국은 전자, 모두를 포기하라는 것이리라. 이 경우에 미국을 믿지 못하는 김정일이 국교 수립과 경제 지원을 무조건 허락지 않을 거라는 사실을 준호도 잘 알고 있었다. 그래서 이번 평양 밀사 방문은 정확한 답을 가지고 돌아올 수 없으리라는 것이 준호의 결론이었다.

　그러나 김정일은 준호가 평양을 떠나기 전에 또 한 번 만나자는 말에 희망을 걸었다. 다음 날, 준호는 평양 시내 구경에 나섰다. 안내원들이 따라 붙으며 계획된 장소만 구경을 허락한 듯했다. 안내원들은 설명할 때마다 수령님을 연발했다. 그때마다 준호는 속으로 '김정일은 이미 북한 주민 전체의 수호신, 우상이 됐구나!'라고 생각했다.

　평양 시내에는 걷는 사람이 별로 없었다. 지나가는 차도 별로 없었다. 어쩌다 지나가는 차는 고위직이 타고 가는 차라고 안내원이 귀띔해줬다. 안내원은 김일성과 김정일 기념 동상을 소개했다. 동상 앞에 도착하자 안내원이 큰절로 두 지도자를 추념했다. 안내원은 준호에게도 그렇게 하라 요청했지만, 준호는 거절하고 대신 묵념으로 예의를 차렸다. 그리고 호텔로 돌아와 점심을 먹었다. 점심을 마치고 국제 담당비서 이수용과 환담을 주고받을 때였다. 이수용의 전화벨이 울렸다. 급하게 전화를 받은 그는 잠시 통화를 하고 끊었다. 그가 말했다.

　"수령님께서 3시까지 들어오시랍니다."

　준호는 비서를 따라갔다. 전에 김정일을 만난 장소와 달랐다. 건물은 웅장하고 사치스럽게 꾸며져 마치 궁전이 연상되었다. 준호는 김정일과 마지막 면담이 있으리라 예상했다. 비서는 지하 복도를 따라 어느 사무실 앞에 도착했다. 비서가 문을 열자 전처럼 앉아있는 김정일이 준호의 눈에 들어왔다.

　김정일은 또 한 번 호탕한 웃음으로 준호를 반겼다. 준호는 김정일과 인사를 한 후에 그가 권하는 자리에 앉았다. 동행한 비서도 옆에 앉았다. 앉은 후 준호는 실내 한 바퀴를 죽 훑어 봤다. 김정일은 신변 안전상 자주 거처를 옮긴다는 말을 미국서 들은 적이 있었다. 동행한 비서의 모습이 마치 고양이 앞에 쥐 같았다. 이윽고 김정일이 입을 열었다.

"평양 구경은 잘했습니까?"

"예, 잘했습니다. 안내원이 친절히 안내해주어 아주 좋았습니다. 그리고 평양 도시 계획에 감탄했습니다."

"아, 그래요. 고맙습니다."

김정일이 답했다. 그리고 곧 김정일은 주석 옆에 서 있던 비서로부터 한 서류봉투를 넘겨받았다. 그리고 서류를 준호에게 주면서 말했다.

"미 대통령에게 전해주시오. 내 답변서올시다. 우리는 자주 민족 통일을 원한다고 전해주시오. 그리고 그 포기란 의미를 잘 모르겠다고 더해 말해 주시오."

"네, 알겠습니다. 대통령께 전하겠습니다."

그것으로 준호의 특사 업무는 끝이 난 셈이었다. 김정일과 악수를 마지막으로 하고 건물을 나왔다. 준호는 북한 독재 체제의 견고함과 은밀함을 다시금 깨달았다. 김정일 아래의 실권자들이 그에게 무조건 복종하는 모습도 상상이 됐다. 그들과 북한 주민 모두가 김정일의 노예 같았다.

준호는 김정일의 고집과 강직함에 새삼 놀랐다. 김정일은 애초에 협상이 통할 것 같지 않았다. 김정일은 국민이 굶어 죽든 말든 상관없이 오직 핵과 미사일 개발에만 사생결단 하는 독재자였다. 그를 추종하는 실세들도 고작 하루살이, 언제 죽을지 모르는 사냥개에 불과했다. 오죽하면 고모부인 장성택까지 총살한 사람이 아니던가. 그를 말릴 사람은 아무도 없어 보였다. 조국의 앞날과 후대의 미래가 걱정되었다. 준호는 한반도의 비운에 가슴 아팠다.

이튿날, 준호는 북경을 거처 서울로 가는 비행기를 탔다. 혈맹국인 남한에 들러 남한의 대통령에게 준호의 북한 방문을 설명해야 했기 때문이었다. 인천공항은 미국 수준을 넘는 초현대식 건물이었다. 준호는 마중 나온 주한 미 대사와 한국 외교부 고관들과 인사를 나누고 곧바로 호텔로 향했다.

공항을 떠나 서울로 올라오는 길, 준호는 너무도 변한 한국 사정에 꽤 놀랐다. 준호가 남한을 떠나 미국으로 간 지도 기껏해야 십 여 년 전인데, 모든 것이 너무 많이 변해 있었다. 엄청난 발전이었다. 하늘을 뒤덮은 고층빌딩, 얽히고 섞였지만 잘 정돈된 도로망, 달리는 수많은 차들, 도심지를 걸어가는 사람들의 모습이 십여 년 전 서울이 아니었다. 한국의 급성장에 세계가 놀라는 이유를 알 것 같았다.

준호는 신라 호텔에 들러 여장을 풀었다. 오래됐지만 꽤나 고급스러운 호텔이었다. 일단 샤워를 하고 시원한 난간에서 내려다보이는 서울 거리를 감상했다. 옛 추억이 떠올랐다. 대학 시절, 새벽에 눈을 비비며 골목길을 돌아 신문지를 배달하던 날들, 밤이면 가정교사로 아이들을 가르치며 호통치던 시절, 가난했지만 그래도 대기만성이란 혈서를 써서 벽에다 붙여 놓고 밤샘으로 공부했던 때…. 생각들이 꼬리에 꼬리를 물고 주마등처럼 떠올랐다.

다음 날, 준호는 주한 미 대사와 함께 청와대로 향했다. 대통령과의 접견을 위해서였다. 보이는 정경이 북한과 정반대였다. 역시 남한다운 생동감이 있었다. 마치 미국 뉴욕의 매디슨 가를 연상케 했다. 준호를 태운 차는 금방 청와대에 도착했다. 정문에 들어서니 남한 대통령이 마중 나오며 준호의 손을 정겹게 잡았다.

"김 박사님, 안녕하세요. 긴 여정에 피곤하지요?"

"안녕하십니까, 대통령님."

준호와 미 대사가 나란히 앉아 대통령을 접견했다. 오가는 덕담 끝에 대통령이 반갑게 입을 열었다.

"김 박사님이 미국에서 수재였다는 소릴 들었어요. 미국에서의 그 짧은 기간 남들은 도저히 흉내 낼 수도 없는 일들을 해내셨더군요. 명문대 졸업에 검사, 변호사를 거쳐 박사까지 하시고, 게다가 이제 백악관의 참모까지…. 참으로 훌륭하세요. 우리 민족의 대표, 영광이 아닌가 싶어요."

"과찬이십니다, 대통령님."

"아니, 사실이 그래요."

대통령은 시종일관 웃음을 띤 채 말했다. 역시 미국은 한국의 혈맹국임이 실감 났다. 준호는 북한 방문 목적과 미션을 간단히 설명했다. 김정일의 속내도 대충 말했다. 대통령이 내게 말했다.

"김 박사님, 참으로 고맙소. 특사란 비밀도 있는데 내게 허물없이 속말을 다 해주니…. 물론 우리도 미국의 입장을 잘 알죠. 이러지도 저러지도 못하는 입장을…. 북한도 그렇습니다. 살아남기 위해 핵을 개발하고 이를 미끼로 미국과 손잡겠다는 속셈이겠죠. 미국은 자국민 안보도 생각해야 하고, 또 국제 정세도 살펴야 합니다. 그래서 어떻게든 북한이 핵을 포기하게 하여서 미국이 끌어안으려 한다 생각하면 참 고맙죠.

김 박사 말씀대로 문제는 김정일이죠. 김정일이 어떤 때는 원망스럽습니다. 이런 와중에 남한의 안보는 사면초가나 마찬가지입니다. 어쨌거나 지금 남한은 미국만 믿을 수밖에 없어요. 북한과 대적할 만한 전략무기, 핵이 없잖아요. 핵 확산 금지조약 때문에 우리는 핵을 만들 수 없습니다. 남북한은 지금 힘의 균형이 깨졌죠. 이는 미국도 알고 있지만…, 사실 미국도 부분적 책임이 있지요. 한반도를 분단케 했고 우리가 핵과 미사일 개발을 할 수도 없게 했으니까 말입니다. 미 대통령도 알고 있겠지만, 이 점을 강조하여 잘 대변해주십시오. 그리고 유엔과 미국에 심심한 감사를 전해 주시면서, 한국은 오직 미국과 유엔만 믿는다는 내 말도 함께 전해주시오."

준호는 대통령의 하소연에 가슴이 찡했다. 대통령의 눈시울이 붉어졌다. 조국과 민족을 위한 열변이었다. 준호 역시 감동해 눈시울이 뜨거워졌다. 대통령이 말을 이었다.

"참, 이것은 비밀인데, 미 대통령에게 이 말도 전해주시오. 지금 유엔과 미국 주도하에 강력한 대북 제재가 이뤄지고 있잖소. 상대국인 한국이 어찌 가만히 있을 수 있겠소? 그래서 말인데, 곧 한국도 '개성공단 폐쇄 조치'를 취할 것이요. 우리 기업들의 손해가 크지만, 우리가 먼저 북한을 제재해서 모범을 보여줘야 하니까…. 그래야 유엔과 미국, 세계가 동조하여 북한 제재에 가속이 붙지 않겠소. 그리고 미 대통령에게 말해주시오. 북한의 김정일은 하늘이 두 쪽이 나도 핵과 미사일은 포기치 않을 사람이라는 것을 말이오. 김 박사, 비록 미국 정부를 위해 일을 하지만, 조국과 우리 민족을 항상 잊지 말아 주기를 바라오."

"지당하신 말씀입니다. 저 역시 대한민국을 사랑합니다. 이 나라와 함께하고자 청운의 꿈을 안고 미국에 갔습니다. 이 나라가 내 나라이며, 항상 내가 나라를 위해 무엇을 할 수 있을까 생각하고 있습니다. 감사합니다."

대통령의 호소에 준호는 크게 감동했다. 진정 나라와 민족을 사랑하는 대통령이었다. 준호도 그랬다. 지금은 미국에 머물며 미국 정부를 위해 일하고 있지만, 항상 대한민국을 잊어본 적이 없었다. 그리고 언젠가 다시 돌아와 나라를 위해 헌신할 것을 마음먹고 있는 준호였다.

준호는 청와대를 나와 호텔로 돌아왔다. 조국의 비운에 허탈한 마음이었다. 준호의 가슴이 울먹이며 우울했다. 기분에 호텔 바를 찾았다. 혼자서 술을 마셨다. 술을 마실수록 김정일이 생각났다. 김정일이 싫었다. 마셔도 술에 취하지 않았다.

가난에 찌들고 외로워서 차라리 공부에 미쳤었던 준호였다. 고독했던 학창시절이 생각났다. 준호의 머리에 옛 대학 친구 몇 명이 떠올랐다. 안주머니 속에서 오래된 전화번호들을 찾았다. 연결되지 않으리라 생각하고 전화를 했지만, 다행히 통화연결음이 들렸다. 누군가 받았다. 말투가 친구 병두 같았다. 정말 반가웠다.

준호는 당장 친구를 불렀다. 그리고 또 다른 친구 길남이도 연락하여 같이 오라고 했다. 한참 후에 병두와 길남이가 놀라서 달려왔다. 서로 말이 필요 없었다. 보는 즉시 서로 끌어안았다. 그리고 앉아서 주거니 받거니 넋두리를 떨었다.

다음 날, 깨보니 모두 호텔 방바닥에서 있었다. 술에 취해 떠들다가 잠들어 버린 것이었다. 부스스 눈을 떠 비비며 병두가 말했다.

"어이 준호야! 야, 김 박사! 너 어젯밤 술 취해 엉엉 울더라. 울면서 김정일을 죽인대. 그게 무슨 소리냐?"

"그랬냐? 그런 일 있어. 나 북한 갔다 왔어."

"그래? 언제?"

"엊그제, 거기 갔다 한국 들른 거야."

"그래? 그럼 지금 북한에서 오는 길이야?"

"그렇다니깐…."

길남이가 호기심이 생겼는지 자꾸 물었다.

"그런데 북한에 가니까 김정일이 널 죽인다던?"

"그 자식, 개자식이야. 권력야욕에 국민을 굶겨 죽이는…. 핵 개발, 미사일로 동족을 말살하려는 개자식이야."

준호가 흥분되어 육두문자를 썼다. 병두가 웃으며 응했다.

"너 미국 가더니 욕 배웠구나?

"박사는 욕 못하니? 니들 나 미국 어디서 일하는지 알지?"

"알지, 너 미국 대통령과 백악관에서…. 한국에서 알 만한 사람은 다 알아. 신문 방송에 네 기사로 한동안 시끌벅적했거든."

"그렇군. 아무튼 이번에는 특사로 북한 갔다 왔어. 헌데 글렀어. 이제 남한은 불바다를 피할 길이 없는 듯싶어. 독재자 그 자식, 무력통일 하려고 핵과 미사일로 미국과 남한을 상대로 장난질하고 있어. 이제 큰일 났어. 미국과 전쟁도 불사하겠다는 꼴통이야. 그 자식, 거 민족 반역자야. 언젠가 내 손으로 죽이고 말 테다."

병두와 길남이가 깔깔 웃었다. 그리고 말했다.

"야, 누가 들으면 어쩔래?"

"어쩌긴 뭐 어째. 옳은 말인데…. 우리끼리니 하는 말이야."

준호는 그렇게 스트레스를 풀었다. 그리고 더 이상 북한 얘기를 하지 않았다. 다 함께 호텔 식당으로 내려가 아침을 먹었다. 그러면서 서로 이메일 주소를 교환했다. 식사를 마치고 서로 다음 연락을 약속하며 악수로 헤어졌다.

다음 날, 준호는 미국행 비행기에 몸을 실었다. 비행기가 이륙했다. 준호는 하늘에서 대한민국 땅을 바라봤다. 십여 년 전, 준호가 처음 미국 땅을 밟았을 때가 생각났다. 그때는 김포공항에서 많은 사람들이 마중 나와 배웅했었는데…. 지금은 어디서 다 무얼 할꼬? 생각하니 가슴이 뭉클하며 슬펐다. 한 많은 조국, 한 많은 세월, 먹을 것이 없어 지금 이 순간도 풀을 뜯어 먹으며 연명하는 북한 동포들이 생각났다. 준호는 가슴을 쓸어내렸다.

장시간 비행 끝에 미국에 도착했다. 워싱턴 공항에 내린 준호를 마중 나온 사람은 없었다. 비밀특사였기 때문이었다. 아직도 오전이었다. 준호는 그 길로 곧장 백악관 집무실로 향했다. 우선 미 대통령에게 북한 방문의 성공 여부를 알릴 참이었다. 그리고 곧장 대통령 집무실로 향했다. 대통령이 깜짝 놀라며 준호를 반겼다. 그리고 말했다.

"아니, 김 차관이 웬일이야? 아직 집에 있는 줄로 알고 있었는데…."

"예, 각하께서 궁금해하실 것 같아 공항에서 곧장 왔지요."

"에이, 집에서 하루쯤 쉬지 않고…."

대통령과 준호는 담화를 나눴다. 이윽고 준호가 정색하며 김정일의 밀서를 대통령에게 건넸다. 대통령이 밀서를 읽어보고 한마디 했다.

"뭐? 먼저 북한의 핵을 인정해 달라고? 그리고 정상외교를 맺자고? 김정일, 이 사람…. 젊은 사람이 천방지축이구먼. 정치가 뭔지 까막눈이구먼. 고집불통, 혼자 고집부리는구먼. 자기만이 최고인 독재자에, 나라와 국민을 수렁으로 몰아넣는 야만인이구먼. 어찌 그런 자가, 그것도 한 나라의 지도자라니…."

준호가 첨가하여 말했다.

"대통령님의 뜻을 전혀 생각조차 않는 사람이었습니다. 오히려 오만방자하더군요. 죽으면 죽었지 핵을 포기치 않을 사람입니다."

"글 내용을 보니 그렇구먼. 그렇다면 우리도 채찍을 쓸 수밖에…. 김차관, 어쨌든 먼 여정에 수고가 많았소. Thank you!"

대통령에게 보고하고 준호는 자신의 집무실로 돌아왔다. 그리고 며칠후 CNN에서는 남한 국민 92%가 북한이 미국과 손잡는 것을 반대한다는 뉴스가 보도됐다.

16 조국이 부른 운명

북한이 남한의 격렬비열도에 소형 핵폭탄을 투하한 지도, 남한이 보복으로 개성공단을 폐쇄한 지도, 유엔과 미국이 대북 거래를 제재한 지도 몇 년이 지났다. 북한은 유엔 제재를 무시한 채 계속 핵실험과 잠수함, ICBM 미사일 실험을 했다. 게다가 휴전선 일대에 최신 장사정포 부대를 배치하는 등 전쟁 준비에 열을 올렸다. 한반도는 언제라도 전쟁이 발발할 수 있는 일촉즉발, 풍전등화 상태였다.

그간 준호와 명희는 결혼하여 미국 워싱턴 시내의 조용한 아파트에서 단란한 신혼 생활을 하고 있었다. 결혼한 후에도 준호와 명희는 여전히 북한 담당 차관보로 백악관에서 일했다.

둘은 미국 정부에 충성했다. 특히나, 명희는 백악관에서 북한 인권 전문가로 소문이 나 있었다. 명희는 미국 체류 탈북민을 한 명씩 만나 북한의 인권 유린 상태를 증거 기록으로 남기며 낱낱이 국제사회에 알렸다. 명희는 북한 인권 문제에 관하여 유엔 및 미국 청문회에 단골로 빠짐없이 등장하여 북한 인권 문제 향상에 폭로와 증언에 최선을 다했다. 경호는 능력이 인정되어 국방부에서 승진에 승진을 거듭하며 미 국방 전략무기 개발에 일조했다. 경호도 한 달에 한 번씩 워싱턴에 와서 둘과 시간을 같이했다.

행복한 나날을 보내고 있음에도 준호는 어느 날부터 이상한 악몽에 시달렸다. 밤마다 비스름한 꿈이 준호를 시달렸다. 어느 날 밤, 준호는 꿈에서 말레이시아에 있었다. 한 북한 외교관이 금괴를 밀수하다 체포됐다. 피투성이가 된 외교관이 쇠사슬에 묶인 채 물고문과 모진 매를 맞으며 준호에 매달렸다.

"나 좀 살려 줘, 제발…."

준호는 그를 살려줄 생각은 않고 그저 쳐다만 봤다.

어느 또 다른 밤, 이번엔 캄보디아에서의 꿈이었다. 북한 외교관이 또 보였다. 위조 달러를 찍어내다가 걸렸다고 했다. 그는 의자에 묶인 채 가슴이 불로 지져졌다. 그가 절규하며 준호에 매달리더니 울면서 애원했다.

"나 좀 살려 줘, 제발…. 난 죄 없어. 난 김정일이가 시키는 대로 했을 뿐이야."

또 다른 꿈은 함경도 회령에서였다. 얼굴이 퉁퉁 부은 한 여인이 산에서 풀을 뜯어 먹고 있었다. 준호가 서 있는 것을 알아채자 여인은 알아볼 수 없어 귀신 같은 얼굴로 준호에게 손을 뻗어 살려 달라 절규했다.

"제발! 내 딸 좀 살려 줘. 김정일이 우리 가족을 몰살했어. 인민군들이 우리 동네 사람들을 몽땅 죽이고 있어. 김정일을 좀 죽여 줘. 우리는 김정일이 싫단 말이야. 공산주의가 지겹단 말이야."

북한군이 절규하는 그 여인을 총 쏴 죽였다. 총소리에 깜짝 놀라 준호는 잠자리에서 벌떡 일어났다. 준호의 얼굴과 목은 땀으로 흠뻑 젖어 있었다. 옆에서 자던 아내가 준호의 흐르는 땀을 닦아주며 다독였다.

"왜 그래? 꿈꿨어?"

"응, 요즘 매일 악몽에 시달려. 아유 죽겠네. 왜 그럴까?"

준호는 그렇게 매일 악몽으로 시달리고 있었다. 그리고 어느 날 전화가 왔다. 그간 생각조차 하지 않았던 대학 시절 반 친구 스티브 조의 전화였다.

"스티브, 웬일이야? 잘 있었어?"

"응, 잘 있었지! 너는?"

"여전하지 뭐."

"너 결혼했다며? 아직도 백악관에 있니?"

"응, 아직 그렇지."

"나, 워싱턴에 잠깐 볼일 있어 들렀거든. 네 얼굴 좀 보고 가려고…"

준호는 아내에게 자초지종을 말하고, 집에서 입던 그대로 와이셔츠에 청바지 그대로 약속한 장소로 나갔다. 스티브가 기다리고 있었다. 오랜만에 만난 것이 기뻐 서로 껴안았다. 그리고 둘은 카페에 앉아 그동안의 일, 대학 시절 얘기들을 주고받았다. 얘기 중 불현듯 스티브가 내 얼굴을 보더니 갑자기 말했다.

"야, 너 얼굴 왜 이래. 많이 상했어. 뭐, 고민이라도 있어?"

"뭐가?"

"너 삐쩍 말랐어. 옛날 같지 않아. 혹시 병 있어?"

"아니, 별것 아냐. 헌데 요즘 들어 비슷한 악몽에 시달려. 이상해. 나 자신도…"

"그래? 실은 나도 한때 그런 적이 있었어. 갑자기 잘 되던 사업이 부도나기 직전이었어. 헌데, 그때 내가 아는 사람이 어떤 사람을 소개해 주면서 한번 찾아가 보라는 거야. 그 사람을 만나면 만사가 해결된다는 거야. 완전 족집게라더군! 계속 사업은 되질 않고 하는 일마다 꼬이며 너처럼 악몽에 시달렸어. 신경쇠약에 걸렸지. 그런데 갑자기 그 말이 떠

오르는 거야. 어쩔 수 없이 속는 셈 치고 LA에서 비행기 타고 그 먼 뉴욕까지 가서 그 사람을 만났어. 그 사람은 점술가였어.

그런데 그 사람이 말한 대로 하니까 그 후부터 사업도 잘되고 만사가 OK인 거야. 정말 신기했지. 그 후에도 종종 찾아가지. 그래서 너도 그 사람을 꼭 한번 만나보면 좋겠다 싶군."

스티브가 진지하게 말했다. 준호는 건성으로 들으며 말했다.

"점술가가 뭐야? 뭘, 그런 걸 다 믿니?"

스티브가 말했다.

"처음엔 나도 너처럼 웃어넘겼지."

신도 요술쟁이도 아닌데 어찌 그럴 수가 있느냐는 식으로 준호는 스티브의 말을 흘려보냈다. 그날 준호는 스티브와 옛 학창시절 얘기를 하며 즐겁게 보내다가 헤어졌다. 그리고 그 후 준호는 여전히 악몽에 시달렸다. 아내의 권고대로 신경내과에 정신과 의사까지 가서 진료를 받았다. 그래도 아무런 차도가 없었다. 여전히 유사한 꿈들에 준호는 시달리고 있었다. 그러던 중 준호의 머리에 스티브의 말이 생각났다. 스티브가 한 말을 아내에게 말했다. 아내가 거들며 한마디 했다.

"그런데 여보, 그 말도 무시할 수는 없어. 북한에서 내가 아주 어렸을 마을 이웃에서 있었던 일이야. 우리 동네에서 일어난 일이야. 정신이 이상한 이웃집 아주머니 한 분이 계셨는데, 동네 사람들은 그 분을 미친년이라 했지.

그런데 어느 날 지나가던 한 스님이 그 여인을 보고 미친 게 아니라 신이 들렸다는 거야. 그러면서 그 여인의 가족에게 말하길, 절간에 데리고 가서 굿을 해야 한다는 거야. 그래서 속는 셈 치고 그 여인을 절에 데리고 가서 기도와 굿을 했다는 거야. 그 후 그 여인이 감쪽같이 나았다는 말을 들었어. 미신 같지만, 때로는 미신이 아닌 사실도 많아."

준호는 아내를 무시하듯 말을 흘렸다.

"에이, 그런 게 어딨어…?"

하지만 그 후에도 거의 매일 준호는 계속 북한에 관한 얘기로 악몽을 꾸었다. 준호의 머리에는 점점 스티브가 한 말이 떠올랐다. 어느 날, 준호는 드디어 스티브에게 전화했다.

"스티브? 나야, 존. 너 혹시 그때 만나서 내게 한 말 있지? 뉴욕에 있는 어느 상담가인지 점술가인지, 그 사람을 한번 만나 봤다고 했지?

"응, 그런데… 왜?"

"아, 나도 한번 찾아가 볼까 해서. 아직 그 사람 전화번호 갖고 있니?"

"그럼, 지금도 나는 가끔 찾아가 본다고 했잖아."

준호가 스티브로부터 전화번호를 받았다. 그러고도 준호는 며칠을 망설였다. 악몽은 여전히 준호를 괴롭혔다. 마침내, 준호는 그 점술가를 한번 만나 보기로 했다. 먼저 그 번호로 전화했다. 점술가는 여자였다. 그런데 그녀는 전화를 받자마자 이상하게 말을 하는 것이었다.

"김 선생님으로부터 전화가 올 줄 알았어요. 벌써 오셨어야 했어요. 그럼 예약 날짜에 뵙겠습니다."

전화를 끊고 준호가 자초지종을 아내에게 설명했다. 아내의 눈이 휘둥그레 커졌다.

"신기하네? 어떻게 그 여자가 당신인 줄을 알았을까?"

준호와 아내는 그 여자가 필시 용한 점술가일 것이라고 짐작했다.

주말에 준호는 아내와 함께 점술가를 보기 위해 뉴욕으로 향했다. 그녀의 집은 뉴욕 허드슨 강 주변에 있었다. 무척이나 집이 근사했다. 비서인 듯한 젊은 여자가 나오더니 둘을 별실로 안내했다. 그리고 곧이어 점술가가 우리 앞에 나타났다. 몸매가 날씬하고 젊었다. 용모도 단정했고, 누가 봐도 점술가라고는 믿기질 않았다. 준호는 그녀가 매우 지적으로 느껴졌다.

"안녕하세요. 제가 전화를 받았던 캐서린이에요. 만나 뵈서 반갑습니다."

"만나뵈서 우리도 반갑습니다. 이분은 제 와이프, 미세스 김입니다."

"반가워요, 미세스 김. 사실 전 김 선생님이 꼭 찾아오실 줄 알았습니다. 어느 날, 제가 기도를 하는데 난데없이 선생님의 환상이 나타나며 선생님을 꼭 만나라는 계시가 있었어요. 항간에선 저를 점술가라 부르지요. 그러나 저는 점술가가 아니고 선생님 내외분과 똑같이 일반인이에요. 다른 게 있다면 가끔 기도 중에 어느 특정인의 환상에 나타나고 그 특정인에 대한 계시를 받곤 하지요. 그리고 곧 그 특정인들은 꼭 저를 찾아오지요. 그들 대부분은 사업 실패나 혹은 정신 이상으로 고민하는 사람들이었어요. 그들 중 많은 사람들이 꿈에 시달리지요.

선생님도 저에게 환상으로 나타난 적이 한두 번이 아니었어요. 처음엔 선생님의 환상이, 두 번째는 선생님이 살고 있는 거주지가, 세 번째는 선생님이 하고 있는 일들이 나타나며 선생님의 정신세계까지 들여다 보이는 겁니다. 반드시 선생님을 찾아보라는 신의 계시로 보면 틀림이 없습니다. 그래서 결국 오신 것이고요."

캐서린의 말을 듣고 준호와 아내는 소름이 끼칠 정도로 놀랐다. 믿을 수 없는 말이었다. 준호는 지난 한 달간 비슷한 악몽들을 꾼 것에 관해 얘기했다. 캐서린이 말했다.

"그랬을 겁니다. 나도 선생님이 꾸는 꿈을 가끔 꿔 왔으니까요. 단도직입적으로 말을 하지요. 선생님이 꾸는 꿈은 범상한 꿈이 아닙니다.

구국하라는 꿈입니다. 내가 알기에는 남북 간의 현 상황이 위험합니다. 내일이라도 당장 북한의 지도자가 핵폭탄을 남한에 쏠 수도 있는 중대한 상황입니다. 이를 신께서 아시고 선생님의 사명을 계시하셨다 생각합니다. 하지만 그 사명과 방법은 저도 모릅니다. 선생님이 생각하고 해결해야 하는 일이지요."

이윽고 그 여인이 준호를 앞에 앉게 하고 이상한 주술로 마치 그의 운명을 알아맞히려는 듯 몇 번 주술 방언을 했다. 주술 의식이 끝나며 그녀가 말했다.

"김 선생님은 조국을 구할 사람으로 나와요. 물론, 이 일을 하다가 죽지 않을까 싶지만 실제로는 결국 살아요. 환상에 비친 선생님은 한 나라의 큰 영도자입니다. 선생님이 시간이 없다며 큰불을 끄고 있는 모습이 보였어요. 귀국선에 오른 환상도 보였고요. 하지만 미국에 계속 계신다면 선생님은 미국에서 곧 죽게 된대요."

"그게 다 무슨 소리요? 불을 끄고…, 귀국선을 타고…, 죽을 수 있다니…. 도대체 무슨 소린지 전혀 알아들을 수가 없는데…."

준호가 답답하여 그 여인에게 되물었다.

"저도 모르죠, 무슨 소리인지. 그러나 그게 신의 계시인 걸요…."

캐서린이 계속 말했다.

"알 수는 없지만 불을 끄는 장면은 구국한다는 뜻이고, 귀국선을 타는 환상은 고국에 돌아간다는 뜻이고, 그렇지 않으면 미국에서 곧 죽게 될지도 모른다는 얘기가 되겠죠?"

그녀의 말 하나하나가 준호에게는 모두 꿈같은 얘기로 들렸다. 전혀 믿기지 않았다. 준호가 믿지 않는다는 것을 눈치챘는지 그녀는 콩 한 줌을 짚더니 테이블 위에 깔았다. 그리고 말했다.

"모든 게 증명하고 있네요. 선생님의 영혼은 제가 봐도 참으로 신기해요. 선생님의 영혼은 흐트러짐 없이 한데 뭉쳐지는 영혼이요, 나라와 국민을 한데 뭉치게 하는 영혼인가 봅니다. 그러나 그렇잖으면 미국에서 단명할 것으로 나타납니다."

준호와 아내는 머리를 맞은 듯 믿기지 않는 소리에 한참을 멍하게 있었다.

그런 일이 있고 몇 주가 지났다. 캐서린의 말대로 준호는 계속 악몽에 시달렸다. 이제 신경쇠약에 몸까지 더 바싹 말라갔다. 그간에 내과, 신경과, 정신과 병원을 모두 돌아다니며 정밀검사를 했다. CT에 MRI, 그리고 뇌 구조실험까지 했다. 하지만 전부 소용이 없었다. 모두 정상 판정이 나왔다. 의사들은 한결같이 준호에게 충분한 휴식을 취하라는 말뿐이었다. 하지만 휴식을 취해도 악몽은 계속됐다. 그럴수록 준호와 아내는 캐서린의 말을 믿지 않을 수가 없게 되었다. 이제는 아내가 한국으로 나가자며 떼를 쓰기 시작했다.

"여보, 이제 고집 그만 피우고 한국 가자. 그 여자 말을 일단 한번 믿어 보자구."

"나가서 뭐해? 나가봤자 나나 당신이나 한국에서는 사고뭉치인데…."

"아니지, 내가 있잖아…? 그 여자 말을 듣고 한번 나가 보자구. 혹 그 여자 말대로 한국에 나가면 악몽이 사라질 수도 있잖아. 믿어 보자구."

"글쎄…."

그렇게 또 몇 달이 지났다. 준호는 결국 골이 빠개지는 아픔에 그만 쓰러져 버렸다. 구급차에 실려 병원으로 가서 또다시 정밀검사를 했다.

결과는 또 똑같았다. 아무 이상이 없다는 것이었다. 이제 준호도 그 여자의 말을 따를 수밖에 없었다. 그 여자의 말이 사뭇 준호의 정신을 흔들어댔다. 그 일이 있고 며칠이 지난 어느 날, 준호와 아내는 백악관을 찾았다.

"아니, 김 박사. 휴가라더니 어째서 벌써 나타났어? 그런데 얼굴이 형편없어. 무슨 병이라도?"

대통령이 놀라서 준호에게 말했다. 준호는 그간의 모든 것을 설명했다. 그리고 캐서린의 말도 했다. 그래서 그녀의 처방을 따라 사표를 내고 한국으로 한번 나가 봐야겠다고 했다. 미국에 있으면 단명할 것이라는 말까지 덧붙였다. 대통령이 어이없다는 듯 껄껄 웃으며 말했다.

"세상에 그런 일도 있을까? 누가 그 소릴 믿어? 어쨌든 난 그걸 못 믿겠어."

준호가 말했다.

"어차피 마지막 방법, 한국에 한번 나가보겠습니다. 그래서 악몽이 사라지고 정상으로 돌아오면 그 여자가 맞는 것이고, 그렇지 않으면 그 여자가 사이비겠죠. 밑져야 본전입니다. 제 사표를 수리해주시죠."

대통령은 마지못해 사표를 받았다. 그 길로 준호와 아내는 백악관을 등지고 나왔다. 돌아서는 발걸음이 그다지 좋지 않았다. 한국의 고아들, 그들을 있게 했던 미국, 그들에게 보람과 영예를 안겨줬던 미국, 준호와 아내는 뒤돌아보고 또 뒤돌아보며 백악관과 헤어졌다.

17 똥 냄새에 시궁창 국회

　준호 부부가 한국에 정착한 지 수개월이 지났다. 그들은 강화도 바닷가의 토담집에 살면서 세상을 등지고 저술 생활을 하고 있었다. 간간이 바닷가에 나가 게를 잡고 굴을 따거나 고둥을 주워 삶아 먹고, 때로는 낚시로 고기를 잡아 매운탕을 해 먹는 등 삶을 즐겼다. 그간 언론 기자들이 간간이 찾아와 둘의 미국 생활, 한국에서의 은둔 생활을 캐물으며 성가시게 했다. 그러면서 차기 대권 주자인데 어째서 한국 정치를 외면하느냐는 식으로 괴롭혔다. 그러나 준호는 한사코 나 몰라라 하며 몸이 아파서 요양한다고 둘러댔다. 준호는 자연을 벗 삼아 즐거운 삶을 살고 있었다. 참으로 인간이 인간답게 살고 있다고 믿었다. 그것이 참된 삶의 행복이라 여겼다.

　그렇게 또 수개월이 흘렀다. 쇠약했던 준호의 몸은 신기할 정도로 회복됐고, 시달리던 악몽도 사라졌다. 미국 뉴욕의 신의 여인이 생각났다. 신기했다. 족집게 점술가란 생각이 들었다. 준호는 생각이 난 김에 뉴욕에 그 신의 여인을 전화해서 알렸다.

　"여기는 한국, 김 박사인데요. 혹시 캐서린?"

　"네, 맞아요, 한국에 나간다더니 한국이에요?"

　"네, 그간 잘 있었고요?"

"네, 김 박사와 아내분은?"

"잘 있지요. 헌데 오늘은 기쁜 소식을 전해드리려 전화했어요. 캐서린 말대로 제 병이 다 나았거든요. 그래서 소식 들리려고요. 악몽이 없어지며 몸이 회복됐어요."

"오, 아주 잘 된 일이네요. 제 말이 딱 들어맞았군요. 참 다행이네요."

"감사해서 전화합니다. 한국에 오실 기회가 있거든 꼭 찾아 주세요."

"고맙습니다."

전화를 끊었다. 기분이 상쾌했다. 캐서린에 신세 진 기분이 들었다. 준호가 기분도 그렇고 하여 오늘은 사랑하는 아내에게 맛있는 매운탕을 직접 만들어 선사하기로 맘먹었다. 그리고 어제 잡아온 고기들을 냉장고에서 꺼내며 손질하고 있었다. 지켜보고 있던 아내가 말했다.

"여보, 매운탕에 된장을 넣는 사람이 어딨어?"

"에이, 모르는 소리, 된장과 고추장이 한데 들어가야 제맛이야. 글쎄 다 해 놓고 먹어보고 말하시지!"

"헌데 당신, 무를 쓰는 솜씨가 보통이 아닌데?"

"알잖아, 소싯적에 내가 자취하며 살았잖아. 척하면 삼천리지! 다 어깨너머로 배운 실력이야. 이제 그만 참견하시고 이 무쇠솥에 불이나 지펴 봐."

아내는 준호가 마련하는 매운탕에 반신반의하면서도 즐겁다는 표정이었다. 그리고 아궁이에 불을 지폈다. 그러나 곧 연기에 얼굴을 비비며 불평을 했다.

"아이, 이놈의 불이 왜 이리 안 붙어?"

"에이, 그렇게 하면 종일 해도 안 붙어. 우선 불쏘시개로 불이 잘 붙는 신문지 같은 걸 놓고 그 위에 마른 작은 나뭇가지들을 올려서 불을 붙여야 큰 장작에 옮겨붙지."

아내가 알았다는 투로 말을 했다.

"아, 나도 옛날에 해봤는데… 어째 다 까먹었지?"

드디어 매운탕이 다 되어 구수한 냄새가 주위에 퍼졌다. 상에 대충 숟가락, 젓가락을 놓고는 이것저것 반찬들에 매운탕을 갖다 놓았다. 아내가 맛을 보더니 맛있다고 야단이었다.

"여보, 당신 솜씨 보통 아니네? 보기와는 달리 매운탕이 되게 맛있어."

"그래, 내가 뭐랬어? 먹어보고 말하랬지? 모로 가도 서울로만 가면 되는 거지 뭐. 아, 맛있다."

둘은 주거니 받거니 하며 매운탕을 맛있게 먹고 있었다.

그때였다. 먼발치에서 까만 양복을 입은 사람들이 다가오는 게 보였다. 그리고 가까이 와서 공손히 인사를 하는 게 아닌가? 자세히 보니 정치계에서 잘 알려진 집권당 당 대표와 원내대표였다. 게다가 지역구 국회의원까지 합세해왔다. 부부는 일어서서 그들의 인사를 받았다.

"아니, 여기를 어떻게…?"

"김 박사님 찾느라고 혼났습니다. 어찌 이런 곳에 꼭꼭 숨어 계십니까?"

"저를 왜요? 전 지금 자연을 배우며 아주 행복합니다."

"김 박사님께서 숨어 지내시면 안 되시죠. 이제 나라를 위해 나서셔야 합니다."

"아이, 과찬의 말씀입니다. 제가 뭐라고? 국사를 잘들 돌보시면서…"

"아닙니다. 지금 국회가 말이 아닙니다. 오죽하면 국민이 국회와 정치를 개판 정치, 작당 국회라 욕할 정도입니다. 민심이 정치를 떠났습니다. 다 저희들이 못 나서 그렇습니다. 그래서 나라를 살려보고자 김 박사님을 찾아왔습니다. 너그러이 받아주시기 바랍니다."

준호는 그들과 평상에 앉았다. 아내는 찻잔을 날랐다. 그들의 눈초리가 산만하게 돌았다. 준호 부부가 사는 소박한 삶의 모습을 부러워하는 듯했다. 한동안 흘러가는 나라 꼴, 사람 꼴, 세상 꼴 얘기를 나눴다. 준호는 그들에게 자신이 정치꾼이 아님을 주지했다. 하지만 이미 그들은 세계를 주름잡는 미국 백악관에서 일했다는 이유로 준호를 큰 인물로 삼고 있었다.

그들이 떠난 후에 준호는 한동안 곰곰이 생각에 잠겼다. 문득 미국 뉴욕, 신의 여인 캐서린이 생각났다. 그녀는 준호가 한반도를 구하는 사명을 타고났다고 말했다. 이것이 운명인가 싶어 준호는 씁쓸한 웃음을 지었다. 이윽고 아내가 말했다.

"당신이 정치꾼은 정치꾼인가 봐. 미국이나 한국이나 정치가 당신을 쫓아다니는 것을 보면…."

"글쎄, 나도 왜 그런지 모르겠어. 미국 백악관에서 일했으니 그들이 날 큰 인물로 보는 모양이야. 하기야 미국 정치가 곧 세계 정치니까. 그런 곳에서 일했으니 그들이 그렇게 생각하는 것도 무리는 아니지. 그래서 말인데 그 여자, 캐서린의 말이 자꾸 생각나. 한국을 구하는 게 내 운명이라 말했지 않아…. 항상 그 말이 신경 쓰여."

"글쎄, 나도 그 말이 이상해서 하는 말이요."

아내가 한마디 했다.

"그까짓 것 안 하면 되지 뭐. 헌데 그 여자 말이 다 맞지 않아? 그게 문제야."

정치가들이 다녀간 다음 날이었다. 어떻게 알았는지 기자들이 또 강화도에 몰려들었다. 희한한 질문을 던지며 그들은 준호의 맘을 떠봤다. 준호는 한사코 아니라며 잘라 말했다. 그래도 준호에게 계속 정치계 입문을 물으며 귀찮게 했다. 아니라고 잡아떼도, 떼면 뗄수록 기자들은 준호를 더 괴롭혔다.

지금 한국 정치는 혼란스럽다. 야당은 국가 정책에 따르는 법이 없었다. 사색당파가 아닌 팔색당파로 작당·모사 정치가 판쳤다. 대통령은 국정 안정에 온갖 힘을 쏟았으나, 좌파 야당이 발목을 잡아 국회에서 법들이 통과되지 못한 채 몇 년씩 묶여 있었다.

한편, 남북한의 정세는 최악으로 경색돼 있었다. 곧장 남북 전쟁이 날듯 나라가 일촉즉발이었다. 언젠가부터 준호는 TV 방송을 아예 꺼버린 상태였다. 민심은 이미 국회와 정치를 떠났었다. 준호는 답답한 마음에 하루는 대통령에게 하소연하는 편지를 써 보냈다.

"존경하옵는 대통령님, 국사에 얼마나 고군분투하십니까? 위로와 격려 드립니다. 남북상황의 긴장감이 고조되는 와중에도 좌파야당은 국정의 발목을 잡아 민생법안이 통과되지 않고 있습니다. 국회가, 정치가, 나라가 혼탁합니다. 그래서 못난 제가 시 한 수 썼습니다.

국회나리 제잘나서 국민정치 한답시고
짜깁기에 뒤집기로 명패당패 바꿔달고
그사람들 그얼굴로 이리저리 줄을서서
사색당파 작당지어 개판치며 정치하네

누가 이 나라 이 백성을 사랑한다 말했습니까? 누가 이 조국, 이 민족을 위대하다 말했습니까? 가슴이 답답합니다. 국민을 위한, 국민에 의한, 국민의 정치에 풀뿌리 민주주의는 어디로 갔단 말입니까. 대통령님, 저의 속 좁은 생각으로는 이런 때는 국회를 해산하고, 민생 법이 통과치 않는 현 시국에선 올바른 국사를 인도할 수 없기에 대통령직도 사퇴하겠다는 존엄을 보여 주실 수는 없는지요. 때로는 영도자의 엄숙한 결단을 본보기로 보여줄 필요가 있다고 봅니다. 아무쪼록 조국과 민족, 나라와 백성을 위해 소신과 사명을 다 해 주시기를 기원합니다. 오죽하면 이러한 실례를 범하며 말씀 여쭙겠습니까? 굽어살펴 주시기 바랍니다."

편지를 청와대에 보냈지만, 소식이 없었다. 그리고 총선이 2개월쯤 남은 어느 날이었다. 모처럼 TV를 틀었다. 그런데 까마귀 날자 배 떨어진다고, TV에서 이상한 보도가 흘러나왔다. ×××당에서 김준호 씨를 비상대책위원장으로 내정했다는 뉴스였다.

준호는 깜짝 놀라서 아내를 불렀다. 아내가 준호의 호들갑에 달려와 같이 TV 뉴스를 들었다. 그리고 아내가 한마디 했다.

"여보, 혹시 당신 나 모르게 ×××당과 얘기한 적 있소?"

"아니, 전혀…."

"헌데 저게 무슨 소리예요? 당신이 위원장으로 내정됐다는…?"

"글쎄, 나도 전혀 모르는 소리요."

"어머, 이제 한국 정치인들은 사기도 치나 보네…."

뉴스 보도 이후 한 시간쯤이 지나고 있었다. 전에 방문했던 당 대표와 원내 총무 등이 또 준호 집을 방문했다. 준호가 무턱대고 화부터 냈다.

"도대체 당신들은 뭐하는 사람들이오? 내 허락 없이 무조건 날 비상

대책위원장으로 결정해도 되는 거요? 그리고 기자들은 뭣 하는 놈들이요? 내게 확인도 해보지 않고 TV에 뉴스 발표를 한다는 말이오? 세상에 이런 처사가 어디 있단 말이오? 왜 정치를 하지 않겠다는 사람을 이렇게 귀찮게 하는 거요?"

화가 머리끝까지 난 준호의 모습에 이들은 고개를 들지 못하고 묵묵부답이었다. 한참 후, 당 대표가 조심스럽게 입을 열었다.

"박사님을 위원장에 추대해 볼까 하는 말이 언론에 새나간 것으로 압니다. 박사님, 죄송합니다. 저희들이 잘못한 것 같습니다. 저희들이 생각하기엔 박사님 말고는 해낼 사람도 없는데…, 박사님은 꿈쩍도 않으시고…. 회의에서 한 말이 그만 이렇게 됐습니다. 죄송합니다. 용서해주십시오."

준호 역시 당 대표의 말을 고개만 숙인 채 내내 듣고만 있었다. 준호도 할 말이 없었다. 추대한 이분들을 나무랄 수가 없었다. 더 무어라 말할 명분이 없었다. 나라가 혼란할 때 뒷전에서 수수방관만 하는 것도 명분이 서지 않는 처사라 생각해서였다. 그래도 준호는 명색이 배운 선지자에 의리의 사나이, 해병대 출신이었다. 더할 말이 없었다. 화를 가라앉힌 준호의 입에서 말이 나왔다.

"겸손이 과하면 욕이 된다는 말이 있지요. 제가 뭐라고? 저를 추대한 것도 따지고 보면 고마운 일이지요. 좌우간 숙고할 시간을 좀 주십시오. 곧 연락드리겠습니다. 배려에 고맙습니다."

그들이 돌아간 후 준호는 곰곰이 생각을 해봤다. 또 캐서린이의 말이 생각났다. 그리고 자기 자신에게 물었다.

"꼭 내가 정치를 해야 하나? 캐서린 말대로 구국해야 할 팔자인가?"

준호의 머리에 그동안 지나온 길이 떠올랐다. 그저 살아남고자 죽음의 38선을 넘었던 어린 시절, 청운의 꿈과 미국 유학, 백악관 입성, 특사 밀담, 악몽으로 인한 신체 쇠약, 캐서린의 예언이 영화처럼 눈앞을 스치며 지나갔다. 마치 소에 멍에를 씌우듯 정치의 멍에가 준호에게 씌워진 것 같았다. 아무래도 정치를 해야 하는 팔자였다. 그리고 혼잣말로 중얼거렸다.

"정치가 나의 운명이던가? 조국이 나를 부르는 것인가? 그렇다면 부딪쳐 봐야지. 깨지기밖에 더하겠어."

준호의 결심이 굳어갔다. 아내에게 말했다.

"여보, 정치가 내 운명인가 봐. 팔자인가 봐. 캐서린 말처럼…. 부딪쳐 봐야겠어…."

일주일이 지난 후, 준호는 집권당의 비상대책위원장이 돼 있었다. 그리고 처음으로 기자회견을 가졌다.

"기자 여러분, 저는 ×××당의 비상대책위원장 자리를 수락했습니다. 저 같은 못난 사람을 당에서 추대했는데, 이를 거절한다면 이 또한 예가 아닌 듯싶습니다. 지금 국회가, 국가 정치가 매우 혼탁하고 어지럽습니다. 일단 수락한 이상 저는 나라를 위하여 소신과 사명을 다해서 일해보겠습니다. 그래도 나라를 일으킬 수 없다면 저는 즉각 사임하고 돌아가 초야에 묻히겠습니다. 지금 북한은 핵과 미사일로 호시탐탐 우리를 상대로 하는 무력 도발에 여념이 없습니다. 국세가 이러한데, 국회는 제대로 정세를 읽지 못하고 있습니다. 지금 민심이 국회와 정치를 떠났습니다. 국민의 종인 국회의원들은 오만불손합니다. 국회와 정치가 혼탁하기에 나라 꼴, 사람 꼴, 세상 꼴이 말이 아닙니다. 저는 어린 시절의 탈북부터 시작해 해병대 생활과 유학길에서 인생을 크게 배웠습니다. 기필코 혼탁한 정치와 국회를 바로잡는 데 기력을 다 하겠습니다. 그래서 백성을 위한, 백성에 의한, 백성의 정치에 매진해보겠습니다. 감사합니다."

회견장의 분위기가 숙연했다. 기자회견 내용이 마치 대통령 대국민 담화 같다며 수군댔다. 기자회견을 마친 준호도 그렇게 생각했다. 그것이 정치가의 근본이었기 때문이다. 대인 정치가 정치의 생명이었다. 기자회견 이후, 며칠 내내 언론은 준호에 대해 대서특필했다.

수개월이 흘렀다. 준호의 칼 같은 지휘하에 총선이 성공적으로 치러졌다. 준호의 승리, 집권당의 승리였다. 300석에서 과반수가 넘는 190석을 차지한 것이다. 모두 다 준호의 대인배적 지도력 때문이라며 대찬을 했다. 그러나 평화는 잠시뿐이었다.

이윽고 국가보안법 철폐를 주장하는 야당의 거센 반발이 이어졌다. 야당 국회의원들이 주도하는 '국가보안법 철폐 운동'이 온 국민을 혼동케 하고 있었다. 밥그릇 수가 적은 젊은이들이 야당 국회의원들과 합세하며 격렬한 시위가 이어졌다. 국회는 국가보안법 폐기를 놓고 여당과 야당이 서로 청문회를 열었다. 하지만 말이 청문회이지, 그 끝은 항상 멱살 잡기와 쌈질이었다. 야당은 문을 잠그고 상임위원회를 열었으나, 야당 국회의원들이 도끼로 문을 부수며 난장판을 피웠다. 사태가 심각했다. 준호는 한국 정치의 후진성을 개탄했다. 고심 끝에 준호는 국회 본회의장에 등단하여 국가보안법 폐지 반대 연설을 시작했다.

"국민 여러분, 그리고 이 자리에 계신 국회의원 여러분, 여러분은 어느 나라 국민이고 어느 나라 국회의원들입니까? 북한의 핵폭탄이 언제 남한에 날아올지 모르는 이 판국에 국가보안법 철폐가 말이나 됩니까?

저는 우리 정치가, 국회가 왜 이리 후진성을 피하지 못하는지 생각해봤습니다. 그 이유는 첫째, 국민들의 정치 무관심과 상식 부족에 연유합니다. 둘째, 잘 먹고 잘살면 되니 될 대로 되라는 식의 자유방임주의에서 비롯됩니다. 셋째, 입으로만 나라 사랑하는 것이 이유입니다. 넷째, 윤리 도덕의 교육 부족에서 연유된다고 생각합니다. 그렇지 않고서야 북한이 호시탐탐 핵과 미사일로 무력도발을 고심하고 있는 시국에 어찌 국가보안법 철폐를 주장한단 말입니까? 그러고도 누가 이 나라를, 이 조국을, 이 백성을 사랑한다는 말입니까? 국회의원 여러분, 나라 없이 여러분이 존재합니까? 왜들 몰상식하게 때리고, 치고받고, 부수고, 난장판을 칩니까? 그러고도 당신들이 국민의 머슴과 종이라 할 수 있겠습니까?"

그때였다. 야당석의 국회의원들이 준호를 향해 소리쳤다.

"때려치워! 저 ××, 연단에서 끌어내!"

야당 의원들이 우르르 연단으로 몰렸다. 준호는 이때다 싶었다. 이때를 위해 미리 준비해온 오물 깡통을 양복 안 주머니에서 꺼냈다. 그리고 달려드는 야당 의원들에게 뿌렸다. 그리고 준호는 원통한 듯 울부짖었다.

"야, 이 똥 같은 의원들아! 당신들이 국민의 종이냐? 아니면 간첩의 끄나풀들이냐? 국회의원이 무슨 감투냐? 국민의 종들이 국민의 일들은 하지 않고 목에 힘주고 쌈질이나 하고 있으니 이는 간첩들이 아닌가? 예라, 똥이나 처먹어라!"

국회 본회의장이 삽시간에 똥물로 얼룩지며 아수라장이 돼 버렸다. 똥물 세례를 맞은 의원들이 준호에게 달려들어 발길질하고 따귀를 날렸다. 준호는 그만 정신을 잃고 말았다.

준호가 눈을 떠보니 국회 당직실이었다. 국회 본회의실에서 있었던 소란과 함께 똥물을 뿌린 생각이 났다. 준호의 옷에서도 아직 똥 냄새가 진동했다. 옆에 있던 준호의 비서가 말없이 TV를 틀어줬다. 똥물 사건에 TV가 난리였다. 준호는 비서에게 종이와 펜을 갖다 줄 것을 부탁했다. 그리고 준호는 의원 사퇴서를 썼다.

"국가와 국민을 위해 이 한 몸 바치고자 했으나, 국가가 나를 원치 않으니 스스로 포기하며 사직합니다."

준호는 쓴 사직서를 읽었다. 준호의 가슴은 조국의 설움이 되어 울먹였다. 사랑하는 조국이 슬프고 안타까웠다. 준호는 비서에 사직서를 건네주고 국회를 빠져나와 집으로 향했다.

18 대통령이 될 팔자

집으로 돌아오는 길, 달리는 차창에 기댄 준호는 조국의 운명을 생각해보았다. 북한은 지옥이었다. 김정일이 죽고 그의 아들 김정은이 이어받았지만, 그는 아버지보다 더 독종이었다. 그와 추종세력세들의 독재만행이 말이 아니었다. 북한을 탈출한 남한 내의 탈북민만 이미 6만 명이 넘었다. 그들의 독재만행은 처참 그 자체였다. 툭하면 총살에 수용소, 척하면 아사시켜 죽어가는 사람들이 부지기수였다. 삶이 아닌 지옥이었다. 입과 귀를 막고 눈까지 막고 살아가야 하는 북한 주민들이라 했다. 북한 주민의 평균 키가 고작 155cm라 했다. 못 먹어 크지 않은 경우라 했다. 강냉이 죽은 고급이고 허기진 배를 채우려고 닥치는 대로 산과 들에서 쑥과 산채, 들채로 연명한다 했다. 그러나 그들 대부분이 결국 굶어 죽는다.

그래도 김정은과 그 실세들, 그리고 고위층 평양 시민들은 사치와 호강으로 살아간다. 그 와중에도 김정은의 호화 별장은 40개가 넘는다. 고위층들은 모두가 뇌물을 받아 호의호식한다는 것이다. 그러면서 주야로 국민들을 노역에 동원하여 댐 건설에 도로공사, 농사에 노동으로 혹사한다. 그나마 있던 배급제도도 끊긴 지 오래됐다. 오히려 국민들은 구리, 쇠붙이, 곡물들을 국가에 바쳐야 한다 했다. 자나 깨나 김정은을 우상화하는 교육뿐이라 했다. 그래도 살아남기 위해 핵과 미사일만을 개발하고 있지 않은가? 이를 위한 자금조달을 위해 해외에 인신매매, 노동 수출, 식당 수출, 달러 위조, 마약 밀매 등으로 국제 범죄자 노릇을 하고 있지 않은가? 세계에 둘도 없는 독종에 악종으로 독재하고 있는 것이었다.

한편, 남한을 생각해보았다. 1950년 6월 25일, 북한의 남침으로 처참한 동족상잔을 치렀다. 남한은 폐허가 됐다. 국민들은 배곯아 지금의 북한처럼 쑥과 풀로 연명했다. 그러나 고 박정희 대통령의 영도에 따라 '잘 살아보세!'를 슬로건으로 내걸고 새마을 운동을 통해 뼈를 깎는 재건의 노력을 했다. 그래서 세계에 유례없는 부흥에 세계가 놀랐다. 한강의 기적을 이룬 것이었다. 그리고 지금 모두가 잘 먹고 잘산다. 굶는 사람이 없다.

그러나 윤리 도덕이 무너져 자본주의적, 개인주의적, 자유 방임주의적 행태가 온 나라 곳곳에서 판치고 있다. 조상들의 피땀을 모른 채 물질의 풍요 속에서 정신이 부패하여 살아가고 있다. 배곯던 옛날을 망각한 것이다. 너보다 나 먼저, 이웃보다 나 먼저, 어른보다 아이 먼저로 사람 꼴, 세상 꼴이 말이 아니다. 이제 노인 홀대는 다반사가 됐다. 옆방에서 이웃이 죽었어도 관심 밖이다. 무질서한 사회는 성추행에 성폭력, 절도에 사기 행각들이 판을 친다. 이제 툭하면 토막살인에, 척하면 재산 싸움이다. 심하면 부모 살인까지 서슴지 않는다.

이제 누군가 마치 백마 탄 기사처럼 칼을 뽑아 조국의 운명을 바꿔놔야 했다. 인간다운 사람, 정의로운 사회, 태극기가 휘날리는 자랑스러운 나라를 위해 누군가는 칼을 뽑고 지금의 남한을 뒤집어야 한다며 준호는 한숨을 쉬었다.

이윽고 생각 결에 차가 집에 도착했다. 아내가 집 밖에서 준호를 기다리고 있었다. 반갑게 뛰어와 차 문을 열며 아내가 말했다.

"여보, 괜찮아? 잘했어, 여보. 아직도 똥 냄새가 나네."

준호는 말없이 집 안으로 들어갔다. 이윽고 아내가 입을 옷을 챙겨주며 샤워를 권했다. 샤워한 준호는 거실에서 한숨을 돌리며 앉아 있었다. 아내가 말했다.

"여보, 내가 말했지…. 한국 정치가 미국 정치와 다르다고…. 그만두길 잘했어. 이제 좀 쉬어. 당신, 국회의원 한 사람이 어찌 나라를 바로할 수 있겠어."

준호는 아무런 대꾸 없이 소파에 드러누웠다. 아내가 TV를 틀어 주었다. 준호는 드러누운 채 TV를 보았다. 준호의 국회 똥물 투척 사건으로 난리였다. TV 패널 참석 토론자들이 준호의 성격, 과거 경력 모두 다 들춰내며 열성을 다해 의견들이 분분했다. 그러나 그들 역시 시원하다는 식으로 오물 투척 사건의 진의와 허의를 파헤치며 의견들을 발표했다.

똥물 사건이 터진 지 수개월이 지났다. 항간에서는 아직도 똥물 투척 사건이 유행이었다. 아이들도 툭하면 "똥 뿌려!"라는 유행어를 말했다. 준호는 그간 두문불출로 글이나 쓰며 간간이 텃밭에 나가 채소들을 가꿨다. 그간 많은 사람들이 준호를 찾아와 위로와 격려를 해주고 갔다. 모두 다 똥물 투척에 속이 다 후련하다는 말 일색이었다. 그럴 때마다 준호는 미안한 생각에 숙연해지며 조국의 앞날을 걱정했다. 대선이 가까이 왔다. 때를 같이하여 TV에서 준호의 이름이 또 거론되며 야단들이었다. 전국여론 조사에서 대선후보로 준호가 단연 1위였다. 무려 66%의 선호도로 수직상승을 거듭하고 있었다. 그래도 준호는 내내 묵묵부답으로 칩거하며 전원생활에만 일관했다. 대선이 가까워져 오자 또다시 준호 집에 정치꾼들의 발길이 이어졌다. 준호는 한사코 단호히 거절했다. 그러나 그들은 준호의 말을 믿지 않는 기색이었다. 비대위원장을 맡을 적에도 사실 그러다 결국 수락했기 때문이었다.

그러던 어느 날, 미국에서 캐서린과 경호가 갑자기 나타났다. 준호와 아내는 정말 반가워했다. 그들을 서로 안으며 반갑게 맞았다. 의외였다.

"경호야, 웬일이냐? 갑자기 캐서린과 함께 여기를 다 오고…"

"형, 형의 운세가 대세래. 그래서 캐서린이 같이 가자고 했지. 전번에 똥 뿌린 국회 사건도 있고, 아무리 생각해 봐도 형 고집에 앞으로 아무것도 안 할 것 같아서…"

이윽고 캐서린이 말했다.

"김 박사, 미국에서도 김 박사가 난장판인 국회를 바로 하겠다고 똥물을 뿌렸다는 것을 다들 알고 있어요. CNN, ABC, NBC 뉴스 등에서 화제의 초점이 돼 왔거든…. 거기서도 김 박사는 한국의 차기 대통령감이라는 의견들이 대부분이에요. 헌데 내 말 잘 들으세요. 조만간 한반도에 큰 불길한 운세가 사뭇 기도에 나타났어요. 북한이 핵폭탄을 남한에 날리며 무려 600만 명 이상이 죽어가는 환상도 봤고요. 이건 정말 나쁜 한반도 운세예요. 미국 내 몇몇 예언가들도 북한의 만행을 미리 예견하는 사람들이 많아요. 그런데 와중에서 아직도 김 박사만이 구국할 수 있다는 환상이 자꾸 보여요.

그런데 이번 오물 투척 사건으로 김 박사는 이제 정치에 담을 쌓을 거라는 예감이 들었어요. 김 박사가 대권을 포기하면 한반도는 구국하지 못해요. 결국, 북한에 먹히고 말죠. 그래서 나와서 김 박사를 설득해

보려고 일부러 나왔어요. 김 박사는 이번 꼭 대선에 나가야 합니다. 그래서 불운한 한반도를 위험에서 건져야 합니다."

준호는 고개를 떨구고 묵묵부답으로 듣기만 했다. 그리고 한마디 했다.

"난 정치에서 손을 뗐어요. 정치를 해도 민도가 낮아 정치가 무엇이고, 법치가 무엇인지 국민이 전혀 몰라요. 설상가상으로 정치에 관심이 없어요. 그러니 나만 잘한다고 될 리가 없어요. 그래서 정치를 할 맘이 없어요. 정치를 하다가는 제물에 제가 죽을 것 같아요."

이어 캐서린이 말했다.

"김 박사가 홀로 죽는다는 것이 문제가 아니요. 핵폭탄을 맞으면 무려 600만 명이 한순간에 생명을 잃고, 또한 한강의 기적인 남한의 모든 산업 문명이 잿더미가 됩니다. 또다시 빌어먹는 가난한 나라로 전락하고 말지요. 이런 환상과 또 이에 맞서는 김 박사의 환상을 동시에 봤어요. 결국, 김 박사가 승리하여 승천하는 환상도 봤고요. 이게 무엇을 뜻하겠소? 김 박사님이 나라를 구한다는 뜻이 아니요?"

준호는 캐서린의 말이 전혀 들리지 않았다. 아예 정치 참여의 뜻에 벽을 쌓고 있었다. 이윽고 경호가 말했다.

"아냐, 형, 잘 생각해봐. 구국이 뭐야? 내 생각으론 형이 나라를 살릴 천우의 기회인 듯싶어. 대통령은 또 국회의원과는 달라. 형이 대통령이 되면 어느 정도 형 뜻대로 정치할 수 있잖아. 그래서 나라를 구하고 나라를 안정시킬 수도 있잖아. 내 느낌도 그렇고, 또 돌아가는 한국 정세도 그렇고…, 지금 한국 내 돌아가는 민심도 그렇고. 이번에 대선에 나가면 반드시 대권을 잡을 수 있을 것 같아. 그렇다면 구국할 수 있는 찬스가 오잖아…. 그래서 우리가 심각해서 미국에서 온 거야."

준호가 반문을 했다.

"경호야, 내가 대권을 잡는다고 하자. 내가 뭘 할 수 있는데? 또 똥물 뿌려? 이게 한국의 썩은 정치판인데, 어떻게 내가 구국해? 내가 대통령 되면 북한이 전쟁을 포기하겠다던?"

"아냐, 구국할 대박의 기회가 올 거야. 잘 생각해봐."

이윽고 캐서린이 준호에게 말했다.

"구국할 찬스가 꼭 남한에 한해서 있는 것만은 아니잖아요. 북한을 상대로 해서도 있을 테고, 또 …."

그 순간, 준호의 머릿속이 섬광처럼 떠오르는 생각이 있었다. '맞아, 왜 그 생각을 못 했을까? 북한 지도자를 한 방에 날려? 사전에 그것들을 먼저 없애면 되잖아!'라는 생각들이 준호의 머리를 스치고 지나갔다. 준호는 섬광처럼 지나가는 생각들을 생각하며 묵묵부답이었다. 경호와 캐서린이 답답하다는 듯 준호만 쳐다보며 침묵을 지켰다. 그리고 경호가 말했다.

"형, 대권 한 번 잡아. 그리고 그 후에 사고 한 번 쳐봐."

경호의 말에 순간 준호의 머릿속에 '구국 특공작전'이라는 말이 떠올랐다. 그리고 경호 말에 응했다.

"무슨 사고? 김정은 참수작전?"

"못 할 것도 없지 뭐. 이판사판, 죽기 아니면 살기지 이제. 불바다에 쑥대밭 잿더미로 600만 명이 죽어갈 판인데, 안 그래?"

경호의 말에 힘이 생기며 준호의 마음이 뜨거워졌다. 갑자기 샘솟는 용기가 생겼다. 준호가 분위기를 바꿔 말했다.

"미국에서까지 나왔는데 정말 고마워요. 바쁜데도 날 위해 여기까지 와서 좋은 의견을 내게 줬는데, 그 점 고맙습니다. 그리고 두 분의 의견을 심각하게 심사숙고하여 결정할게요. 정말 캐서린에게 고마워."

"힘내, 형."

"Oh, good. Cheer up for challenge."

경호와 캐서린이 맞장구쳤다. 그때 옆에 있던 아내가 한마디를 했다.

"잘 생각해봐, 여보. 정말 통일에 목숨 걸어 본다면 한번 해보는 거고, 아니면 편히 남은 인생 사는 것도 더 좋은 방법이지. 당신 결정에 달렸어."

그들은 그날 저녁 서울에서 근사한 전통 갈비에 불고기를 먹으며 미국 얘기, 한국 얘기를 한동안 즐겼다. 그리고 다음 날, 준호는 경호와 캐서린을 위해 서울 시내 투어를 하며 한국의 전통을 소개했다.

경호와 캐서린이 미국으로 돌아간 후 며칠 뒤였다. 아내가 큰 목소리로 준호를 불렀다. "밖에 웬 기자들이 구름떼처럼 왔어."

창문으로 밖을 보니 기자들이었다. 정문을 열고 밖으로 나가자 카메라 셔터가 여기저기서 들리며 기자들이 질문들을 해댔다.

"김 박사님, 대선이 가까운데 대선에 나오실 의향이 있으십니까? 민심과 여론이 박사님을 향해 온통 야단입니다."

또 다른 기자가 열을 올렸다.

"오물 투척 정신으로 나라를 살릴 생각은 없으십니까?"

준호는 그들의 질문에 답변할 수가 없었다. 오직 한마디 했다.

"미안합니다. 지금은…."

기자들이 물러가고 며칠간 준호는 숙고에 숙고를 거듭했다. 머릿속에 '참수작전? 구국 통 작전? 특공대 투입작전? 핵폭탄 저장고를 터뜨려?'

등등의 잡다한 구국 작전들이 매시간, 매일 머릿속에 맴돌며 이어졌다.

'차라리 대권을 잡아 남북정상회담을 열어 통일 후 김정은으로 하여금 대통령을 하라고 대권을 양도해?' 등등의 생각도 났다. "아니야, 김정은은 웬 떡이냐며 남한까지 공산주의로 독재할걸! 그것만은 안되지. 한반도는 반드시 자유민주주가 되어야 해."

준호는 미친 사람처럼 혼자 중얼거렸다. 옆에서 중얼거리는 말에 아내가 걱정되어 물었다.

"여보, 당신 뭘 그리 중얼거려?"

"아니야, 나 혼자 뭐 좀 생각하고 있었어."

복잡한 머리도 식힐 겸, 준호는 아내와 며칠 국내여행을 다녀올 생각을 했다. 생각해보면 한국에 나와 아내와 오붓한 여행을 가져본 적이 없었다. 아내는 회 음식을 좋아했다. 아내와 모처럼 강원도 속초에 가서 아내에게 회나 실컷 먹이고 돌아올 요량이었다. 아내에 여행을 제안했다. 아내가 좋아했다.

쇠뿔도 단숨에 뺀다고, 준호는 곧바로 여행 짐을 간단히 꾸렸다. 짐이라고 해야 고작 속옷에 양말, 편한 돗자리 한두 개, 그리고 세면도구였다. 예나 지금이나 준호는 여행을 미리 계획한 바도 없고, 그저 생각난 그 즉시 여행을 꾸리는 성격이었다. 준호에겐 여행 전 사전 호텔 예약 같은 것은 사치라고 생각했다. 여행 중 모텔이나 호텔이 보이면 그때그때 하룻밤 자고 가는 성품이었다. 또 가다가 배고프면 눈에 보이는 식당에 들어가 한 끼를 채우는 그런 성격이었다. 괴짜 습관이라고 스스로도 생각했다.

그래도 여행길에 가끔 밤에 뭔가 먹고 싶은 생각이 들면 아내와 오붓하게 끓여 먹는 라면이 최고였다. 준호는 원래 털털해서 소탈한 생활을 좋아했다. 그래서 준호는 평시에도 "반소사 음수로 곡갱이 침지래도 불역낙호아(나물 먹고 물 마시고 팔 베고 누웠으니 대장부 살림살이 이만하면 족하다)."란 말들을 자주 쓴다. 속초행, 스치는 차장에 아내가 좋다고 말을 걸었다.

"여보, 저 산 좀 봐. 참 운치가 있어. 미국의 산들은 멋 대가리 없이 높고 크기만 하지, 여기 한국의 산들은 어쩜 저렇게 아담하고 운치가 있을까? 그것도 미국 사람, 한국사람 닮아서 그렇게 다른가?"

"그래서 한국을 금수강산이라잖아."

"아유, 저기 토담집 지나가네. 그 옆 양지바른 한가한 텃밭 좀 봐. 정말 한 폭의 그림 같아."

"그래서 한국적 신토불이라는 거야. 당신 그 밭에 사람 안 보여?"

"아니."

"에이, 잘 봐, 있어."

"안 보이는데?"

"있잖아, 밭 갈고 김매는 우리 조상들."

"에이, 말을 해도…."

"내 눈에는 항상 보여 왔어. 죽어간 우리 조상들의 넋들이…. 밭 가는 듯, 김매는 듯, 그들 영혼의 환상들이…."

"당신은 역시 사색가야…. 어쩜 그런 영혼의 사색을 다 할까?"

쏜살같이 달려온 차는 금방 속초에 도착했다. 둘은 바닷가 전통시장에 들렀다. 아내가 정겹게 준호에 팔을 낀 채 이것저것 눈동자를 굴리며 정겨운 시장을 돌아봤다. 그리고 준호가 좋아하는 우럭, 갈치, 소라, 고둥을 한 묶음 사서 얼음을 채운 박스에 담았다. 준호를 알아보는 사람들이 그곳에서도 많았다. 사인해 달라는 사람, 같이 사진을 찍자는 사람들도 있었다. 그래도 둘은 사람들을 피하지 않고 떳떳하게 돌아볼 곳을 돌아다녔다. 그리고 마지막으로 횟집에 들러 광어회를 먹었다. 대 자를 시켜 아내를 실컷 먹게 했다. 그리고 근처 모텔로 들어가 모처럼 깊은 잠을 잘 수 있었다.

이른 아침, 뱃고동 소리와 함께 포구를 걸었다. 그리고 한동안 방파제에 앉아 상쾌한 바닷바람을 맞았다. 모처럼 준호는 가슴이 뻥 뚫리는 듯한 상쾌함을 맛보았다. 끝없이 펼쳐진 수평선에 넘실대는 파도, 짙푸른 바다가 한낱 속 좁은 우리네 인생에 묘한 삶의 철학을 말해주었다. 아내가 말했다.

"여보, 가다가 정선에 들러 스카이뷰나 한번 볼까?"

"OK, 마나님이 원하면 뭐든지…."

그렇게 둘은 며칠을 돌고 돌며 여행을 했다. 한동안 없던 복잡했던 머리를 여행으로 휴식을 취했다. 짧은 여행이었지만, 준호와 아내에겐 아름다운 추억이었다. 그리고 며칠 후에 집으로 돌아왔다. 집안에 들어서자 고유한 집 냄새가 코를 찔렀다. 아늑한 그 냄새가 좋았다. 여장을 풀고 샤워를 한 후 모처럼 TV를 틀었다. 여전히 TV에선 준호의 동물 사건에 대권 얘기로 온통 난리였다. 그때였다. TV 패널의 모습이 꺼지며 속보가 나왔다.

"속보를 말씀드리겠습니다. 소식에 의하면 김준호 전 의원이 대선후보로 나서겠다는 뜻을 표명했다는 소식입니다."

그 말을 들은 준호는 귀를 의심했다. 그리고 이 TV, 저 TV를 틀어 봤다. 똑같은 속보가 터져 나왔다. 준호는 하도 기막혀 방송국에 전화했다. 사실이 아닌 보도를 했기에 알아보기 위해서였다. 방금 처음으로 속보를 전한 아나운서를 바꾸라고 했다. 아나운서가 나왔다.

"아, 박사님 안녕하십니까? 박사님 전화 주신 이유를 알겠습니다. 제가 곧바로 박사님을 찾아뵙겠습니다. 지금 가겠습니다."

준호가 말할 틈도 없이 전화가 끊겼다. 준호는 흥분된 상태였다.

한 시간쯤 지났을 때였다. 아나운서가 준호네를 찾아왔다. 사정을 알아볼 겸, 어쨌거나 준호는 그를 거실로 맞아들였다. 거실로 들어오자마자 아나운서는 털썩 무릎을 준호 앞에 꿇었다. 영문을 몰라 준호는 당황했다. 아나운서가 말했다.

"박사님, 제가 박사님께 죽을죄를 지었습니다. 제가 꾸며낸 뉴스였습니다. 그래야만 박사님께서 대선후보로 나설 것 같아서…. 박사님, 죄송합니다. 용서해주십시오. 저는 박사님만이 오직 이 나라를 구하실 분이라 믿습니다. 그래서 묵묵부답으로 칩거만 하고 계시는 박사님을 대권에 나설 수 있도록 꾸며낸 제 술수였습니다. 간청하옵건대, 박사님께서 나서서 국가와 국민을 구원하셔야 합니다. 국민들도 박사님이 그러시기를 고대합니다. 부디 나라와 국민을 구해주십시오. 박사님 외에는 아무도 그럴 사람이 없으니 드리는 말씀입니다. 용서해주십시오."

준호는 어이없어 말문을 잃었다. 그토록 열망하는 젊은 아나운서가 오히려 훌륭해 보였다. 오직 나만을 위해 살고 있는 지금의 각박한 세상에서 남을 위해 희생한다는 생각에 외려 아나운서가 존경스러웠다. 준호는 아나운서의 등을 토닥이면서 일어서라는, 다정한 표정을 지었다.

"아니, 그렇다고 그런 가짜 뉴스를?"

"죄송합니다. 제가 죽을죄를 지었습니다."

먼 산에 불구경하듯 하는 오늘날의 세태에서 이 아나운서의 올바른 생각이 탐이 났다. 애국충절 하는 모습이 더 보기 좋았다. 감동 받은 준호가 말했다.

"어떻든 자네가 내 고민을 덜었네. 자네를 보니 나 역시 힘이 생기는군. 지금껏 갈피를 잡지 못했는데, 오늘 자네 뉴스 덕에 용기가 생겼어. 자네를 보더라도 내 대권에 도전하겠네. 오히려 자네가 내 복잡한 머리를 정리해줬군. 고맙네."

준호는 할 말이 더 없었다. 젊은 아나운서의 그 용기, 그 의로운 행동이 준호에겐 오히려 힘이 되어줬다. 요즘 세상에 모두들 정치 따위를 무시하고 등한시하는 판국에 저런 젊은이도 있구나 생각하니 아나운서가 훌륭하게 보였다.

아나운서가 돌아갔다. 이후 준호는 기자회견을 피하고 그 아나운서와 독담 인터뷰를 청했다.

"내가 기자회견을 피하고 아나운서님과 독담을 하는 이유는 첫째, 아나운서님으로부터 용기가 생겼다는 점입니다. 머리가 혼잡한 가운데 아나운서님이 나 대신 내 결정을 해줬기 때문입니다. 둘째, 오늘날 모두들 정치를 외면하며 무관심한 상황에 그래도 나라를 사랑하는 아나운서 같은 분이 있다는 생각에 아직도 조국엔 희망이 있음을 확인했기 때문입니다. 고로 나는 아나운서님을 존경하며, 아나운서님의 거짓말대로 이제 대선후보로 나설 것을 온 국민 앞에 발표하는 바입니다."

그 후 2개월, 준호는 최선을 다해 대선에 임했다. 대선후보 운동 기간 중, 준호는 생각하는바 그대로를, 그리고 조국과 민족, 나라와 백성을 생각하는바 그대로를 국민에게 전했다. 준호를 지지하는 세력이 말도 없이 늘었다. 준호의 구국 위한 마음이 전국을 휩쓸었다. 그리고 마침내 선거에서 무려 300만 표가 앞서는 압도적인 승리로 대통령에 당선되었다. 그리고 드디어 1월 20일 대통령 취임식. 준호는 엄숙한 취임사를 읊었다.

"친애하는 국민 여러분, 미천한 이 사람을 대통령으로 뽑아주셔서 감사합니다. 저는 정치를 마다했습니다. 그러나 하늘의 뜻인지 대통령이 되었습니다. 나라가 혼란하고 세상이 혼탁한 지금, 나라와 백성을 구하라는 뜻으로 깊이 새기고 대통령직에 임합니다.

또한, 재직 중 이 한목숨 바쳐 사명을 다해 소신껏 국사에 임하겠습니다. 지금 조국의 형세는 일촉즉발, 풍전등화와 같습니다. 북한은 한겨레, 동일민족 남한에 핵폭탄을 터뜨릴 듯 매일 불바다를 운운하며 협박합니다. 그러나 우리는 잘 먹고 잘산다며 북한의 위협에도 아랑곳없습니다. 국민은 정치에 무관심하고 정치는 제멋대로 무기력합니다. 설상가상으로 윤리와 도덕은 땅에 떨어져 가정과 사회, 국가의 질서와 기강이 혼탁합니다.

이제 국민께 고합니다. 이 사람은 한점의 흠도 없이 이제 이 한목숨을 조국과 민족, 나라와 백성을 위해 바칠 것을 맹세합니다. 그래서 다음과 같은 시급한 중요한 문제 해결에 최선을 다할 것입니다. 이는 곧 구국정신입니다. 국민 여러분께서 도와주시길 간절히 간청합니다. 목숨을 다하겠습니다. 하늘이 쪼개져도, 다음 4가지 구국정신과 대책을 기필코 실현하겠습니다.

그 첫째가 정치의식의 개혁입니다. 선진의식에 선진정치의 실현입니다. 올바른 정치를 정치인과 국민에게 심어주어 선진정치를 이룩하겠습니다.

둘째는 윤리와 도덕의식 개혁입니다. 윤리 도덕을 기본으로 교육하여 건전한 가정과 사회, 국가의 기강과 질서를 바로잡겠습니다.

셋째는 가정과 사회, 국가의 정화 운동입니다. 부정부패, 비리 척결을 일소하고 사회를 불신시키는 사회 관행, 악습, 악행을 근절하겠습니다.

그리고 마지막, 통일을 위한 구국 활동에 온몸을 다 바치겠습니다. 고로 국민께 간청합니다. 이제 국민 각자가 나라를 위해 무엇을 할 수 있는가를 생각하고 실천합시다. 수렁에 빠진 이 나라를 저와 함께 구국해봅시다.

부탁합니다. 대통령으로서 제 사명과 소명을 다하겠습니다. 그러면 내일 죽어도 한이 없겠습니다. 도와주십시오. 감사합니다."

대통령의 간단한, 그러나 비장한 취임사가 끝났다. 온 나라가 대통령 취임사에 새 희망으로 열광하며 열찬했다. 사실 준호는 할 말이 별로 없었다. 그것이 준호가 늘 생각해 오던 구국의 뜻이었기 때문이다. 바로 준호는 자신의 가슴을 취임사에 옮겼을 뿐이었다.

19 칼 뽑은 정치 개혁

　　준호가 대통령이 된 지도 수개월이 지났다. 아직도 정치인들은 정신을 못 차리고 국회에서 건건히 발목 잡고 작당에, 모사에, 쌈질들을 했다. 국회가 마비되며 국책수행이 어려웠다. 뒤집고 짜깁고, 사색당파가 아닌 팔색당파로 갈리고 뭉쳐 작당 정치, 모사 정치, 권위 정치가 여전했다. 국회는 여당, 야당이 당리당략에만 빠져서 되는 일이 없었다. 국회에 계류 중인 민생 법안들, 국가보안법, 테러 방지법, 기업 활성화법, 노동법 등등이 근 2년 동안 통과되지 못한 채 잠자고 있었다. 이로 인해 국가통치가 마비상태였다. 대통령은 더 이상 참을 수가 없었다. 본때를 단호하게 보여줘야 한다고 결심했다. 마지막 국무회의를 주재하는 심정으로 대통령은 국무회의를 소집했다. 그리고 말했다.

　　"국무위원 여러분, 오늘 전 비장한 결심을 했소. 도대체 대통령이 할 일이 없소. 정치가 국회에서 실종됐어요. 대통령으로서 소통과 화합으로 여야대표들과 만나 협조를 아무리 부탁하고 노력해도 아직도 법안마다 발목 잡고 쌈질만 하고 있어요. 이제 국회의 정치인 모략꾼들이 밉고 싫소. 이제 더 이상 국가통치가 불가능하다 판단되어 오늘 저는 중대발표를 하겠소. 국회를 ××월 ××일 자로 해산시키고 대통령인 나 역시 대통령직에서 물러나겠습니다. 대통령직이 무용지물, 국사를 더 이상 수행할 수 없으니 당연한 결정이오."

대통령의 단호하고 엉뚱한 발표에 국무위원들이 깜짝 놀라며 경악을 금치 못했다. 국무위원들이 큰 충격을 받고 초주검이 된 모습이었다. 마지막 국무회의가 대통령의 일방적 통보에 종료되며 국무위원들이 어찌할 바를 몰라 했다. 대통령의 중대발표가 어느새 정보가 유출되었는지 신문, 언론, TV가 온통 난리법석으로 온 나라 안이 흔들렸다. 이어서 대통령은 저녁에 이에 관한 대국민 발표를 마지막으로 했다.

"사랑하는 국민 여러분, 아직도 구태의연한 부패 정치가 여전합니다. 아무리 여야 대표들과 소통하고 협조를 구한들 야당 좌파 의원들은 당리당략에 여전히 트집 잡고 발목 잡아 대통령으로서 국사를 더 이상 수행할 수가 없게 되었습니다.

국정운영에 중대한 기업 활성화법, 노동법, 금융법, 보안법 등이 아직도 국회 통과를 못 하고 무려 2년 이상을 잠자고 있습니다. 남북 정세가 일촉즉발에 풍전등화인데, 국가와 국민을 위해 사명을 다해야 할 국회의원들이 정치를 떠났습니다. 이제 국가 통치가 마비됐습니다. 이로 인해 민생이 도탄에 빠졌습니다. 그래서 국정을 더 이상 수행할 수가 없습니다. 이제 대통령이 할 일이 없습니다.

고로, 국회에 경고합니다. 지금 국회에서 잠자고 있는 민생 법안들이 ××월 ××일까지 통과되지 않으면 대통령의 고유권한으로서 ××월 ××일 자로 국회를 해산시키겠습니다. 또한, 마비된 국정의 책임으로 저 역시 대통령직에서 물러나겠습니다.

국민, 그리고 국회 정치인 여러분, 누가 이 나라를 사랑한다 하였습니까? 나라가 없는 당신들은 어찌 이 땅에 존재할 수 있겠습니까? 여러분의 올바른 처신을 바랍니다. 국민 여러분, 죄송합니다. 그리고 감사합니다."

갑작스러운 대통령 대국민 발표에 온 국민이 충격에 빠졌다. 국회해산 명령에 손뼉을 쳤으나, 대통령이 사임한다는 소리에 충격과 실망이 컸다. 그리고 다음 날, 대통령의 성명에 전국에서 데모와 시위가 동시에 다발적으로 일어났다. 그들은 한결같이 '국회를 해산하라, 대통령은 물러서지 마라.'였다. 국민의 함성과 시위에 정치인들이 어쩔 줄을 몰라 했다. 국회의원 일부는 피신까지 했다.

며칠 후, 여야 대표들이 드디어 청와대, 대통령을 방문했다. 그들은 풀이 죽어 석고대죄하는 기분으로 대통령에게 특단조치 성명 철회를 간청했다.

"각하, 국회의원 저희들이 잘못했습니다. 이러시면 안 됩니다. 성명을 철회해 주십시오. 저희들이 이제 반성하고 기필코 법안들을 통과시키겠습니다."

처음으로 듣는 각하 칭호였다. 어색했다. ×××정권으로 비하했던 그들이었다. 어색했다. 대통령이 짧게 대답했다.

"이제 무슨 소릴 해도 소용없소. 참고 참아 왔던 내 마지막 결단이었소. 할 일이 없는 대통령이 무슨 대통령이요? 핫바지 대통령이지. 할 일이 없으니 대통령이나 국회의원 모두가 다 그만둬야지, 왜 국민 세금만 축냅니까?"

대통령이 분통이 터져 힘을 주어 말했다. 여야 대표들이 간청하며 또 말했다.

"재고해주십시오. 저희들이 반성하고 합심하여 잠자고 있는 법안들을 즉시 통과시키겠습니다. 그리고 앞으로 국회 기능을 제대로 하겠습니다."

대통령이 처음으로 의원들의 눈과 입에서 진정성, 신빙성을 발견했다.

이윽고 대통령은 숙고하더니 단호히 말했다.

"그럼 조건부로 합시다. 여야 당 대표 33인을 선출하여 그들이 국회 기능을 정상화하고, 또 잠자고 있는 모든 법안을 ××××년 ××월 ××일까지 통과시킨다는 약조 서명을 ××××년 ××월 ××일까지 받아 오시오. 만일 그때까지 위 약조를 어긴다면 저는 대통령 고유 권한으로 ××××년 ××월 ××일을 기해 국회를 해산하고 대통령, 저 역시 대통령직에서 사퇴하겠소. 이 33인에 의미가 있소. 일제의 압박에서 해방됐듯이 이 33인도 이번에 구국해야 하는 의미요."

국회 각 정당대표 33인의 언약 서명이 이틀 후에 대통령에게 제출됐다. 대통령이 이제 정치를 신명 나게 소명·소신껏 해볼 작정으로 다시금 마음을 바로잡았다. 그날 밤, 대통령은 또다시 대 국민발표를 간단히 했다. 33인의 약조 서명과 함께 국회의원들의 국회 기능 정상화, 법안 통과 조속화를 담보로 대통령이 국회 해산과 대통령직 사표를 철회했다는 언론 방송의 요란한 속보와 함께 국민들이 안심하는 눈치였다.

20 부패와의 전쟁

　대통령 취임식에서 부패와의 전쟁을 약속한 지 어언 수개월이 지났다. 오늘따라 대통령의 가슴이 흥분된 기분이었다. 구국의 칼을 뽑았던 대통령, 오늘따라 남북 간의 서글픈 조국이 비교되며 가슴이 싸늘했다. 생각에 생각이 꼬리를 물었다. 오늘 국무회의가 있는 날, 집무실에서 국무회의에서 지시할 윤리 도덕 교육과 사회정화운동 실천에 어쩐지 석연치 않은 마음이었다. 국무회의에 참석한 대통령이 무거운 입을 열었다.

　"오늘날, 우리 가정과 사회, 국가의 질서와 기강을 무너졌습니다. 이는 윤리 도덕이 땅에 떨어진 결과입니다. 가정에선 애들 위주에 어른 홀대고, 학교에선 학생이 선생이고, 선생은 학생입니다. 사회에선 내가 먼저, 너는 나중으로 이제 심하면 토막살인에 묻지 마 살인까지 발생하고 있습니다. 세상이 살벌하고 험악해졌습니다. 이는 우리의 전통적 의식과 정신, 사상이 사라진 결과라고 믿습니다. 이뿐이 아닙니다. 오늘날 사회 각계각층에서, 특히 공직사회에서 자행되는 부정부패 비리야말로 망국병 관행으로 고질적 문제가 됐습니다. 이는 오늘날 황금만능주의에 편승하여 한탕 해보자는 그릇된 의식에 연유한다고 생각합니다. 이 모두가 부패한 정치와 국가 발전의 후퇴를 이끄는 중대사안입니다. 대통령으로서 저는 기필코 이러한 그릇된 풍조를 바로잡고야 말겠습니다.

문제는 첫째, 윤리 도덕 교육과 치안 질서 확립의 정신이 결여되었기 때문입니다. 잘 먹고 잘산다고 무책임한 방임주의에 빠져 있기 때문입니다. 민주주의는 법치와 관치, 그리고 각종 규제에 의해 구속돼야 합니다. 자유 역시 책임과 의무를 다해야만 성취될 수 있습니다. 그러나 우리는 책임과 의무를 기피하며 방임주의에 의식화되어 있으면서 오로지 무조건 자유와 자기주장, 이익만을 추구하고 있습니다. 이는 잘못된 정신, 의식 구조입니다. 고로 가정과 사회, 국가의 기강이 무너졌습니다.

예컨대, 선진국인 미국을 보십시다. 낚시질할 때 한 사람에 한 낚싯대만 허용하는 규정이 있습니다. 사람 한 머리가 두 개 이상의 물고기 머리를 잡으면 환경 피해가 유발된다는 데 그 목적이 있습니다. 오죽하면 미국을 칭하여 자유가 있다 하나, 자유가 없는 나라라고 말하지 않습니까? 고로, 윤리 도덕의 교육과 계몽, 범국민운동은 민도를 높여 선진의식, 선진정치에 이르게 합니다. 예컨대, 법치와 민주가 무엇인지 모르는 상황에서 어찌 법치 민주주의가 실천되기를 바랄 수 있단 말입니까? 고로, 대통령인 저는 앞으로 윤리 도덕 교육과 상식 교육, 그리고 사회정화운동에 만전을 기할 것입니다. 그래서 기필코 가정과 사회, 국가의 질서와 기강을 바로잡을 것입니다."

대통령의 기조 설명이 끝났다. 국무위원들이 고개만을 숙이고 엄숙히 듣고 있었다. 이윽고 대통령이 첫 번째로 교육부 장관과 행자부 장관들을 호명하여 지시했다.

"교육부 장관과 행자부 장관에게 지시합니다. 첫째, 교육부 장관은 윤리 도덕 과목을 초등학교에서 대학까지 정규 필수과목으로 채택하시오. 그리고 이 과목을 중등, 고등, 대학 각 입시에 필수과목으로 정하고, 또한 초등생부터 대학생까지 학교별 교복 차림을 실시토록 하시오. 그래야 교권확립이 된다고 봅니다.

그리고 둘째, 행자부 장관은 교육부 장관과의 협조하에 올바른 가정 교육, 학교 교육, 사회 교육과 그 계몽에 힘써 주시오. 이는 마을 단위, 학교 단위, 직장 단위로, 예컨대 반상회와 같은 교육반을 조직하여 매주 1회씩 교육과 계몽에 힘써야 합니다. 그리고 이를 범국민 확산운동으로 전개해야 합니다. 그래야만 높은 민도 아래 선진 의식, 선진 정치를 실현할 수 있기 때문입니다. 예컨대, 반상회에서 윤리 도덕은 물론 법치 민주주의와 상식 교육도 병행해야 하겠습니다. 그리고 실시 후 매월 1회씩 교육부 장관은 그 진행 과정을 국무 회의 시에 보고토록 부탁합니다."

"예, 알겠습니다."

대통령이 이번에는 검찰총장과 경찰청장, 그리고 국방장관을 호명하며 지시했다. 이들 역시 고개를 숙인 채 메모할 태세였다. 이윽고 대통령이 지시했다.

"셋째, 검찰과 경찰청장에 지시합니다. 사회 각계각층에 만연된 사회 악습, 추행, 폭행, 사기, 절도, 살인 등 일체의 악습과 악행을 저지른 이들을 낱낱이 적발하고, 국방부 소속 '재활 훈련원'에 인계하여 이들에게 엄중한 교육과 훈련을 받도록 하시오. 그래야 새로운 사람들로 거듭나 맑은 사회를 이룰 것입니다. 이를 매주 1회씩 그 진행과정을 국무 회의 시에 보고토록 하시오."

"네, 알겠습니다."

"넷째, 국방부 장관에 지시합니다. 각 연대급 단위로 '재활훈련원'을 신설하고 검찰과 경찰에서 인계된 각계각층의 사회범죄자들을 이 재활훈련원에서 혹독한 반성 교육. 그리고 엄한 훈련을 받도록 조치하시오. 훈련기간은 최소 6개월로 정하여 이들에게 윤리 도덕은 물론, 교양에 상식까지 교육하여 인성 향상에 주력해주시오. 그래야 낙오 없는 사회를 이룩할 수 있습니다. 그리고 매주 1회씩 그 진행과정을 국무 회의 시에 보고토록 하시오."

"네, 알겠습니다."

"다섯째, 행자부 장관과 법무부 장관에게 지시합니다. 이 재활훈련원의 설립과 운영에 관하여 행자부 장관과 법무부 장관은 이에 합당한 행정강령은 물론, 법제화하여 재활교육과 훈련에 만전을 기하도록 조치하시오. 그리고 매주 1회씩 그 진행과정을 국무 회의 시에 보고토록 하시오."

"네, 알겠습니다."

"여섯째, 마지막으로 기재부 장관에 지시합니다. 이상과 같은 윤리 도덕 교육과 사회 정화 교육, 그리고 재활훈련원에 관한 설립과 운영에 따른 일체의 예산과 재정을 일차적 순위로 정하여 재정을 집행토록 하시오. 그리고 그 진행과정을 매주 1회씩 국무 회의 시에 보고토록 하시오.

이상입니다. 우리의 조국, 우리의 나라, 우리의 백성을 우리가 소명을 다해 지킵시다. 감사합니다. 이상입니다."

대통령의 지시가 단호하고 비장하게 끝났다. 지시된 국무위원들이 얼굴이 굳어 사색이 되어 있었다. 그리고 다음 날, 곧바로 지시받은 관계 장관들이 이리 뛰고 저리 뛰며 비상이 걸린 듯 대통령의 지시 수행에 정신이 없었다. 부패와의 전쟁이 발동한 것이었다. 대통령의 부패와의 전쟁 선포는 곧바로 언론, 방송망을 타고 전국으로 소식이 전해지며 온 국민들의 확고한 지지와 박수를 받았다. 국민들이 신이 나서 살길이 열렸다고 야단들이었다.

21 한반도 구국 구상

대통령 준호는 그간 쉴 사이 없이 국정 업무에 신경 써 왔다. 그간 시달려 왔던 심신을 달래기 위해 대통령은 일주일 휴가를 얻었다. 조용한 곳에서 머리를 식히며 구국 구상을 하기 위해서였다. 아내는 모처럼 즐거워했다. 역대 대통령들이 자주 쓰는 별장에 가라고 비서실장이 권했다. 준호는 구태의연한 생각 대신 어느 바닷가 조용한 개인 산장을 찾았다. 경호원 3명만을 대동하고 아무도 모르게 청와대를 빠져나왔다. 캐주얼 차림에 운동화였다. 아내 역시 복장이 단순했다. 산에 오르는 기분으로 휴가지로 향했다. 바다가 내려다보이는 산장이 좋았다. 도시에 소음도, 차 소리도 없는 한적한 곳이었다. 잠시 쉬다 돌아가는 바람과 가끔씩 정적을 깨는 새소리들뿐이었다.

아내가 점심 식사를 마련한다고 부엌에서 달그락거렸다. 준호는 거실 창가 너머 시야가 확 트인 바다를 보고 있었다. 거센 파도가 바위에 부딪치며 산산조각으로 흩어졌다. 거대한 파도, 그 속에서 조국의 운명을 봤다. 부서지는 파도, 그 속에서 남북한 국민들이 겪는 고통을 봤다. 부서져 흐트러지는 작은 물방울, 준호는 스스로를 봤다. 지구 속에 작은 나라 대한민국, 남북이 대적하여 부딪치는 민족을, 고통 속에 사라지는 북한 주민을 본 것이다. 그러나 거대한 망망대해의 파도는 여전히 장엄

하고 잔잔했다. 준호는 조국의 오랜 맥락을 봤다. 그때 아내가 불렀다.

"여보, 식사하세요."

문득 생각이 깨지며 다가가 식탁에 앉았다. 아내의 손길이 정성스럽게 묻어난 식탁이었다. 청와대에서 가끔 아내의 밥상을 그리워했다. 오늘따라 아내의 식탁이 정겨웠다.

"야, 이거 미역국이네? 음, 맛있구먼. 이건 시금치 무침, 이건 도라지 무침. 어유, 이건 조개젓 아냐? 어찌 이런 걸 다 했어?"

요리사가 해주는 청와대 식탁과는 달랐다. 투박하지만 순수한 맛이 깃든 식탁이었다. 옛날 어릴 적 식탁 느낌 그대로였다.

"휴가를 간다기에 어제 청와대에서 요리사를 불러 찬거리들을 적어주고 좀 사달라 했지. 정작 하고 보니 옛 솜씨가 조금은 되살아나더라고."

아내의 말투에 새삼 아이처럼 즐거움이 배여 있었다. 준호가 말했다.

"밥 먹고 우리 바닷가 산책 갈까?"

"좋지."

아내가 대답했다. 준호가 갑자기 생각나 아내에게 물었다.

"그런데 경호원들은 밥을 어떻게 먹지?"

"응, 요리사 한 명이 같이 왔어. 자기들끼리 해먹으라고 했지."

"아, 그래? 난 경호원 3명만 온 줄 알았는데…."

식사를 마치고 준호는 아내와 함께 바닷가로 내려갔다. 아내는 마냥 좋아하는 모습이었다. 모래사장 위에 둘의 발자국이 새겨졌다. 아내가 손으로 모래 위에 뭐라 썼다. 준호가 읽었다.

"사랑해, 여보."

준호가 픽 웃으며 덩달아 썼다.

"나도…."

아내는 두 팔을 하늘을 향해 펼치며 말했다.

"아, 시원해. 바다 공기가 너무 좋아. 태초의 그 바람, 그 공기 같아."

해변을 따라 두 사람의 발자국이 모래 위를 가지런히 따라왔다. 아내가 웃으며 말했다.

"당신, 생각나? 우리 처음 만났을 때 비행기 안에서 서로가 설레며 이 얘기 저 얘기에 정신이 없었던 그때…. 시간 가는 줄 모르고 얘기만 하다가 어느새 도착했다는 기내 방송을…. 그 먼 거리가 그렇게 짧게 느꼈던 것은 아마 생전에 처음일걸…?"

"나고말고…."

준호나 아내는 그때 그 추억들을 잊을 수가 없었다. 내내 뇌리에 머물고 있었다. 곧이어 아내가 그 추억을 깨며 갑자기 말했다.

"여보, 저 바위에 부딪히는 파도 좀 봐. 한 폭의 그림 같아."

준호는 부딪쳐 산산조각으로 흩어지는 파도를 봤다. 그리고 끝이 보이지 않는 바다를 봤다. 우리는 마른 모래사장 언덕에 사지를 펴고 누웠다. 미국에 있었을 때의 낭만들을 생각하며 서로가 다정한 대화를 나눴다. LA 산타모니카 피어에서, 나이아가라 폭포에서, 뉴욕 센트럴 파크에서 다정히 거닐던 일, 워싱턴 호텔에서 프러포즈하며 사랑스러운 키스로 인연을 맺었던 일들이 주마등처럼 스쳤다. 그리고 그 일들을 아내가 되새기며 말해주고 있었다. 모든 것들이 아름다움 그 자체였다. 준호가 무심코 말했다.

"세월은 흘러, 또 흘러 여기까지 왔는데…."

"그래, 가는 세월, 누가 막을 수 있나? 이제 우리도 늙었지…."

준호의 무상한 말에 아내가 서글픔을 느끼는 듯 한숨을 쉬며 말했다.

"그러게 말이야."

저녁을 마치고 아내는 벌써 침대에 누워 코를 골고 있었다. 준호는 잠이 오질 않았다. 창밖에 어둠을 보고 있었다. 그때 어둠 속에서 발버둥 치는 북한 주민들이 떠올랐다. 눈과 입, 귀를 막고 살아가는 그들, 자유 없이 구속되어 노예로 살아가며 먹을 것이 없어 들과 산을 헤매는 북한 주민들이 생각났다. 김정은이 죽도록 미웠다. 누군가 하루빨리 북한 주민들을 그 독재에서 해방해줘야 한다고 생각했다. 세상이 이토록 변했는데, 오직 북한만이 철의 장막 속에 갇혀 살고 있다는 생각에 몸서리쳤다. '김정은이 이판사판으로 코너에 몰려 핵폭탄을 서울에 쏜다면?' 하는 생각도 났다. 그렇게 되면 서울은 잿더미, 단 한방에 6백만 명이 죽게 된다. '어떻게 할까? 어떻게 막을까?' 준호는 생각에 생각들이 꼬리를 물고 괴롭혔다. '무력통일이 아닌 평화통일의 방법은 없을까?' 준호의 머리가 쉬지 않고 돌아갔다. '통일은 오직 두 가지, 전쟁 아니면 평화통일인데…. 전쟁은 동족이 말살되며 모든 것을 잃는다.' 준호는 끊임없이 생각 중이었다.

그때였다. 준호의 머릿속에 섬광같이 스치는 한 줄기 생각, 붕괴작전이었다. 전쟁 없이 북한을 괴멸시키는 유일한 방법이라 생각됐다. 준호의 가슴이 뛰며 흥분됐다. 준호는 곧장 책상으로 가 앉았다. 그리고 생각난 그대로를 메모하기 시작했다. 이름하야 '구국통일 특공작전'이었다. 흥분된 준호의 손이 신이 들린 듯 써내려갔다.

첫째는 최첨단 정보 수집 특공팀이 필요했다. 김정은과 그를 추종하는 실권세력들을 없애기 위해 그들의 거취 추적정보가 필수였다. 이를 위한 정보수집 특공팀 결성이 필요했다.

둘째로 적들의 전략소 운영시스템을 해킹하고 교란시켜 우리 특공대들원의 투입을 지원하는 해킹 교란 특공팀이 필요했다.

셋째로 시설 파괴 특공팀이 필요했다. 이들은 특공대원들이 투입 시 원만한 작전을 위해 북한의 전략 시설, 전기, 통신, 방송, 핵시설, 화학 무기 등 각 전략적 운영시스템을 파괴해야 하기 때문이었다.

넷째로 최첨단 무기개발 특공팀이 필요했다. 특공대원들의 적진에 들어가 북한의 재래식 무기보다 성능이 좋은 무기들로 적들을 진압해야 하기 때문이었다. 그래야 최소 희생으로 적을 진압할 수 있기 때문이었다. 예컨대, 레이더망을 피하고 소리도 작은 스텔스 비행체들, 헬기, 드론, 수송기, 정찰기 등은 물론이고, 방탄복, 방탄모, 통신기, 레이저건 등의 개발이 필요했다.

다섯째로 실전 투입 특공팀의 결성이 필요했다. 이들이 적진에 들어가 김정은을 비롯하여 그의 추종 세력들을 납치해야 그들의 지휘 체제를 마비시킬 수 있기 때문이었다.

여섯째로 시설 복구 특공팀이 필요했다. 작전을 위해 적지에 들어가 특공팀이 이미 파괴한 주요 전략소 시설들을 즉시 복구해서 점령해야 하기 때문이었다.

일곱째로 대북민 홍보 및 식량 낙하 특공팀이 필요했다. 전쟁 없는 평화통일 작전을 알려 북한군으로 하여금 스스로 항복하게 하고, 또한 굶주린 북한 주민들에게 우선적으로 먹을 것을 공급해야 하기 때문이었다.

여덟째, 전군 북진 점령 작전이 다음이었다. 북한을 마비시킨 후 남한 전군이 북진하여 북한 전 지역을 장악하고 속성으로 점령해야 하기 때문이었다.

그리고 마지막으로 아홉째, 행정 지원 및 시민 봉사 특공팀이 필요했다. 점령 후 신속한 행정과 시민 지원이 필요하기 때문이다.

준호의 구국통일 특공작전의 메모가 끝났다. 안도의 한숨이 나왔다. 마치 통일이 된 듯 준호의 가슴이 확 트였다. 준호의 기분이 날아갈 듯했다. 조국과 민족, 나라와 백성을 위한 거대한 구상이라 생각했다. 가슴이 벅차고 감동에 북받쳤다. 저절로 눈물까지 핑 돌았다. 대통령인 준호가 혼자 미친 듯 읊조렸다.

"아, 한 많은 세월을 한스럽게 살다간 조상들이여! 부디 굽어살펴 나의 통일 계획을 살펴 주소서…."

비장한 기도였다.

22 비밀 특공 회의

　대통령, 준호가 휴가를 끝내고 청와대로 복귀했다. 복귀 첫날, 대통령이 아침 일찍 집무실로 나왔다. 대통령은 아직도 구국통일 특공작전에 흥분돼 있었다. 곧이어 비서실장이 출근했다. 대통령이 아침 일찍 출근한 모습을 보고 의아하게 인사했다. 그리고 잠시 머뭇거렸다. 대통령이 그 모습을 보고 말했다.

　"혹시 내게 보고할 일이라도?"

　"예, 있지만 대통령님께서 아침 일찍 나오셨길래…."

　"왜, 나라고 일찍 오면 안 되나? 보고할 게 뭔데? 말해봐요."

　"야권 의원들이 연행된 종북 의원을 석방하라며 오늘 거리 시위행진이 있다는 보고를 받아서…."

　대통령이 그 말에는 신경을 쓰지 않고 비서실장을 쳐다보며 엉뚱한 질문을 했다.

　"남한에 종북 세력들이 몇 명이나 될까? 혹시 알고 있어요?"

　비서실장이 당황하며 답했다.

　"예, 제가 듣기론 약 5만 명쯤 된다고…."

　"큰일이구먼."

　대통령은 내색도 하지 않고 다짜고짜 비서실장에 지시했다.

"내가 호명하는 사람들을 받아 쓰세요. 그리고 그들을 오늘 저녁 7시까지 청와대 벙커 회의실로 모이게 해주시오. 극비요."

비서실장이 받아 썼다.

"안보실장, 국정원장, 여야당수, 기재부 장관, 국방부 장관, 통신부 장관, 교육부 장관, 법무부 장관, 과기처 장관, 행자부 장관, 합참의장, 육·해·공군·해병대 사령관, 특전사령관, 모두 이렇소."

"네, 알겠습니다."

이어서 대통령이 구국통일 특공작전 구상 계획을 비서실장에 줬다. 비서실장이 받아 읽어보고 아연실색을 했다.

"각하, 이건⋯."

"그렇소. 내가 내 목이 날아가도 사생결단으로 이것만은 실천할 거요. 성패와 관계없이 말이요. 한 맺힌 민족의 염원이요. 잘 검토해보고 오늘 밤 7시에 실장이 본부장이 되어 사회를 봐주소. 그리고 사전 추가 대책을 강구해주시오. 국가 특급 비밀이니까, 정말 조심에 조심으로 비밀로 하고."

비서실장이 엉겁결에 받아들고 나갔다. 비서실장의 얼굴이 똥색이 됐다. 비서실장은 오늘 저녁에 있을 사전계획을 짜고 필요한 서류 사안들을 미리 준비해야 했다. 엉뚱하게 터진 일이었다.

저녁 7시. 청와대 지하 벙커 회의실. 영문을 모른 채 호출을 받은 관계 고위직들은 몹시 의아해하며 하나둘씩 나타났다. 그리고 웅성거렸다. 곧이어 회의장에 저녁 식사가 나왔다. 이 모임을 위해 아예 저녁 식사까지 청와대에서 준비했던 것이다. 참석자들이 호기심 속에 모두 입장해 앉아 있었다. 이윽고 대통령이 입장했다. 참석자들이 모두 일어났다. 대통령이 정좌하고 참석자들도 모두 제 자리에 착석했다. 이윽고 사회자인 비서실장이 등단하여 말했다.

"오늘 중대사안을 대통령님께서 직접 말씀해주시겠습니다."

곧이어 대통령이 등단하여 말했다.

"오늘 우리 역사에 남을 중대한 일을 발표합니다. 그래서 여러분을 비밀리에 모셨습니다. 아시다시피 지금 조국의 운명이 풍전등화와 같습니다. 우리의 노력과 지원에도 불구하고 북한은 끊임없이 핵과 미사일을 개발하고, 또 3일 전쟁에 불바다를 운운하며 남한을 위협하고 있습니다. 만일 김정은이 정신이 돌아 이판사판으로 핵폭탄 한 방을 우리 남한을 향해 쏜다면 일시에 600만 명의 목숨을 잃고 과거 피땀으로 이룩한 한강의 기적은 잿더미로 변합니다.

사태가 이러한데 우리나라 사람들은 그저 헛소리를 듣는 듯 무사안일합니다. 김정은이 누구입니까? 권력야욕에, 심지어 고모부까지 총살한 자가 아닙니까? 천안함 침몰에 연평도 포격 사건, NLL 침략에 최근 격렬비열도 핵폭탄 사건, 6·25전쟁 이후 북한의 도발이 무려 880건이나 됩니다.

이들을 어찌 대적해야 하겠습니까? 우리는 핵이 없습니다. 미국만을 믿어야 합니까? 푸에블로 해첩 사건, 도끼 살인 사건 등이 있었으나, 미국은 그저 수수방관만 했습니다. 지금 남한에 설치한 PAC-2&3, 사드(THAAD)가 있어도 핵폭탄 한 방이면 7분 안에 상황 끝입니다. 중국을 믿겠습니까? 그래도 중국은 북한을 끼고 돕니다. 한반도에 사드 배치까지 극구 반대해온 중국입니다. 그렇다고 러시아를 믿겠습니까? 다 그들의 우방국입니다. 이제 우리는 어떻게 대처해야 하겠습니까? 어느 분 한번 대책을 말씀해보실 분 없으세요?

그렇지요. 답이 없습니다. 혹자는 북한 주민을 꾸준히 지원하여 개방화시켜 군이나 인민이 봉기할 수 있게끔 하자는 말도 있습니다. 그러나 북한은 말 한마디에 즉시 총살입니다. 그런데 누가 봉기를 주도할 수 있겠습니까? 스스로의 봉기는 절대 불가합니다. 그렇다고 전쟁할까요? 안 됩니다. 동족 말살에 한강의 기적이 사라집니다. 그러면 유엔 제재로 굶어 죽게 할까요? 이 역시 그들은 이미 수차 경험을 했습니다. 1995년 이후 고난의 행군 시절엔 한 해에 300만 명 이상이 굶어 죽었지만, 그들은 끄떡도 하지 않았습니다. 오히려 핵과 미사일 실험만 강행해왔습니다. 그렇다면 김정은과 평화통일 협상을 할까요? 불가합니다. 했다 한들 그들의 독재 공산주의가 한반도를 지배할 것입니다.

그래서 여러분을 이 자리에 모셨습니다. 전쟁을 피하고 순간 통일을 달성하는 방법은 북한 독재자들을 일시에 제거하고 북한의 도발을 일시에 마비시키며, 남한이 순간 북한을 접수하는 방법밖에는 없다고 생각합니다. 그래서 고민 끝에 생각해낸 것이 바로 구국통일 특공작전입니다. 오늘 여기에 여러분을 극비에 모이게 한 이유는 이 특공작전에 관한 설명과 함께 여러분의 동참을 구해보고자 모이게 했습니다. 저는 조국의 미래와 후대의 영광을 위해 역사에 남을 이 작전에 이 한목숨 바치겠습니다. 여러분들도 저와 함께 작전에 동참하고자 한다면 이 자리에 남아 주시고 그렇지 않으신 분들은 즉시 이 자리를 떠나주십사 하는 말씀을 드립니다. 이유는 국가 존폐가 달린 극히 중요사안이기 때문입니다."

대통령의 심각한 요구에 모두가 당황하며 어쩔 줄 몰라 했다. 갑작스러운 엄청난 요구였기 때문이었다. 다행히 자리를 뜨는 사람은 없었다. 잠시 후, 대통령이 이어 말했다.

"그렇다면 여러분 모두가 조국을 위해 사명과 소명을 다해 이 구국통일 특공작전에 동참해주시는 것으로 믿고 이제 다음 진행을 비서실장에 넘기겠습니다."

이윽고 비서실장이 등단했다. 그리고 참석자 전원에게 한 장의 서류를 돌렸다. 회의장 분위기가 이미 얼어붙었다. 엄숙했다. 참석자들이 서류를 읽고 모두가 사색이 되었다. 목숨을 거는 무서운 언약 서류였기 때문이었다. 누구 하나 예외나 이의가 없었다. 그 서류의 내용은 다음과 같았다.

나는 대한민국의 고위 공직자이며, 또한 국민으로서 국가안보상 본 구국통일 특공작전의 일체 사항을 본인 이외의 그 누구에게도 극비로 할 것을 약속하며 서약한다. 또한, 본 작전수행에 있어 그 성패 여부를 떠나 조국의 미래와 후대의 영관을 위해 사명과 소명을 다해 목숨 걸고 작전을 수행할 것을 맹세한다. 만약 누설이나 누가 되는 행동을 할 경우 어떠한 처벌도 감수할 것을 하늘에 맹세하는 바이다.

살 떨리는 서약이었다. 모두들 심장이 멈추는 느낌이었다. 그러나 누구 하나 이의가 없었다. 모두 다 엄숙히 서명한 후 비서실장에게 제출했다. 대통령 역시 현장에서 사인하고 제출했다. 제출 후 이윽고 비서실장이 또 한 장의 서류를 돌렸다. 대통령이 휴가 중 수립한 특공작전 계획이었다. 조직과 단계별 작전 사안이었다. 대통령을 작전대장으로 하여 비서실장이 본부장, 그리고 참석자들이 각 부서의 소속장으로 되어 있었다. 비서실장이 핵심 내용을 간략히 설명했다.

"구국통일 특공작전은 보시다시피 10개의 단계별 특공작전이 있습니다. 각 소속별 특별 임무와 소속 간의 지원 협조사항입니다. 이 특공작전의 단계별 특공 업무는 다음과 같습니다."

모두가 서류에서 눈을 떼지 않았다. 엄숙한 분위기가 계속되었다. 비서실장이 읽어내려갔다.

1단계: 'A' 부서/ 정보 수집 특공팀 조직/ 특임 수행
2단계: 'B' 부서/ 해킹 및 전자, 전파 교란 특공팀 조직/ 특임 수행
3단계: 'C' 부서/ 최첨단 무기 개발 특공팀 조직/ 특임 수행
4단계: 'E' 부서/ 시설 파괴 특공팀 조직/ 특임 수행
5단계: 'D' 부서/ 적지투입 납치 특공팀 조직/ 특임 수행
6단계: 'F' 부서/ 홍보·식량 투하 특공팀 조직/ 특임 수행
7단계: 'G' 부서/ 전군 북진 점령 장악 조직/ 특임 수행
8단계: 'H' 부서/ 피해 복구 특공팀 조직/ 특임 수행
9단계: 'I' 부서/ 행정 지원 및 시민 봉사 특공팀 조직/ 특임 수행
10단계 "유엔·각국 통보 사절팀 조직/ 특임 수행

구국 작전 계획을 읽어본 참석자들이 감동된 모습이었다. 모두 다 눈동자가 휘둥그레졌다. 전혀 상상조차 할 수 없었던 조직적 통일작전이었기 때문이다. 사전에 전혀 알지 못한 전격 사안이었기 때문이었다. 감탄과 감동이 엇갈리는 순간이었다. 비장한 침묵만이 실내에 흘렀다. 그리고 이윽고 대통령이 말했다.

"여러분, 이제 여러분은 조국통일 열사들이 되었습니다. 여러분의 용기와 결단에 감사합니다. 이제 우리는 한배를 탄 구국결사대, 열사들입

니다. 여러분은 이제 여러분의 부서에서 우리와 운명을 같이할 특공대원들을 뽑아야 합니다. 그들에게도 지금 우리가 했던 바와 똑같은 방법으로 특공대원을 차출하고 약조 서명을 받아야 합니다. 이는 지금부터 작전 성공 시까지 극비 사안이기 때문입니다. 이제 여러분과 전 대원들은 마치 민족의 열사들, 안중근, 이봉창, 유관순 이준 열사와 똑같은 조국의 운명을 가름할 열사들입니다. 건투를 빕니다. 감사합니다."

인사말과 함께 대통령이 퇴장했다. 비서실장이 이어서 설명했다.

"본 특공작전은 조국의 미래 운명과 후대의 미래가 달린 특수 통일 특공작전입니다. 고로 그 목표는 '한반도의 통일'이고, 미션은 통일을 위한 특공 활동입니다. 김정은과 그를 추종하는 실세들을 납치하고 북한 정권 지휘를 일시에 마비시켜 남한이 북한을 일시에 점령하여 통일을 이룩하는 데 그 목적과 의의가 있습니다. 이는 한반도를 통일시켜 자손만대 영원히 평화를 안겨주는 것이 역사적 명분이 있습니다. 그러면 본 특공작전의 핵심내용을 말씀드리겠습니다.

첫째, 특공작전의 조직에 관해 말씀드리겠습니다. 대통령을 구국대장으로 하고 비서실장을 본부장, 비서 부실장을 부본부장, 여러분 각자는 각 소속 부서의 소속장, 그리고 소속부서의 특공 책임자를 팀장, 그리고 각 소속 부서의 특임요원들을 특공대원으로 대통령이 임명합니다.

둘째, 본 작전의 기밀사항에 관하여 말씀드리겠습니다. 본 작전은 전 대원들이 목숨 건 극중, 극비의 작전입니다. 전 대원은 본인 이외의 어느 누구에게도 본 특공 활동을 극비에 부쳐야 합니다. 비밀이 누설된즉 전 대원의 몰살이며 작전 실패입니다. 만약 이 비밀이 북한에 알려지면 우리는 그들의 핵 도발을 피할 수 없습니다. 고로, 비밀대원들의 입과 눈, 귀, 행동, 서류, 모든 것 하나하나가 국가 존폐의 기로를 결정하는 극비사항입니다.

고로, (1) 모든 작전서류는 본부 서류 보관소에만 허용되며 일체의 반출, 복사 등은 금합니다. (2) 서류 검토나 협의 사항이 있을 때는 반드시 본부장과 보관소장의 허가하에 열람 또는 협의할 수가 있습니다. 고로, 지금 읽어보시고 서명하신 서류들은 즉시 회부합니다. 지금 제출해주십시오. 보관소장은 기밀 안전을 위해 매일 점검 확인을 합니다. (3) 만약 비밀 누설이 있을 시 여하를 불문하고 극형에 처할 것입니다."

서류를 읽어 내려가던 본부장이 물 한 컵을 마셨다. 참석자들은 무섭다는 표정이었다. 본부장이 계속했다.

"셋째, 특공대원의 신분과 혜택에 관하여 말씀드리겠습니다. (1) 전 특공대원들은 조국의 구국 열사입니다. 작전 중 전 특공대원들의 직급을 전원 현 등급에서 2급씩 특진시키며 그에 합당한 월급을 지불한다. 작전 성공 후 전 대원들에게 구국 열사의 칭호를 부여하여 국가훈장을 제공하며, 퇴직 후 사망 시까지 근무 시의 월급에 따르는 수당을 받는다. (2) 구국 통일 특공대원 전원에게는 구국 열사의 훈장이 수여되며 사망 시 국군묘지에 안장된다. 또한, 사망 후 30년간 국가 공무원 1급에 해당하는 월급을 직계가족에 지급한다. (3) 전 대원들에겐 작전수행 중 최고의 특권이 부여된다. 이를 위해 전 대원들의 DNA 및 신체번호가 목걸이 태그로 등록되며 작전 중 특종 신분증이 부여된다. (4) 특공 활동 중 전 대원들의 신변 안전과 특공 활동을 위해 경호원이 배정되어 안전과 극비 상황을 유지한다. (5) 대원 간, 부서 간의 협조와 지원하에 특공 임무가 수행될 것이며, 이를 위해 항시 암호 사용을 의무로 한다. 암호는 'OK'로 통용된다.

넷째, 업무 협조와 상호 지원에 관하여 말씀드리겠습니다. (1) 각 소속 부서 간의 작전 협조와 지원은 본부장 및 소속장의 지시에 따른다. (2) 특공 임무 수행에 지연 혹은 방해 요소가 있을 경우는 즉시 팀장은 소속장에게, 소속장은 본부장에게, 본부장은 대장에게 보고해야 한다. 또한, 보고가 접수된 즉시 24시간 이내에 해결하여 통보해야 한다. (3) 특공 임무 추진 및 전 과정 점검을 위해 매주 2회씩(월요일과 금요일 9시) 소속장들은 본 회의실에 모여 상호 토론을 한다.

그리고 가장 중요한 일로 다섯째, 소속별 특공대원들의 선발에 관해 말씀드리겠습니다. 이는 (1) 각 소속장에게 일임한다. (2) 선발된 전 대원들로부터 동일한 언약과 서명을 받고 소속장은 본 특공작전의 목표와 미션을 설명한다. 또한, 대원의 재능과 특성에 따라 대원을 배치하여 특공 임무를 수행한다. (3) 소속장은 엄선된 대원 명단을 선임 후 24시간 이내에 본부장에게 제출해야 한다. (4) 전 특공대원들의 특임 임무 활동은 각자 극비 사안이다. 이에 준하여 위반 시 처벌도 극형에 처한다. (5) 선발된 전 대원들의 신분과 혜택은 위 셋째에서 명시한 바와 동일하다. 단, 대원들은 특공 활동 중 일체의 외부 출입을 금지하며, 지정된 장소에서 공동 특공 임무만을 전념하고 수행한다. (6) 본 구국 통일 특공작전은 ××년 ××월 ××일까지로 임시 정한다. 그리고 본 특공작전의 D-day는 ××××년 ××월 ××일로 잠정적으로 정하고, 정확한 날짜와 작전 타임은 대통령이 별도로 명한다."

제반 상황에 대한 설명이 끝나고 본부장이 OK 암호를 큰소리로 외쳤다. 그러자 문밖에서 대기 중이던 특공작전 경호원들이 일시에 우르르 입장했다. 이어서 본부장이 이들에 대한 소개가 이어졌다.

"이분들은 우리와 똑같은 특공대원들로 이들의 특임은 경호 임무입니다. 이분들은 각 소속장의 신변 보호, 기밀 유지, 그리고 긴급 연락을 맡는 특수 경호원, 구국 열사들입니다. 지금부터 소속장 한 분에 이들 중 수행원 3명씩을 배정합니다. 여러분과 항시 함께할 것입니다. 가족같이 보살펴 주시길 바랍니다.

이들은 각자 호신용 공격 혹은 방어용 최첨단 특수무기, 통신기, 탐지기 등을 소지하고 있습니다. 대장을 비롯하여 본부장, 소속장, 팀장, 그리고 전 특공대원들은 내일 12시를 기해 즉시 외부와의 접촉이 차단됩니다. 또한, 개별 사용 전화기가 금지됩니다. 대신 작전 활동용 특수통신기가 지급됩니다. 또한, 통화 시에는 항상 암호와 소속 부서 인용이 필수이며 이를 위반 시는 통화가 자동 불통이 됩니다.

예컨대, 통신 방법은 "OK, 여기는 OKA 본부, OKA-#1 나와라, 오버." 식으로 해야 한다는 것입니다. 여기서 A는 소속부서를 말하고, #1은 소속부서 대원을 말합니다. 이상입니다. 감사합니다."

뒤이어 본부장이 명단에 따라 경호원들을 각 소속장에게 배정했다. 이윽고 배정된 경호원들과 소속장들 간에 인사 교환이 행해졌다. 소속장들과 경호원들 간의 인사 소리가 여기저기서 들렸다. 시계는 늦은 밤 10시를 가리키고 있었다. 7시부터 3시간 동안 극비 구국통일 특공작전의 창립 회의가 있었고, 그리고 이것이 끝난 것이었다. 대원들이 모두 집으로 그들만의 마지막 밤을 위해 돌아갔다.

23 작전 훈련 순시

구국 작전이 시작된 지 한 달이 지났다. 그간 소속장들의 끊임없는 지휘와 노력 속에 각 소속별 특임 대원들은 극비의 장소에서 극비의 특공 활동을 진행하고 있었다. 이들은 구국 열사의 칭호를 명받고 그에 해당하는 2급 특진을 받았다. 그리고 그에 해당하는 보수, 특별 보너스, 그리고 특별 출장비까지 그들의 가족에 보내졌다.

대통령은 오늘 일부 소속의 특공 활동을 점검하고 싶었다. 그래서 본부장, 부본부장과 함께 특공작전 점검을 위해 비밀리에 나섰다. 마치 암행어사인 양 그들의 특공 비밀 장소로 향했다. 대통령 행차에 청와대 경호원은 물론, 이미 배정된 특임 경호원들까지 비밀리에 따라 붙었다. 대통령이 탄 차는 여기저기를 몇 바퀴 위장 행동을 취했다. 그리고 드디어 특공대원들의 비밀 장소에 도착했다. 소속장이 미리 이를 알고 마중 나왔다.

"각하, 오늘 날씨가 정말 OK네요. OKA에 오신 것을 환영합니다."

"OK, 그렇군요. 마중 감사합니다."

서로 암호 사용이 좀 어색했지만, 그래도 했다.

소속장의 안내에 따라 OKA(정보 수집) 특공 활동 장소로 들어갔다. 소속장이 손으로 기계를 가리키며 그들의 활동 임무를 간단히 설명했다. 대통령이 호기심에 찬 모습이다. 생전 처음 보는 최첨단 기계들로 꽉 차 있었다. 대원들을 지나칠 때마다 대통령이 대원들과 악수를 하며 격려했다. 이윽고 대통령이 한 대원에게 물었다.

"수고가 많아요. 지금 무슨 일을 하고 있나요?"

"네, 북한 지도자 김정은과 인민무력부장 박영식의 위치를 추적하고 있습니다. 또한, 그들의 위치 내에 어떠한 전략 운영시설들이 있는가를 해킹하며 정보를 수집하는 중입니다."

"아, 그래요. 놀랍군요. 원격 조정으로 그것이 가능한가요?"

"네, 그렇습니다. 자, 보십시오. 지금 여기 모니터에서 보이는 몇 사람 중에 이 자가 박영식입니다. 처음에 박영식에 관한 신상정보와 사진을 이 정보 기계에 입력하면 이 기계가 박영식에 관한 정보를 자세히 알려 줍니다. 그 후, 이 정보를 이 목표추적기에 입력하면 GPS와 연락되며 목표 인물, 박영식의 일거수일투족과 거취 위치가 이 모니터에 뜹니다. 그 후에 우리는 그 목표 인물이 자주 뜨는 위치를 추적하여 거기가 어디며 또 어떠한 시설이 있는가를 추적합니다. 이 정보를 OKB(교판팀), OKE(파괴팀)과 공유하여 특공작전 수행 시 이용됩니다."

대통령이 놀라 설명하는 대원의 어깨를 도닥이며 격려했다. 신기했다. 천 리 밖에서 목표 인물이 어디서 무엇을 하는지까지 추적할 수 있다는 말에 정말 놀랐다. 참으로 무서운 세상이라 느꼈다. 그리고 대통령 자신도 어디서 누군가에게 추적당할 수 있다는 느낌에 가슴이 순간 싸늘했다. 대통령은 다음 소속장이 안내하는 장소로 이동했다. 작은 회의실이었다. 자리에 앉자 소속장이 지휘봉을 들고 화면 영상과 함께 OKA 특공 임무 수행을 브리핑했다.

"지금부터 본 소속 특공 임무에 대해 말씀드리겠습니다."

"본 부서의 임무 목표와 미션은 2가지입니다.

첫째는 북한 정권의 김정은을 비롯하여 그를 추종하는 정권 실세자들의 행동거취를 추적하는 일이고, 둘째는 북한 내 주요 군사 및 과학시설 위치를 파악하여 그 운영시스템을 파악하는 일입니다. 이렇게 입수된 정보는 OKB(전파 교란팀), OKC(무기 개발팀), OKD(실전특공팀), OKE(시설 파괴팀) 등에 정보를 제공하여 특공작전 수행 시 적진 교란, 파괴, 납치 활동에 이용됩니다.

고로 우리의 미션은 첫째, 1단계로 탈북민 고급 정보팀을 자문기관으로 운영합니다. 이들로부터 북한 체제의 각계각층 내부 사정은 물론, 운영시스템의 정보를 자문받고 있습니다. 이 정보들을 실제 OKA에서 수집한 정보들과 비교, 분석하여 한 치의 오차도 없이 정확한 정보를 목표위치를 추적하고 있습니다. 이 정보들을 때로는 국정원 및 국가안보실과도 공유합니다.

둘째, 실제 납치 특공팀 OKD1이 납치해야 할 북한의 납치 인물 명단은 다음과 같습니다. (1) 중앙당 군사위 소속으로 김정은(당 위원장, 독재자), 황병서(당 부위원장, 2인자), 박영식(인민무력부장), 김원홍(국가안전보위부장), 김영철(당비서, 대남 총괄), 김락겸(전략군사령관), 리명수(군참모총장), 홍영철(군수 총괄), 리만건(군수공업 총괄), (2) 중앙당 비서국 소속의 최룡해(총괄 비서), 김기남(선전 총괄), 최태복(교육 총괄), 오수용(경제 총괄), 우주열, 박도춘, 곽범기(상임위), 조용진(당조직 총괄) (3) 중앙당 정치국 소속의 김영남(정치국장), 이수용(외교 담당), 오극렬, 양형섭(상임위장), 박봉주(내각 총리), 로두철(경제 총괄), 조연준(정치국 조직 총괄), 유철수(우주개발국장) 등 무려 25명 이상이 납치 목표 인물이 되겠습니다.

셋째, 실제 교란 특공팀 OKB와 시설 파괴 특공팀, OKE가 파괴할 북한의 전략 장소는 다음과 같습니다. 김정은 집무실, 관저, 40여 별장, 중앙당 운영전략실, 당 1호실~50호실, 중앙당 벙커 전략실, 각 납치 인물 주거지, 평양 생화학 연구 및 무기개발실, 평양 갱도 생화학 무기고, 평양 NADA 우주개발국, 함경북도 길주, 풍계리 미사일 기지, 무수단 로켓 발사 기지, 서해 동창리 미사일 기지, 영변 핵실험 기지, 함흥 생화학 무기고, 육군 작전실, 해군 작전실, 공군 작전실; 돌격부대 작전실, DMZ 특수부대, KN-08 ICBM 여단 작전실, 잠수함부대 SLBM 전략실, 군수기지 전략실, 국가무력부 작전실, 안전부 작전실, 보위부 작전실, 감찰부 작전실, 중앙방송국, 통신 공사 운영실, 전기 공사 운영실, 가스 공사 운영실, 국경 송유관 운영실, 등 주요시설 파괴 목표지점이 되겠습니다. 이상입니다."

소속장의 치밀한 정보 분석과 계획 추진 설명에 대통령이 매우 흡족했다. 무엇보다도 납치 목표 인물들의 영상 사진이 대통령에게 감동이 됐다. 대통령은 소속장을 치하하며 말했다.

"아주 흡족한 브리핑이었소. 세밀하군요. 이대로라면 통일이 눈앞에 다가온 기분이오. 위치 추적을 정확히 할 수가 있기에 특공대원들이 실전 투입 시 그 정보가 아주 요긴하겠소. 문제는 무기 개발 특공팀이오. 특히, 스텔스 기능 비행체 등의 새로운 무기 개발이 작전 성패를 좌우할 듯싶소."

대통령의 가슴이 울렁거렸다. 구국과 통일이라는 두 마리의 토끼를 잡을 수 있을 것 같았다. 소리 없는 대통령의 가슴속 말이 이어졌다.

'아, 나의 조국, 주여, 도와주소서! 제발, 그리고 영원히!'

대통령은 OKA 점검을 끝으로 청와대로 돌아갈 참이었다. 그때 본부장이 급하게 말을 전했다.

"각하, 지금 막 교란 특공팀, OKB에서 전화가 왔습니다. 여기까지 오신 김에 OKB도 보시고 가심이 어떠시냐고…? OKB는 바로 저기입니다."

"어, 그래요? 그럼 들렀다 가지요."

대통령은 본부장을 따라 다른 빌딩으로 이동했다. 가까이 가니 사복을 입은 대원들이 몇 번인가 암호를 대라 했다. 그때마다 본부장이 암호를 대신 말했다. 대통령은 보안이 철저하다고 느꼈다. 빌딩으로 다가가니 OKB 소속장이 마중 나와 암호를 말했다.

"각하 덕분에 모두 OK입니다."

"예, 나두 OK요."

대통령이 OKB 소속장의 안내로 실내로 들어갔다. 대원들이 컴퓨터 앞에서 무언가 열심히 일하는 모습이었다. 대통령은 종전처럼 지나가며 대원들과 악수하며 격려했다. 그리고 한 대원에게 물었다.

"수고가 많아요."

"감사합니다."

"지금 혹시 무얼 하고 있지요?

"예, 지금 중국 내 북한발 전파들을 탐지하고 있는 중입니다. 발신처가 어디이고, 누가 왜 전파를 보내는지 추적하고 분석하고 있습니다."

"아, 그래요, 그래서요?"

"전파 발신처가 확인되면 그 전자파장을 역으로 이용하여 해킹을 시도해 봅니다. 그리고 또 전파 교란을 시도해 봅니다. 자, 보십시오. 한 예로 우리가 있는 이 지역도 이 전파 교란기를 이용하면 모두 차단이

됩니다. 한번 해볼까요?"

"그래 봐요."

대통령이 호기심에 답했다. 이어 대원이 기계를 조작했다. 그리고 잠시 후에 그 대원이 말했다.

"한번 통신을 해보시죠. 불통일 것입니다."

대통령이 통신기로 소속장 OKC를 불렀다. 통신기가 불통이었다. 이를 확인한 대통령이 신기한 듯 고개를 끄덕거렸다. 그리고 이어 그 대원이 또 말했다.

"그럼 이번엔 교란을 풀겠습니다."

또다시 특공대원이 기계를 만졌다. 그리고 말했다.

"예, 통신 교란을 해제했습니다. 다시 통화해보시죠."

대통령이 통신기를 들어 또다시 OKC를 불렀다.

"OK, 여기는 OK 본부, 대장이다. OKC 나와라, 오버."

"OK, 여기는 OKC다. 각하, 웬일이십니까? 오버."

"지금 통신 시험 중이다. 통신기에 이상 없나, 오버."

"이상 없습니다. 각하. 오버."

"알았다. 수고하라, 오버."

대통령이 마치 군 지휘관이나 된 듯 웃음 띤 얼굴이었다. 이윽고 OKB 소속장이 대통령을 회의실로 안내했다. 그리고 브리핑을 시작했다.

"앉으시지요. 본부서의 특공 임무를 브리핑하겠습니다."

소속장이 역시 화면에 영상을 띄웠다. 그리고 설명하기 시작했다.

"첫째, 본 부서의 특공 임무의 목표와 미션은 적진의 목표지점을 해킹하고 교란시켜 우리 시설 파괴 특공팀, OKE와 납치 특공팀, OKD1이 적진 지역에서 작전 활동이 용이토록 하는 게 우리 팀의 목표이고 미션입니다. 해킹으로 적의 기밀문서를 빼 오고 이를 문서 해독기를 이용하여 적의 전략 운영시스템을 파악하며 또한 교란시킵니다. 예를 들면, 북한의 주요 군사 작전실, 핵기지, 미사일 기지, 군수기지, 전기, 통신, 방송국 등을 해킹하여 그 운영시스템을 알아내고 실전 투입, 사전에 우리 특공작전을 수월하게 하는 것입니다.

둘째, 우리 OKB가 적의 운영시스템을 교란시켜야 할 목표지점 및 대상물은 다음과 같습니다. 서해 풍계리, 동창리, 동해 무수단 미사일 기지 전략통제실, 영변 지하 핵시설 전략통제실, ××× 지하 생화학 무기 전략통제실, 인민무력부 작전 통제실, 국가보위부 작전 통제실, 국가안전부 작전 통제실, 육군 총참모부 작전 통제실, 공군 참모부 작전 통제실, 해군 참모부 작전 통제실, 잠수함 기지 작전통제실, NADA 운영통제실, ××× 전기 공급 운영통제실; ××× 송유관 운영통제실, 방송국 운영통제실 등을 대상으로 작전 임무를 수행하고 있습니다."

브리핑이 간단하게 끝났다. OKB 소속장에게 대통령이 물었다.

"브리핑이 훌륭했어요. 참고로 할 점은 위에서 말한 목표지점 및 대상물 외에 또 다른 중요 목표물이 있는지 철저히 알아봐야 한다는 점이요. 예를 들면, 북한의 번개 특전부대 같은 곳 말이요. 이들도 제거해야 우리 특공작전이 더 용이할 것 같아서 하는 말이요."

"잘 지적해주셨습니다. 위에서 말씀드린 목표지점들 외에 또 다른 목표 대상물도 열심히 탐사 중에 있습니다."

"알겠소. 수고했어요."

OKB의 브리핑을 끝으로 대통령은 청와대로 향했다. 돌아오는 동안 대통령은 은근히 걱정이 되었다. 사실 시간이 있었으면 오늘 무기개발 특공팀, OKC까지 순시를 했어야 했다. 특공작전의 성패 여부가 바로 최첨단 무기 개발에 달렸기 때문이었다. 대통령이 차 안에서 OKC를 불러 물었다.

"OK, 여기는 OK 본부대장이다. OKC 나와라, 오버."

"OK, 여기는 OKC, 각하, 웬일이십니까? 오버."

"한 가지 걱정이 돼서 불렀소. 방금 OKA와 OKB 순시를 마쳤소. 시간이 없어 OKC는 다음에 하겠소. 그러나 본 작전은 OKC의 무기개발 성공 여부에 달렸소. 어떻게 진행되어 가고 있는지 잠깐 말해줄 수 있겠소? 오버."

"각하, 걱정하지 마십시오. 이미 레이더망을 피할 수 있는 스텔스 기능화 신무기들이 완성되어 이미 훈련 시험 중입니다. 그리고 방탄복, 방탄모, 레이저건 등도 모두 개발 완료되어 이들 역시 훈련 시험 중에 있습니다. 그리고 지상 스텔스 정찰용 장갑차와 스텔스 드론이 거의 완성 단계에 있습니다. 이들 모두 D-day까지는 모두 완성될 것을 확언 드립니다."

"아, 그래요? 정말 반가운 소리요. 난 OKC에 은근히 걱정하고 있었는데…. 정말 고맙소. 더욱 분발해주시오. 작전 성공에 사활이 걸린 문제이니까…."

"알았습니다, 각하. 걱정하지 마십시오."

대통령이 통화를 끊고 한시름 놓은 기색이었다. 그리고 달리는 차창 밖에 시선을 돌렸다. 높지도 크지도 않은 운치 있는 금수강산이 아름답게 펼쳐졌다. 수천 년간 그 모진 외세에도 꿋꿋이 지켜온 산야가 아니던가? 그때 문득 38선, 사선을 넘어오던 생각이 났다. 불현듯 아내가, 경호가 떠올랐다. 아내에게 전화했다.

"나요, 여보."

"아니, 웬일로 바쁜 중에 전화를 다 하셨소?"

"별일 없지? 그저 갑자기 생각나서…."

"아유, 별일이유. 여하튼 고마워요. 무슨 별일이 있겠어요. 오늘 오전에 장애인 모임에 다녀오고, 또 오후엔 노인 요양원에 다녀오구…. 어떤 때는 내가 대통령인가도 싶구…. 그렇지 않아도 오늘은 우리끼리 집에서 저녁 식사를 하려고 오는 길에 찬거리 좀 사왔어요."

"그래요? 잘했어요. 그런데 그 음식이 뭐요?"

"말하면 안 되는데…. 낙지 볶음에 시래깃국." "그러면 오늘은 식당에 안 간다고 전화하구려."

"알았어요."

어느새 차가 청와대에 도착했다. 대통령은 집무실에 들어서자마자 미국에 있는 경호에게 전화했다. 경호가 특공작전에 도움이 됐으면 하는 생각도 그간 있었던 바다. 미국 시각으로 깊은 밤이었다. 그래도 할 수 없었다. 오늘은 통화를 꼭 해야 한다는 생각이 들었다. 신호가 갔다.

"경호니?"

"형이야? 헌데 이 밤중에 웬일이야. 잘 있었어, 형? 아니, 각하?"

"미안, 잠자는데…. 네가 갑자기 보고 싶었거든…. 생각난 김에 전화하는 거야. 그런데 말이야, 너 한국에 올 수 없니? 나라 위해 네가 필요해."

"그래? 뭐, 부르면 가야지. 그런데 뭔데 그래?"

"기밀이야. 말할 순 없구…."

"언제까지 가야 하는데? 형 말 들으니 중요한 일 같은데…. 나 역시 기밀 부서에서 일하지 않아? 쉽진 않겠지만, 한번 해볼게. 그런데 나가면 나 높은 자리 하나 줄 거야? 월급도 여기만큼…."

"야, 나오기나 해, 걱정하지 말고."

"알았어. 하기야 나도 이제 미국에 질렸나 봐."

"그래, 그럼 잘 정리하고 되도록 빨리…."

"알았어. 헌데 갑자기 무슨 이유를 대지?"

"잘 꾸며 대봐."

"어떻게? 우리 미국에서 거짓말 잘하지 않잖아."

"노총각, 서울에서 결혼하고 서울에서 살아야 한다고 말하면 안 되나? 여하튼, 잘 둘러 대봐."

"아, 형 머리 좋다. 알았어, 형."

"그런데 형수님도 잘 계셔?"

"그럼, 잘 있지, 요즘 부녀회다, 장애인 협회다, 봉사가 바뻐. 말은 안 해도 고단하겠지."

"그것 봐, 형. 높은 자리 있으면 그렇다니까?"

"알았어, 전화 끊는다."

"알았어, 형. 잘 있어."

전화를 끊은 대통령은 허전했다. 한동안 멍하니 집무실 천정만 올려다봤다. 옛 생각들이 주마등처럼 솟아올랐다. 불쌍히 돌아가신 어머니, 경호와 꽃제비로 배곯아 물만 먹던 일, 사지 38선을 넘어 사경에 헤매던 일, 그때 친절했던 부대 내 군인 아저씨들, 지금은 어디서 무엇들 할꼬 생각하니 대통령의 가슴이 허전했다.

²⁴ 달라진 사회 기강

대통령이 갑자기 저번 국무회의에서 각 장관에게 지시한 교육 개혁과 사회정화운동의 결과가 궁금했다. 오늘은 아침 국무회의에서 진행 과정을 점검해보기로 했다. 그리고 국무회의가 시작됐다. 만사를 제치고 대통령이 묻기 시작했다.

"교육부 장관님, 전번에 지시한 윤리 도덕 교육 운동의 진행과정과 결과를 듣고 싶습니다. 어떻게 돼 가는지요?"

교육부 장관이 당황하며 보고를 했다.

"지금 잘 진행되어 가고 있습니다. 이미 운동이 정착된 분위기입니다. 이미 초등교부터 대학에 이르기까지 윤리 도덕 교육 과목을 필수 과목으로, 또 수험 과목도 필수 과목으로 채택하여 시행 중입니다. 또한, 학생 제복을 학교별 교복으로 전향했습니다.

전국적으로 아파트 단지에선 반상회를, 또한 마을 단위 복지교육반을 조직하여 의무적으로 윤리 도덕과 상식 교양 과목을 교육하고 있습니다. 최근 여론조사에 의하면 필수과목 채택 만족도는 76%로 나타났으며, 교육 수준 향상도도 무려 45%나 향상됐다는 통계 보고가 있습니다. 학교 폭력 수치는 무려 64%나 감소했다는 소식입니다."

대통령이 보고를 듣고 웃음을 띠었다.

"수고들 하셨습니다. 제가 조만간 그 성과를 확인하기 위해 한번 암행어사 노릇을 해볼까 합니다. 여하튼 작심삼일이 되지 않도록 계속 힘써주세요. '건강한 신체에서 건강한 정신'이 아니라 '건강한 정신에서 건전한 인격'이 나오는 만큼 우리 모두 노력하십시다."

뒤이어 대통령이 경찰청장에 물었다.

"경찰청장님의 순서가 되겠습니다. 보고해보시오."

경찰청장이 뒤따라 보고했다.

"우선 교육 시행과 사정 활동으로 경찰 업무가 무려 18%나 줄었다는 보고입니다. 실제로 사회 기강이 전과 많이 달라졌다는 것은 확실합니다. 통계조사에 의하면 무엇보다도 추행, 성폭행, 폭력, 사기와 절도 범죄가 현저히 감소했습니다. 그 증거로 성추행·성폭행 사건이 작년 기준 43%가 줄었고, 학교 폭력이 55%나 줄었으며 또한 사기, 절도, 폭행, 살인 사건이 무려 28%, 33%, 47%, 67% 각각 감소했다는 보고입니다. 이는 현저히 감소한 수치로 사실상 사회 질서와 기강이 안전을 되찾았다는 증거입니다. 앞으로 경찰들이 할 일이 없어질 추세입니다."

국무위원들이 모두가 일시에 웃었다. 모처럼 청와대에 웃음이 터진 것이다.

이윽고 대통령은 국방장관의 브리핑을 지시했다. 국방장관이 보고했다.

"본 국방부에서는 웃을 일만도 아닙니다. 6개월간의 혹독한 훈련은 그렇다 해도, 재활훈련원에서 훈련을 마친 훈련생들의 사회 전환 적응 및 취직 알선을 위해 노동부와 함께 주야로 일하다 보니 업무 과다로 쓰러진 병사도 있습니다. 훈련을 이기지 못하여 낙오되는 훈련생은 물론, 자살을 시도하려는 훈련생도 있습니다. 이에 대한 인간적 교육 훈련도 겸하고 있으나 역시 쉬운 일만은 아닙니다. 하지만 통계조사에 의하면 훈련 후 훈련생들의 재범 비율이 56%나 감소했다는 조사입니다.

이때, 노동부 장관이 끼어들며 말했다.

"저의 노동부 통계에 의하면 재활훈련을 마친 훈련생들의 취직률은 77%에 근접합니다. 이들의 취직은 대부분이 노동직입니다. 지금까지 외국인에 의존한 노동직들이 훈련생들로 대체되면서 외국인의 취업률이 32%나 감소하였다는 보고입니다. 이는 노동직을 마다하는 우리 젊은이들의 취업 행태에 많은 변화를 주면서 재활훈련원이 취업계에 긍정적인 영향을 주었음을 뜻합니다. 이는 향후에 노동생산성을 높이는 좋은 현상으로 대두할 것입니다."

대통령이 그 대답에 응수했다.

"참 좋은 소식입니다. 그러면 외국인 노동자들이 싫어하겠네요."

"꼭 그렇지만은 않습니다. 사실 전이나 지금도 노동직은 넘쳐났지만, 고등 교육을 받을수록 노동직을 기피한 관계로 청년 실업률이 높았습니다. 그래서 향후 노동직에 대한 선호도 역시 변화를 가져올 조짐입니다."

대통령이 사회정화운동의 일부로서 재활훈련원의 긍정적인 결과에 흐뭇해했다. 그리고 한마디 했다.

"여러 면에서 호전됐다니 참으로 기분 좋습니다. 따지고 보면 인간은 태어나서부터 죽을 때까지 교육과 노동을 하지 않습니까? 갓난아이의 아이큐가 고작 40정도라지만, 성장하면서 가정 교육에, 학교 교육에, 직장 교육에, 사회 교육으로 나이가 들면 100으로 올라가지 않습니까? 무지가 나라를 망친다는 말도 있습니다. 교육이 국가를 부강시킵니다. 또한, 인간은 죽을 때까지 일해야 몸도 건강해진다고 말하지 않습니까? 교육과 노동은 인간이 죽을 때까지 짊어지고 가야 할 숙명입니다. 배우고 또 배우고, 오르고 또 오르면 못 오를 산이 없듯이 우리 다 같이 앞장서서 최선을 다해봅시다. 고맙습니다. 오늘은 여기서 국무회의를 마치고자 합니다. 수고들 하셨습니다."

대통령은 각부 장관들의 진행 보고와 결과를 듣고 흐뭇했다. 국무회의를 정리한 후, 대통령은 국방장관을 별도로 집무실로 불렀다. 비서실장과 국방장관이 자리에 착석하자 대통령이 국방장관에 물었다.

"구국통일 특공작전의 성공 여부는 바로 납치작전에 투입될 특공대원들에게 달려 있습니다. 그들의 특공 훈련이 어떻게 진행되고 있는지 궁금해서 장관을 불렀습니다만…."

"그렇지 않아도 곧 특공 훈련에 각하를 모실 참이었습니다. 시간을 내주시기 바랍니다. 특공 훈련은 계획대로 잘 진행돼 가고 있습니다. 이들에겐 지옥입니다. 생사를 가르는 일이기 때문에 모두가 목숨을 내놓고 훈련에 임하고 있습니다. 지금 작전에 투입된다 해도 손색이 없습니다.

대통령이 말했다.

"수고가 많소. 생각하면 슬픈 일이오. 분단의 설움이 아니겠소? 쓸데없는 혹독한 훈련을 치르고 있으니 가슴이 아프오. 막말로 그들에겐 마지막 인생이 될지도 모르는 일이니 장관님이 대신 그들의 회포를 풀어주시오."

이어 국방장관이 말했다.

"그렇지 않아도 1주일에 1회씩 휴일을 정하여 세상에 내보내 그들의 회포를 풀어줍니다. 물론, 사복 경호원들이 비밀리에 그들의 행동을 주시하며 확실히 경계와 경호를 합니다. 그리고 만약에 그들이 비밀이나 룰을 어겼을 때는 가차 없이 처벌합니다."

"아, 잘하는 처사요. 어디 지금까지 별 사고가 없었던가요?"

"네, 없었습니다."

"다행이오, 계속 수고를 부탁하오."

그리고 대통령이 비서실장을 향해 말했다.

"스케줄을 봐서 조만간 특공대원들을 격려할 겸 순시차 한번 가겠소. 일정을 짜주시오. 이때 대원들에게 특별 선물도 준비해주시고…."

비밀좌담이 끝나고 국방장관, 비서실장이 물러갔다. 그런데 비서실장이 다시 돌아와 말했다.

"미국에서 손님이 오셨는데요? 대기실에서 기다리고 있는데…."

대통령이 명함을 보더니 놀라며 말했다.

"경호가 미국에서 왔구먼. 왜 비서실장도 경호를 알지 않소? 그냥 들여 보내지 않고…."

"예, 잘 알지요. 그러나 보고는 드려야 하니까…."

이윽고 경호가 비서실장과 함께 들어왔다.

대통령이 기뻐하며 말했다.

"야, 경호, 진짜 왔구나. 잘했다."

순간, 대통령은 경호를 껴안았다. 지구에서 하나밖에 없는 형제가 아니던가? 옆에서 지켜보던 비서실장이 빙그레 웃기만 했다. 사실 비서실장도 둘 사이의 사정을 잘 알고 있었다. 경호가 말했다.

"형, 되게 말랐다. 뼈가 부딪히네. 웬일이야? 대통령 하기가 쉽지가 않은가 봐?"

"그래, 앉아라."

비서실장이 자리를 비켜주려 했다. 대통령은 그냥 있으라며 손짓을 했다. 다 같이 자리에 착석했다.

"언제 왔니?"

"지금, 오는 길이야."

"짐은? 짐은 배편으로 부쳤지."

"그럼 너, 한국에 아주 나왔니?"

"그럼! 형이 나오랬지 않아? 사표 내고 오느라 힘들었구먼…."

"잘했다. 네가 필요해. 비서실장님도 홀로는 힘들어. 네가 도와줘야지. 내가 일 좀 벌여놨거든. 국가 존폐가 걸린 사생결단의 일이야. 이형은 이미 이 일에 목을 걸었다. 아마 너도 그래야 할걸…."

경호가 의아한 듯 말했다.

"형, 뭔지는 몰라도 그 일이 그렇게 죽고 사는 일이야?"

대통령은 경호에게 그간의 일들을 대충 얘기해줬다. 경호도 알아야 할 일이었다. 경호가 놀라면서 말했다.

"형, 이거 죽는 일이야. 형 혼자 죽으면 그만이지만, 잘못되면 전쟁 나고 나라의 존폐가 달려, 알면서 해?"

경호가 정말 놀란 기색이었다.

"알지, 그러나 누군가는 해야 할 일이야. 이대로 간다면 북한 주민들은 다 굶어 죽어. 또 김정은이 언제 핵폭탄으로 남한을 공격할지 모르는 일이야. 앉아서 당하느니 선수를 쳐서 통일은 물론이고 한반도를 구국하자는 거다."

대통령의 설명에 경호가 설득당한 듯 고개만 끄떡이며 침묵을 지켰다. 대통령이 경호에게 말했다.

"너, 생각 안 나니? 38선을 넘을 때…. 우린 이미 죽었던 목숨이야. 한번 죽지 두 번 죽냐? 기왕 죽을 거라면 역사에 이름이나 남기지, 뭐."

경호는 대통령의 눈시울이 붉어지는 것을 보았다. 비장한 결심을 형이 이미 했음을 감지했다. 대통령이 정색하며 실장에게 말했다.

"실장님, 이 사람을 비서실장에게 맡기겠소. 내 생각엔 실장님 밑에 이 사람을 넣고 일해보면 어떨까 하는데…."

비서실장이 고개를 들더니 말했다.

"아, 저야 좋지요, 그럼 특공작전의 부본부장은 어떨까요?"

"음, 그거 좋구먼. 안성맞춤이네."

얘기를 끝으로 대통령과 경호, 그리고 비서실장이 모처럼 점심을 같이하러 식당으로 이동했다. 식사하며 셋은 미국 얘기, 한국 얘기로 시간이 가는 줄 몰랐다.

25 일촉즉발의 한반도

　한반도의 정세는 풍전등화와 같았다. 북한은 수소탄 핵실험에 장거리 미사일 발사에 성공했다. 그 후로 연일 자축파티에 여념이 없었다. 질질 끌려가던 남한도 북한 내 개성공단을 철수시켰다. 미국은 남한 내에 사드를 배치했다. 중국과 러시아는 사드 배치를 반대했다. 유엔 안보리는 강력한 북한 제재를 가결했다. 이제 북한은 3일 전쟁에 불바다 운운하며 남한을 위협했다. 대통령은 급한 마음이었다. 특공작전 성공만이 조국과 민족, 나라와 백성, 한반도를 구국하는 길이었다. 설상가상으로 오늘 주한 중국대사가 막말했다는 뉴스 보도가 나왔다. 대통령은 분한 마음이 들었다. 이것은 전쟁이었다. 대통령이 비서실장에 지시했다.

　"오늘 오후 3시까지 주중대사 ×××를 청와대에 부르시오."

　"알겠습니다."

　오후 3시, 주중대사가 대통령 집무실로 들어왔다. 대통령은 엄숙한 모습으로 악수하고 자리에 권했다. 이윽고 대통령이 대사에게 말했다.

　"대사께서 미국이 한반도에 사드를 배치하면 중국이 까부순다 했는데 그게 무슨 말인지 말해보겠소?"

　주중대사의 얼굴이 노랗게 변하며 말했다.

"언론이 와전된 것 같습니다. 실제 제 뜻은 그런 게 아니었는데…."

"물론 대사의 무례한 협박성 말도 문제가 되겠지만, 이는 한국만의 심각한 문제요. 첫째, 사드 배치는 우리 국민의 생명이 달린 문제요. 중국이 이렇다저렇다 말할 문제가 아니오. 북한이 핵폭탄을 남한에 쏘면 우리 국민의 생명을 중국이 책임지겠소? 둘째, 일본의 오키나와 소재 사드는 반경이 1,200km요. 우리나라에 배치될 사드는 고작 600km요. 왜 일본 것은 문제 삼지 않고 하필 우리나라 사드만 문제를 삼는 거요? 더군다나 중국과 한국이 최근에 얼마나 우호적인 관계요? 한중관계를 까부술 거요?"

중국대사가 고개를 숙인 채 말했다.

"사과 드립니다. 제 실수였습니다."

"괜찮소. 사과를 받으려고 대사님을 부른 게 아니요. 지금 남한 사정이 풍전등화요. 말에도 때가 있는 법이요. 중국이 도와줘야 하질 않겠소. 본국에 내 뜻을 전해주길 바라오."

"네, 그렇게 하겠습니다. 감사합니다."

대통령은 중국대사를 배웅까지 했다. 그 후 중국의 외교부장 왕××가 미국에 갔다. 그리고 중국은 곧바로 북한 제재에 찬성했다. 이에 러시아도 동조했다. 이어서 미 대통령이 청와대로 전화를 했다.

"Hi, President Kim? It's been a long time since you left from us."

"Hi there, President Mill? Yes, it is. We got to see some time soon"

"Oh, yes, soon. How've you been, Kim?"

"Thanks, I'm okay, how about you?"

"I'm ok, too. Listen, I got a bonus for you, a good news. China finally agreed to sanction their trades with North Korea."

"Thank to your effort, Presidnet Mill. We thank you."

준호는 주한 중국대사를 불러 훈계한 것이 북한 제재에 즉시 도움이 됐다고 믿었다. 미 대통령과 오랜만의 전화였다. 전화를 끊고 집무실 창 밖을 한동안 바라봤다. 왠지 북한에 불길한 예감이 들었다. 머릿속에 생각들이 꼬리를 물고 스스로 반문했다.

"김정은이 가만있을까? 혹시 이판사판 핵폭탄을 남한에? 핵폭탄이 떨어지면 7분 안에 남한이 잿더미가 되는데…. 사드가 막아낼 수 있을까?"

대통령은 북한이 진정 미웠다. 독재자의 권력야욕이 조국과 민족, 나라와 백성을 도탄에 빠지게 하는 것이다. 특공작전이 시급했다. 특공작전의 훈련 성과가 보고 싶었다. 대통령이 본부장과 부본부장을 불러 무기 개발 특공팀 OKC와 실전 투입 특공팀 OKD 부서로 향했다.

26 작전 훈련 #2 순시

　대통령이 육해공군·해병대 특공팀 OKD의 훈련 순시에 나섰다. OKD은 무기 개발 특공팀 OKC 기지 옆에 있는 넓은 ×××× 공군 기지에서 훈련하고 있었다. 통보 없이 나타난 대통령 순시행차에 비상이 걸린 듯 부산했다. 경비도 삼엄했다. OKD 소속장(국방장관과 육해공군·해병대 사령관들)이 배웅을 나왔다. 대통령은 그들과 악수하며 그들의 노고를 치하했다. 소속장과 공군 사령관이 우선 공군 실전 특공팀 OKD2 부서로 인도했다. 도착한 곳은 공군 특공팀 전용 비행기 격납고였다. 거대한 문이 닫히고 지하 벙커로 안내되었다. 대통령을 비롯하여 일행이 착석한 가운데 OKD2 팀장이 브리핑했다.

　"저는 OKD2 소속 ××× 팀장입니다. 지금부터 특공 임무와 훈련 상황을 보고하겠습니다. OKD2의 목표와 미션은 4가지입니다. 첫째는 작전 시 육군·해병 특공팀 OKD1과 시설 파괴 특공팀 OKE를 스텔스 헬기에 탑승시켜 목표위치에 낙하시키는 임무이고, 둘째는 특공작전 임무 완수 후 OKD1과 OKE 특공대원들과 납치인들을 안전하게 복귀시키는 임무이고, 셋째는 작전 투입과 동시에 홍보물 및 식량 투하 특공팀 OKF이 스텔스 수송기에 화물을 실어 북한 전역에 낙하하는 임무이고, 마지막으로 넷째는 시설 복구 특공팀 OKH을 탑승시켜 이미 OKE가 파괴한 시설들을 복구하기 위해 대원들을 수송하는 것이 OKD2의 미션입니다.

현재 정보 수집 특공팀, OKA로부터 받은 시설 파괴 특공팀 OKE 목표지점은 25곳이고, 납치 목적 OKD1의 목표지점 역시 25곳이며, 또한 홍보, 식량 투하 목적 OKF 목표지점은 40곳입니다. OKE의 미션 수행을 위해 스텔스 헬기 25대와 호송 스텔스 폭격기 25대가 동시에 작전을 수행하며, OKD1 미션 수행을 위해 스텔스 헬기 25대와 호송 스텔스 폭격기 25대가 동시에 작전 수행합니다. 또한, OKF 미션 수행을 위해 10대의 스텔스 화물 수송기와 호송 스텔스 폭격기 10대가 동시에 작전을 수행합니다. 합하여 총 50대의 스텔스 헬기, 10대의 스텔스 화물 수송기, 50대의 호송 스텔스 폭격기가 20분 간격으로 일시에 작전을 수행을 위해 출격합니다.

특히, OKF는 홍보물 배포와 식량 투하 작전 수행을 위해 북한을 동, 서, 남, 북, 중부 5개 지역으로 나뉘어 1개 지역에 2대의 스텔스 화물 수송기와 2대의 호송 스텔스 폭격기가 각각 정해진 목표위치에서 투하 작전을 실시합니다. 이들의 실전 특공 훈련 가상 연습으로 OKE와 OKD1, 그리고 OKF는 남한의 각 지점을 가상 지역을 목표위치로 선정하여 1주일에 2회씩 그간 맹훈련을 해왔습니다. 아시다시피 각종 스텔스 비행체들은 적의 레이더망을 피할 수 있고, 또한 비행소음을 최소화하여 개발하였기 때문에 특공작전의 성공률을 높였습니다. 그뿐만 아니라 작전에 투입될 모든 스텔스기의 모습이 일기와 자연환경에 변화되도록 개발되었기 때문에 적의 눈에 잘 띄지 않습니다. 이는 무기 개발 특공팀, OKC의 수훈으로 세계에 유일한 비행체들이 되겠습니다. 또한, 이 비행체들의 장점들이 그간 많은 특공 훈련에서 실증이 되었습니다."

공군 특공팀, OKD2의 상세한 브리핑에 대통령을 비롯하여 모두가 박수를 아끼지 않았다. 이어 대통령이 질문했다.

"치밀한 작전계획, 잘 들었습니다. 멋진 브리핑이었어요. 수고했습니다. 한 가지 질문을 하자면, 실전훈련을 어떤 순서로 어떻게 해왔는지 구체적으로 설명해줄 수가 있겠어요?"

"예, 알겠습니다. OKD2의 특공 훈련을 실례로 들겠습니다. OKD2는 일주일에 2번, 화요일과 목요일, 당일 하루에 2번, 오전 오후로 나누어 특공 공수 작전을 실시합니다.

우선 1단계로 작전 시 가상 목표지점, 예를 들어 인천지역을 설정합니다. 그리고 2단계, 특공대원 투입 전 20분에 OKB는 그곳에 전파 교란을 실시합니다.

그리고 3단계로 특공대원 투입 20분 전에 우리 OKD2의 스텔스 헬기가 가상 지역의 주요시설을 파괴하기 위해 OKE 특공대원을 투입합니다. 그리고 4단계로 OKE 특공대원 투입 20분 후 우리 OKD2는 또다시 OKD1 특공대원팀을 스텔스 헬기로 납치인 목표지점에 낙하시킵니다. 훈련에서 목표 납치인은 가상인물로 목표지점에 대기시킵니다. 목표 5단계로 OKD1의 작전 완료 즉시 OKD2의 스텔스 헬기는 OKD1 대원들과 납치인들을 싣고 귀대합니다. 6단계는 납치 목적 OKD1 특공대원들이 투입된 후 20분에 홍보물과 식량 낙하(OKF)를 위해 OKD2는 스텔스 수송기를 출동시키며, 이때 동시에 육해공·해병대 전 지역 북진 점령 작전이 실시됩니다. 7단계로 북진 명령 1시간 후 피해 복구를 위해 OKD2는 피해 복구 특공팀, OKH를 스텔스 헬기에 싣고 시설 파괴 특공팀, OKE가 이미 파괴한 지점에 OKH 팀을 낙하시켜 피해 복구 임무를 수행합니다. 그리고 마지막 8단계로 OKD2는 행정 지원 및 시민봉사단 OKI를 스텔스 수송기에 싣고 가상 지역에 낙하시켜 행정 지원과 시민 봉사를 합니다.

이상 8단계의 특공작전 임무가 우리 OKD2의 미션 임무가 되겠습니다. 그러나 지금까지 OKD2의 특공 훈련은 주로 OKB의 교란 작전, OKE의 시설 파괴, OKD1의 납치 작전, OKF의 홍보물 및 식량 낙하에 치중해 왔습니다. 그 외의 특공작전들은 특공작전의 성공 후에 해야 할 작전들이기 때문에 남한에서 훈련 시에는 보류해왔습니다. 고로, 오늘 훈련 역시 OKB, OKE, OKD1, OKF만을 보시게 될 것입니다."

대통령이 자세히 질문했다.

"그럼 가상 목표물 위치를 1곳만을 선정해놓고 연습하나요?"

"아닙니다. 북한에 25명의 납치지점이 있듯이 훈련 시에는 남한에 25명의 납치 가상 목표지점을 설정하여 1주일에 2번씩 가상지점을 목표로 훈련하고 있습니다. 예를 들면 이번엔 인천, 부산식으로 말입니다."

대통령이 또 물었다.

"예를 들면, 납치인물 특공작전 시에 한 대의 스텔스 헬기에 특공대원들이 10명씩 투입된다고 했는데, 특공대원들의 차출은 어떻게 구성됐나요? 내 말은 육군은 몇 명, 해병대는 몇 명식으로 차출되어 훈련해왔느냐 하는 질문입니다."

"예, OKD1 특공대원들은 육군 특전사 5명, 해병 특전사 5명씩 차출되어 스텔스 헬기 1대에 10명을 탑승한 후 납치 특공작전에 임합니다."

"수고했어요. 아주 훌륭했습니다. 국가를 위한 충성과 열정에 감동했습니다. 고맙습니다. 혼신을 다해서 끝까지 충성해 주시길 바랍니다."

대통령의 칭찬을 끝으로 박수가 터졌다. 브리핑 도중 무기 개발 특공팀, OKC 소속장이 어느새 합세해 있었다. OKC 소속장은 대통령 일행을 OKC 부서로 안내했다. OKC는 공군의 OKD2 옆 건물에 위치했다. 건물 안팎이 2중, 3중으로 철저한 경비가 돼 있었다. 대통령은 암호에 암호를 연발하며 부서 내로 진입했다. 무기 개발실도 지하벙커에 있었다. 개발실로 진입하자 대통령은 놀랐다. 넓은 공간에 여러 개의 각종 전문 개발부서가 있었고, 각종 신기한 기계들과 설비들로 꽉 차 있었기 때문이었다. 일행 모두 눈이 휘둥그레졌다. 대원 모두가 세계적 수준의 발명자들로 구성됐다며 OKC 소속장이 귀띔했다. 모두가 불철주야 24시간 동안 3교대로 업무를 수행해간다고 덧붙였다. 개발 전문 분야는 화학재료반, 소음제거반, 전자전파반, 비행체반, 정찰기반, 드론제작반, 실전무기제작반, 화생방무기반 등으로 세분되어 연구와 개발, 또한 발명에 열성을 다하고 있다고 말했다. 이들은 이미 스텔스 헬기, 스텔스 폭격기, 스텔스 수송기 등을 개발 완성하고 이미 실전 훈련에 이용되고 있다고 말했다.

대통령을 비롯한 일행이 OKC 부서, 회의실에 앉았다. ×××팀장이 브리핑을 하고자 지휘봉을 들고 연단에 올랐다. 이어 화면에 영상이 올라가자 브리핑을 시작했다.

"저희 개발부서는 세계에 유일한 4가지 최첨단 신무기 개발을 목적으로 불철주야, 24시간 3부 교대로 연구와 실험을 거듭했습니다. 그 결과 여러 가지 개발에 성공했고, 이 신무기들은 세계에 유일한 발명품입니다. 이 신무기 개발에 관해 말씀드리겠습니다.

첫째는 레이더망을 피할 수 있고 소음도 적으며, 또 눈에 잘 띄지 않는 스텔스 비행체 개발입니다. 예컨대, 스텔스 헬기, 스텔스 폭격기, 스텔스 수송기, 스텔스 드론, 스텔스 자동차, 스텔스 해군함대, 스텔스 잠수함 등이 바로 신무기 개발이라 말할 수 있습니다. 이 개발은 현재 세계에 둘도 없는 유일한 개발입니다. 미국을 비롯한 국가들에 스텔스기가 있습니다만 그들은 이 스텔스기들을 엄청난 비용을 들여 제작합니다. 그러나 우리는 특수화학재료를 발명하여 이 화학재료를 기존 전략 무기들에 간단히 코팅 페인트만 하면 스텔스가 된다는 점이 다릅니다. 이 화학재료는 (1) 아주 적은 비용으로 손쉽게 대량 제조할 수 있으며, (2) 이 화학재료를 기존 전략 무기의 표면에 페인팅만 하면 스텔스기로 변한다는 게 획기적인 발명이고, 또한 이 화학재료로 페인팅을 하면 레이더망을 피할 수 있을 뿐만 아니라 날씨에 따라, 또 자연환경의 색에 따라 페인팅 된 무기가 잘 보이지 않는다는 최고의 장점이 있습니다. 또한, (3) 기존 연료에 이 특수용액을 첨가하면 기존 무기의 엔진 소리가 2/3이나 줄어든다는 장점이 있습니다. 고로, 레이더망에도 걸리지 않고 잘 보이지 않고, 또 소음도 작아 특공작전에서 적의 눈을 피할 수 있다는 점이 큰 장점이 되겠습니다."

이 말을 들은 참석자 전원이 일제히 박수를 쳤다. 신무기 개발과 발명에 대해 감동했다는 박수였다. 대통령이 흥분하여 말을 더듬으며 말했다.

"정말입니까? 그런 화학재료를 발명했다면 이는 국가 경제에 엄청난 이득을 가져올 것입니다. 세계 시장에 내놓는다면 이는 대박입니다. 문제는 얼마나 빨리 특허를 얻느냐가 관건인 듯싶네요. 이들 발명품 하나만으로도 이제 우리나라는 최소 1세기 동안은 세계에 둘도 없는 부자나라가 될 터입니다."

"예, 사실입니다, 각하. 우리가 이번 기회에 해냈습니다."

팀장이 이어 말했다. 뒤이어 이번엔 본부장이 궁금하다는 식으로 물었다.

"아니, 기존 물체에 페인트만 하면 어떻게 그게 레이더망을 피할 수 있어요?"

이어 팀장이 설명했다.

"레이더망에 걸렸다는 말은 레이더에서 쏜 전파가 철 금속 물체에 반사되어 온다는 말입니다. 그러나 우리가 발명한 화학재료로 페인팅만 하면 그 전파가 우리 물체에 도착 즉시 공중분해 되어 되돌아가지 않기 때문에 레이더망에 걸리지 않습니다. 이 화학재료 제작기술만 있으면 세계시장에 혁명이 일어날 것입니다. 고로, 이 기술은 극비에 부쳐야 합니다. 이는 잠시 후 특공 훈련 시에 여러분들이 직접 입증하게 될 것입니다."

모두가 신기하고 못 믿겠다는 반응들이었다. 팀장의 브리핑이 계속되었다.

"둘째는 무인 스텔스 드론 개발입니다. 지금까지 드론 제작은 소형에 불과하여 적재량이 적습니다. 그러나 저희 기술진은 무인 스텔스 드론을 실제 비행체와 비슷한 사이즈로 만들었기 때문에 기관총, 미사일, 폭탄까지 싣고 적진에서 전투를 홀로 수행할 수 있습니다. 현재 95%까지 완성 단계에 이르렀습니다. 남은 5%의 과제는 원거리에서 어떻게 스텔스 드론을 정확히 조종할 수 있느냐 하는 문제입니다. 이 역시 한 달 내로 제작이 완성되겠습니다.

셋째는 특공작전 시 특공대원들이 직접 사용하게 될 소형 전투장비 및 무기의 개발입니다. 예를 들면, 밤에도 낮처럼 볼 수 있는 야시경, 경량급 방탄복·방탄모, 이동 물체 자동 감지 및 자동 발사 시스템이 내장된 무소음 레이저 소총, 또한 무소음 전투화 등입니다. 마치 007 영화에서나 쓸법한 특수 소형 무기개발입니다. 이 역시 대부분 현재 완성

되어 실전 훈련에서 이용되고 있습니다. 이러한 최첨단 무기들은 아군의 희생을 최소화할 것이며, 또한 작전 성공에 기여할 것입니다.

넷째는 전파 교란 및 적진 내 방송용 지상·대공 스텔스 정찰기 개발입니다. 이 두 정찰기는 지상과 공중에서 적의 통신망과 레이더망을 교란시킬 수 있고, 또 적의 전파를 역이용하여 적진 방송에 이용되어 대북한 방송을 수행할 수가 있습니다. 즉, 아군 기지에서 적진방송을 손쉽게 할 수 있다는 말이 되겠습니다. 이는 아직 80%의 완성으로 2주 이내에 사용단계가 가능해질 것입니다. 이상입니다. 감사합니다. 다음은 실전훈련을 참관하시겠습니다."

OKD2 팀장의 설명이 끝나자 우레와 같은 박수가 터져 나왔다. 신기한 신무기 개발에 모두들 들떠 있었다. 모두가 믿지 못한다는 듯 고개만 저었다. 이윽고 본부장이 말했다.

"와! 사실 그대로라면 특공작전은 식은 죽 먹기가 아닙니까?"

대통령도 흥분하여 응수했다.

"정말 그렇겠구먼, 소망이지만…"

대통령 일행은 팀장의 인도에 따라 OKC 개발 전담 부서를 순시했다. 팀장이 앞장서서 전담 부서로 들어갔다. 팀장이 한 재료를 가리키며 설명했다.

"이 재료가 바로 기존 무기를 스텔스로 바꾸는 화학재료입니다. 실증을 보여 드리겠습니다."

이윽고 팀장이 한 기술자를 향해 지시했다. 대원이 모형 비행체에 그 화학물질을 바르고 잠시 후에 그 모형 비행체를 공중에서 돌게 했다. 그리고 레이더 탐지기를 작동했다. 놀랍게도 모형 비행기가 레이더망에 잡히질 않았다. 대통령은 팀장을 향해 질문했다.

"지금 특공 훈련에 참가한 각종 비행기를 이렇게 해서 훈련을 하고 있습니까?"

"물론입니다. 스텔스 헬기, 스텔스 수송기, 스텔스 전폭기, 스텔스 정찰기, 스텔스 잠수함, 스텔스 이지스함 등등. 모두가 스텔스 상태로 바뀌었습니다."

이때 부본부장 경호가 질문했다.

"브리핑에 의하면 비행체가 육안에도 잘 띄지 않는다고 했는데, 그것은 어떻게 처리한 것입니까?"

그때 팀장이 또 다른 연구원에게 지시했다.

연구원이 일어나 돌고 있는 모형 비행체를 가져다 꼬리 부분만을 남기고 모든 부분에 또 다른 화학 용액을 발랐다. 그 순간 모형 비행기가 꼬리만 보이게 됐다. 다른 부분은 실내환경 색깔에 맞춰 변해서 보일 듯 말 듯했다. 일행들은 마술 같다며 감탄했다. 이때 대원이 꼬리만 붙들고 대통령에게 그 모형 비행체를 건넸다. 대통령이 희색이 만연한 얼굴로 형상을 만졌다.

"응, 물체가 만져져. 그런데 잘 안 보이네. 그것참 신기하군."

이때 부본부장이 또 물었다.

"그럼 이 용액을 인간에게 바르면 어떻게 됩니까?"

연구원이 웃으며 답했다.

"질문을 잘하셨습니다. 저희들도 처음 이 용액을 발명했을 때 무척 흥분했었습니다. 그리고 저 자신에도 발라 봤습니다. 하지만 이상하게 인간에게는 잘 적용이 되지 않습니다. 그 이유는 아직 연구 중입니다."

일행 모두가 신기하고 의아하다는 표정이었다. 이어 본부장이 질문했다.

"그러면 아까 브리핑에서 소음도 2/3를 줄일 수 있다고 했는데, 그것은 어떻게 해서 그런 것입니까?”

이때 팀장이 또 다른 연구원을 가리켰다. 연구원이 다가와 그들에게 설명했다.

“이것이 현재 쓰고 있는 비행체 연료입니다. 여기에 지금 제가 들고 있는 이 화학 용액을 섞으면 소음이 줄어듭니다.”

대통령이 질문했다.

“그럼 지금 훈련 중인 스텔스 헬기, 수송기, 정찰기 모두가 그 연료를 써서 소음이 실제 적습니까?”

“그렇습니다. 조금 후 훈련장에 가시면 아실 수 있을 것입니다.”

대통령이 연구원들에게 일일이 악수하며 극찬을 했다.

“귀관들이 진정한 구국열사들이오. 고맙습니다.”

일행은 OKD2 팀장의 안내를 따라 옆 전문개발실로 이동했다. 방탄복, 방탄모는 물론 각종 소품이 모형 실험대에 진열돼 있었다. 팀장이 두 개의 방탄복들을 들고 나와 대통령에게 말했다.

“이것은 기존 방탄복이고, 또 이것은 작전에 투입될 방탄복입니다. 각하, 한번 들어 보십시오.”

대통령이 받아들었다.

“아, 그렇군요. 엄청 가볍네요. 이것이 새로 개발한 방탄복입니까? ”

“네 그렇습니다.”

“무게가 그저 무거운 점퍼 정도죠.”

일행이 손으로 만져보며 들어 봤다. 그리고 그 가벼운 무게를 실감했다.

팀장이 이번에는 걸려 있던 소총을 들고 나왔다.

“각하, 이게 레이저 건입니다. 연구원이 한번 실험해보겠습니다.”

연구원이 레이저 건을 들고 실험실로 들어갔다. 일행들은 실험실 앞 유리관을 통해 서서 지켜봤다. 이윽고 팀장이 물체를 레이저 건 앞에 던졌다. 연구원은 들고 있던 레이저 건을 물체에 격발했다. 소리는 전혀 나지 않았다. 팀장이 물체를 회수해 일행에게 보였다. 정말 물체에는 구멍만 나 있었다. 정말 신기했다. 대통령이 말했다.

"아니, 총소리도 나지 않잖아요?"

팀장이 말했다.

"그럼요. 총알이 아니라 빛이 나와서 관통하는데 무슨 소리가 필요하겠어요?"

그때 OKD 소속장이 말했다.

"지금껏 SF 영화에서 나올 법한 이 무기들을 우리가 다 개발해냈습니다."

대통령이 고개를 끄덕였다. 일행들이 감탄했다.

"이제 저를 따라 훈련장으로 나가셔서 실전 훈련 상황을 시찰하시기 바랍니다. 절 따라오십시오."

일행이 팀장을 따라 복도를 거쳐 한참 걸었다. 그리고 야외 훈련장으로 나왔다. 때마침 특공 훈련이 시행되고 있었다. 훈련장에 나온 일행이 두리번거렸다. 비행 물체가 보이질 않았기 때문이었다. 그때, 팀장이 손짓하고 말했다.

"각하, 저기 비행기 문이 보이십니까? 또 그 옆에 #2라고 하얗게 글씨가 보이시죠?"

일생이 다 함께 시선을 그쪽으로 고정했다. 그리고 일행 중 몇 명이 말했다.

"아, 저거요? 문 같은 거 옆에 #2란 글자가 보이네요."

"네, 그게 바로 특공대원들이 탑승하는 문이고, 보이진 않지만, 그게 바로 스텔스 헬기 #2라는 겁니다. 비행체가 지금 외부환경 색깔과 동화되어 잘 보이질 않을 뿐입니다."

대통령을 비롯한 일행들이 동시에 "네?"로 반응했다. 곧이어 팀장이 통신기를 대고 특공작전 훈련 시작을 알렸다.

"OK, 여기는 OKD2다. OKB, OKE, OKD1 나와라, 오버."

"OK, 여기는 OKB, OKE, OKD1이다, 오버."

"OKB, 전파 교란 작전 개시다. 작전 타임은 20분간이다. 작전 시작하라, 오버."

팀장이 시계를 들여다봤다. 5분 후 팀장이 일행을 향해 말했다.

"지금 전파통신 기능을 20분간 마비시켰습니다. 어느 분이 스마트폰을 갖고 계시면 스마트폰을 작동시켜 보십시오."

OKD2 소속장이 특공 임무 경비원을 시켜 스마트폰을 가져오게 했다. 스마트폰을 작동했으나 불능이었다. 이때 부본부장이 말했다.

"작동 불능이 여기만 불능입니까?"

"네, 작전 지역 반경 1km 내에선 모두 작동이 불가합니다."

그리고 20분이 지났을 때였다. 팀장이 스마트폰을 다시 작동을 해보라고 했다. 아무 일도 없었다는 듯 스마트폰이 작동됐다. 희한한 일이라며 일행이 감탄했다. 뒤이어 팀장이 OKB를 또 불렀다.

"OK, 여기는 OKD2다. OKB 나와라, 오버."

"OK, 여기는 OKB다, 오버."

"작전 개시하라. 작전 타임은 1시간, 오전 11시까지다. 교란 목표지점은 인천, ×선 ××도, Y선 ××도. 작전을 개시하라. 오버."

팀장이 대통령에게 말했다.

"지금 인천 지역에 전파통신을 오전 11시까지 교란·불능화시킨 것입니다."

대통령이 고개를 끄덕였다. 그리고 20분 후 팀장이 또 통신했다.

"OK, 여기는 OKD2다. OKE 나와라, 오버."

"OK, 여기는 OKE다. 오버."

"작전 개시다. 작전 타임 1시간, 오전 11시까지다. 파괴 목표지점은 인천, 좌표 ×선 ××도, Y선 ××도. 작전 개시하라, 오버."

팀장이 대통령에게 #2 스텔스 헬기를 가리키며 말했다.

"각하, 이제 잘 보십시오. 저기 스텔스 헬기 문이 열리며 특공대원들이 탑승하는 모습이 보일 것입니다. 그리고 문이 닫히며 문과 #2 사인이 하늘로 뜰 것입니다."

그때였다. 대기 중인 스텔스 헬기 #2 옆문이 열리며 OKE 특공대원들 10명이 순식간에 문안으로 들어가는 모습이 보였다. 그리고 문이 닫혔다. 이윽고 #2 사인이 하늘로 떴다. 비행기 소리는 기껏 차가 한 대 스쳐 가는 정도였다.

팀장이 일행에게 설명했다.

"지금 OKE가 인천을 향해 떠났습니다. 인천 시내 서구 원당동의 ×××빌딩 내 전자, 전기, 가스 시설들을 파괴 내지 불능으로 만들고자 떠났습니다." 그리고 팀장이 시계를 봤다. 20분 후 팀장이 다시 통신기로 불렀다.

"OK, 여기는 OKD2다. OKD1 나와라, 오버."

"OK, 여기는 OKD1, 오버."

"작전 개시다. 작전 타임은 오전 11시 30분까지다. 납치 목표지점은 인천, 좌표 X선 ××도, Y선 ××도, 납치 목표 인물은 노란색 옷을 입은 3명이다. 성공을 빈다. 오버."

그때 팀장이 대통령에게 손으로 가리키며 또 설명했다.

"저기 또 다른 문과 #3이라는 흰 사인이 보이시죠? 거길 보십시오."

이윽고 문이 열리며 특공대원들 20여 명이 쏜살같이 문 안으로 들어갔다. 그리고 곧이어 #3 흰 사인이 하늘로 떴다. 앞에서 했던 대로였다.

팀장이 또 설명했다.

"이번엔 OKD1 특공대원들이 3명의 목표를 납치하고자 인천으로 떠났습니다. 이제 20분 후에 OKF 특공팀의 홍보물 및 식량 낙하를 위해 작전이 시작됩니다. 그때까지 시간이 있으니 상황실로 들어가셔서 차 한 잔이라도 하시지요."

일행들은 상황실로 들어갔다. 서로 차를 마시며 잠깐 개발된 무기나 훈련에 관하여 환담을 나눴다. 모두가 희색이 만연했다. 벌써 작전 성공이나 한 듯 여유로웠다. 세상에 둘도 없는 희귀한 작전을 봤기 때문이었다. 그때였다. 팀장이 또 통신기에 호출했다.

"OK, 여기는 OKD2다. OKA, OKB 나와라, 오버."

"OK, 여기는 OKA, OKB다, 오버."

"상황판에 OKE, OKD1 작전 실황을 연결하라, 오버."

곧이어 상황실 상황판에 노란색 신호가 켜지며 OKE 특공팀이 전기시설을 마비시킨 모습이 보였다. 그리고 뒤이어 붉은 조명으로 OKD1 특공대원들이 납치를 위해 건물 복도에 진입하는 상황이 생생하게 떴다. 이때 부본부장이 질문했다.

"어떻게 해서 실황 행동들이 상황판에 나타날 수 있는 겁니까?"

"예, 특공대원의 방탄모에 카메라가 달려있어서 실황을 OKA, OKB에 보내며, 이를 OKB가 다시 여기 상황판에 연결하여 보낸 것입니다."

일행들이 소리 없이 고개만 끄덕였다. 팀장이 다시 시계를 봤다. 그리고 통신기에 또 다른 작전 지시를 했다.

"OK, 여기는 OKD2다. OKF 나와라, 오버."

"OK, 여기는 OKF다. 오버."

"작전 개시다. 작전 타임은 완료 즉시 귀대다. 목표지점은 전 인천 지역 상공이다. 홍보물만 낙하한다. 오버."

이때 본부장이 물었다.

"홍보물 및 식량 낙하입니까?"

"예, 훈련임으로 홍보물만 낙하합니다."

"홍보물 내용이 무엇입니까?"

"여긴 북한이 아니잖아요. 그래서 그 내용은 이렇습니다."

팀장이 호주머니에서 작은 삐라를 꺼내 본부장에게 건넸다. 본부장이 읽어보고 큰 소리로 말하며 웃었다. 삐라에 쓰인 내용은 이랬다.

"인천 시민 여러분, 오늘도 힘내세요. 건강하세요. 웃으세요. 옆 사람을 배려하고 칭찬하세요. 이 글귀는 바람결에 여러분에게 다가가네요."

그 간단한 내용을 보고 일행 전체가 웃음판이 됐다. 그때 상황판에 하늘에서 삐라가 떨어지는 모습이 보였다. 스텔스 수송기는 잘 보이질 않았다. 그러나 수없는 삐라가 상공에서 흩날렸다. 모두 다 입을 같이 하듯 말했다.

"어, 저거 하늘에서 귀신이 뿌리는 줄 아는 것 아냐?"

또 모두가 웃었다. 시간이 금세 지나 11시가 됐다. 곧이어 OKE, OKD1 특공대원들이 들어오며 인사를 했다. 작전을 마치고 이미 귀대한 것이다. 그리고 그들이 일렬로 서 충성 맹세를 했다.

"충성! 작전 끝."

대원들은 곧바로 거수경례를 했다. 일행이 일어서 화답했다. 그때

OKD1 대원들이 납치해온 목표인의 멱살을 잡고 익살스럽게 말했다.

"이 개잡놈들이 대한민국을 침도 안 바르고 먹으려고 든 놈들입니다."

대원들과 일행들이 모두 깔깔대며 웃었다. 대통령과 일행이 일어서 특공대원들의 등을 두들기며 수고했다고 악수를 했다.

훈련 순시가 마무리됐다. 일행들은 팀장을 칭찬한 후에 원대 복귀했다. 대통령은 청와대로 오는 내내 싱글벙글 일색이었다. 마치 벌써 통일이 된 기분이었다.

27 북한의 땅굴 침투

새벽 3시, 비상벨이 요란하게 울렸다. 아내와 대통령은 잠에서 깼다. 전화를 받으니 국가 안보실장(NSC)이었다. 안보실장의 목소리는 한껏 흥분돼 있었다.

"각하, 큰일 났습니다. 북한 괴뢰군이 동작동 국군묘지에서 땅굴로 침입한 듯합니다. 지금 당장 피신하셔야 할 것 같습니다. 자세한 말씀은 나중에 드리고 우선 차를 보내드릴 테니 그 차 타시고 피신하십시오. 호송차가 제가 있는 비밀 장소로 모실 것입니다."

아닌 밤중에 홍두깨 같은 말이었다. 대통령과 아내는 당황했다. 둘은 일단 신속히 옷을 갈아입었다. 갈아입는 와중에도 대통령은 머릿속에 구국 작전이 맴돌아 혼자 중얼거렸다.

"에이, 그 새를 못 참나…? 구국 작전이 코앞에 와 있는데…"

대통령은 하늘이 무심하다는 생각을 했다. 정말 북한 괴뢰군이 땅굴로 침략한 건지 실감 나지 않았다. 심히 궁금했다. 대통령은 집무실에 들러 구국 작전 계획 서류를 챙겼다. 그리고 서둘러 비서실장과 경호에 전화했다. 비서실장의 목소리가 잠에 취한 듯했다.

"실장님, 나요."

"네, 각하, 웬일이신지?"

"혹 긴급 전화라도 받은 곳 없었소?"

"예? 아니요. 무슨 일인데요?"

"좀 전에 안보실장한테 전화 왔어요. 북한 괴뢰군이 동작동 국군묘지에 땅굴로 침략했다는 거요. 그리고 어서 피하라고…. 그러니 실장은 즉시 안보실장에 연락을 취하고 사태 파악을 해보시오. 그리고 국방장관, 군 합참의장, 국정원장에 연락을 취해 모두 안보실장이 말한 비밀처소가 어딘지 알아보고 모두 그리로 오게 하시오. 그리고 실장도 같이 그리로…."

대통령이 실장과의 전화를 급히 끊고 경호에게 전화했다.

"경호야, 듣기만 해. 무슨 일 일어났나 보다. 나도 지금 피신 중이다. 그러니 즉시 비서실장과 통화하여 안보실장이 말한 비밀처소로 같이 오너라."

말하기가 무섭게 전화를 끊었다. 경호는 형의 전화가 무척 궁금했다. 그러나 확실히 위급 상황이 일어났음을 짐작했다. 경호는 자리에서 벌떡 일어나 일단은 비서실장에 전화했다. 그리고 비서실장의 말을 듣고 재빨리 움직였다.

한편, 대통령은 청와대에서 곧바로 안보실장이 보내준 차에 탔다. 경호원들도 차를 타고 따라왔다. 아내는 차 안에서 두려운 기색이 역력했다. 대통령은 아내의 손을 꼭 잡고 안정시켰다. 두 사람이 탄 차는 처음 와 보는 조용한 주택가에서 멈췄다. 안보실장은 밖까지 마중 나와 두 사람을 재빨리 안으로 안내했다. 곧이어 비서실장, 경호, 국방장관, 국정원장, 합참의장이 순서대로 들어섰다. 아내는 경호와 함께 별실에서 대기하고 있게 했다. 모두가 어리둥절한 얼굴로 굳어 있었다. 안보실장이 입을 열었다.

"각하께 전화 드리기 바로 전에 동작동 국군묘지 근처에 사는 제 친구로부터 전화를 받았어요. 그때가 밤 1시경이었지요. 그 친구 말에 의하면 잠자리에 들었는데, 종전에 없던 이상한 소리가 근처에서 나더라는 겁니다. 하도 이상하여 집 밖에 나와 둘러보니 아무렇지도 않더라는 거예요. 그래서 되돌아 안으로 들어가려는 순간, 어디서 불빛이 번쩍하더랍니다. 그때 무심코 그 불빛 쪽을 바라보니 뭔가 움직이는 기색을 느꼈답니다. 그래서 살살 가까이 가보니 군인 같은 사람들이 움직이더라는 겁니다. 그래서 혹시 해서 경찰에 신고했고, 그 후 10여 분이 지나니 총소리가 났답니다. 그래서 혹시 무슨 일이 일어났나 알아보기 위해 제게 전화했다는 것입니다.

그 소릴 듣고 저도 이상한 생각이 들었습니다. 혹시 청와대 밑까지 이놈들이 땅굴을 판 게 아닌가 하는 생각이 불현듯 떠올라 각하께 우선 피신하시라 말씀드린 것이고요. 각하, 죄송합니다. 내용이 그렇게 됐습니다."

참석한 참모들이 그 말을 듣고 어이가 없었다.

"에이, 그럴 수가…. 거기까지 땅굴을? 글쎄…."

그때였다. 합참의장이 전화를 받았다. 전화를 받은 합참의장은 숨소리 죽이며 듣고만 있었다. 그러더니 갑자기 당황하여 전화를 끊었다. 그리고 말했다.

"아니, 이게 말이나 되는 소리요? 북한군이 국군묘지까지 땅굴을 파고 내려왔대요. 경찰과 북한군이 교전하는 가운데 곧 뒤이어 수경사가 합세하여 교전했다는 거예요. 지금은 북한군이 굴속으로 퇴각한 상태라고…."

참석자들이 이 말을 듣고 경악을 했다. 대통령이 말했다.

"어이가 없는 일이요. 구국 작전이 내일모레인데…. 좌우간 안보실장의 긴급 대처에 감사하오. 이제 수습 대책을 세워 봅시다."

국방장관이 덧붙였다.

"피신은 잘하셨습니다. 이놈들이 서울까지 땅굴을 파고 내려왔다는 게 문제입니다. 안보실장 말씀대로 혹시 이놈들이 청와대를 노렸을지도 모르겠네요. 그렇지 않다면 지금쯤 전방에선 무슨 기미가 있었어야 했는데…. 즉각 알아봐야 하겠습니다. 곧바로 합참의장이 각 군에게 전방 상황을 점검한 뒤 전시 상태로 명령을 내렸다. 이어 비서실장이 청와대 경호실에 전화를 걸었다.

"그쪽 청와대는 이상이 없나?"

아무 이상이 없다는 답변을 받고 안도하는 기색이었다. 비서실장이 합참의장에게 말했다.

"지금 당장 특전단을 청와대에 파견하여 경계를 강화해야 할 것 같습니다."

합참의장이 즉시 특전 사령관에 전화를 걸었다. 이어 대통령이 말했다.

"이 기회에 땅굴의 소재를 철저히 조사해봐야겠습니다. 국정원장은 정확한 정보 수집과 안보 태세에 집중해주시오. 그리고 각 군은 최전방을 기준으로 철저한 경비와 전시 태세를 갖추도록 하시오."

그 후에 대통령은 밤늦게 청와대로 돌아왔고, 또 비서실장을 포함한 모두가 집으로 돌아갔다.

다음 날 아침, 대통령은 평상시와 같이 집무실에 일찍 출근했다. 아침 일찍 수도경비 사령관이 나타나 대통령에게 간밤에 있었던 사태 전황을 보고했다.

"새벽 1시 20분경에 땅굴로 남하한 북한 괴뢰군과 동작 국군묘지에서 교전이 있었습니다. 당시 1개 소대 병력 정도로 추측되는 북한 괴뢰군과 교전이 있었습니다. 우리의 사상자는 1명 사망, 2명이 부상을 입었습니다. 괴뢰군 사상자는 5명, 그리고 부상자는 3명입니다. 이들은 지금 병원에서 치료 중입니다. 이들로부터 곧 자초지종의 정보가 입수될 것입니다. 우리 수경사는 당시 경찰의 보고가 들어와 즉시 출동하여 교전했습니다. 지금 작전 지역에는 우리 군이 삼엄한 경비와 함께 전시 태세를 갖추고 있습니다."

준호가 말했다.

"수고했습니다. 신속한 대처에 감사합니다. 더 자세히 조사해서 보고해주시오."

"네, 알겠습니다."

언론이 땅굴 사건를 보도하자 전국에 난리가 났다. 전쟁 공포로 민심이 들끓었다. 대통령은 민심 안정과 국가안보 대책을 대국민에 고해야 했다. 대국민 발표를 즉시 했다.

"사랑하는 국민 여러분, 어젯밤 새벽에 북한군이 땅굴을 파고 동작동 국군묘지까지 침투했습니다. 다행히 우리 경찰과 군들이 신속히 대처하여 북한군은 즉시 굴속으로 퇴각했습니다. 그러나 불행히 교전 중 우리 병사 1명이 희생되었고 북한군 역시 5명이 사살되었으며, 3명을 포로로 잡아 현재 병원에서 치료받고 있습니다. 이제 곧 북한의 만행이 밝혀질 것입니다.

북한은 호시탐탐 무모한 도전을 하고 있습니다. 그러나 우리 군의 막강한 대응 태세와 전투 준비로 북한을 언제라도 물리칠 준비가 돼 있습니다. 이와 같은 기습적인 북한의 도발에도 우리는 무서울 게 없습니다. 북한은 이제 땅굴까지 팔 정도로 도전을 서슴지 않고 있습니다. 그러나 그 땅굴 작전마저도 더 이상 통하지 않습니다. 앞으로도 그들이 땅굴을 파고 도전을 해온다 하더라도 우리의 복잡한 교통 구조, 도시 구조, 고층건물 등의 수없는 장애물들이 그들의 침략을 쉽게 허용치 않을 것입니다.

나는 대통령으로서 강력히 북한에 경고합니다. 그들의 어떠한 도발에도 지지 않고 그들을 응징하겠습니다. 그들의 도발은 절대로 성공할 수 없음을 경고하는 바입니다. 국민 여러분은 강력한 우리 군을 믿고 안심하시기를 당부합니다. 감사합니다."

대통령의 대국민 발표가 끝나고 며칠이 지났다. 국정원장이 국무회의에서 말했다.

"땅굴 교전에서 부상당해 살아난 북한군의 말에 의하면 북한군은 원래 청와대 밑으로 땅굴을 파려고 했던 것으로 드러났습니다. 그들이 잘못 측정하여 국군묘지 쪽으로 팠다는 것입니다. 청와대 쪽을 비롯하여 전방 지역을 집중적으로 땅굴 탐사를 해야 할 것으로 사료됩니다."

국무회의 분위기가 갑자기 얼음으로 변했다. 침묵 속에 대통령이 말했다.

"어리석은 사람들, 대통령이 죽는다고 나라가 없어지나? 국방부와 국토부가 협력하여 이 기회에 땅굴 탐사를 철저히 조사하고 대비토록 하시오."

국무회의가 어수선한 가운데 끝났다. 국무위원들이 나가면서 웅성거렸다.

²⁸ 대통령 저격 공작

땅굴 교전이 터진 후에 국방부와 국토부는 합동으로 휴전선 일대와 청와대 일대의 땅굴을 이 잡듯이 조사했다. 때를 같이하여 국정원은 국정원대로 자체 정보 수집에 집중했다. 만약에 있을 북한의 테러 공작에 대비한 국정원의 특수 작전이었다. 또한, OKA와 OKB 정보 수집 및 교란 특공팀들 역시 북한이 남한 주요시설에 해킹해 올 것에 대비하여 특수 대책 및 해킹 백신 개발을 준비했다. 그리고 주요 행정기관 및 시설에 백신을 배부하여 북한의 해킹에 만전을 기했다. 그뿐만 아니라 만약 북한이 해킹해 온다면 그 즉시 그 출처와 위치를 확인하고 이를 역이용하여 공격하는 사이버 전쟁을 준비하고 있었다.

그러던 어느 날, OKA에서 북한의 테러 행위 정보가 입수됐다. OKA에서 이를 국정원에 보고했고, 국정원장이 곧바로 청와대로 들어가 비서실장에 전했다.

"실장님, 정보에 의하면 북한 특수공작원들이 우리 대통령을 저격하고, 동시에 원자력 발전소, 한국전력, 그리고 수자원 운영시스템을 해킹하여 작동을 마비시키는 계획을 OKA가 입수했다 합니다. 지금 OKA가 자세한 정보를 추적 중입니다."

비서실장이 말했다.

"아, 그래요? 우선 각하께서 위험할 수도 있으니 즉시 경호원을 강화하겠습니다. 그러나 이 문제는 원래 국정원 소관이나, 이미 OKA에서 그 정보를 입수하고 추적 중이니 OKA로 하여금 빨리 그 출처와 공작원을 추적도록 합시다. 나는 각하께 이를 보고하고 각 정부 산하기관 및 관계기관에 즉시 1단계 사이버 테러 방어 조치를 하겠소."

"알겠습니다."

국정원장이 물러가고 비서실장이 이 사실을 대통령에게 보고했다. 그리고 곧바로 본부장이 OKA와 OKB 소속장들을 통신기로 불렀다.

"OK, 여기는 OK 상황 본부다. OKA, OKB 동시 나와라, 오버."

"OK, 여기는 OKA, OKB다, 오버."

"지금 즉시 OKA, OKB는 해킹 및 테러 정보에 각별하게 신경 쓰고 대응하라. 만일 사이버 테러를 받았다면 즉시 그 발원지를 추적하여 보고하라."

"OK, 본부. 알았다, 오버."

며칠 후에 OKA와 OKB는 정보 수집과 전파 잡기에 여념이 없었다. 그 무렵이었다. 1호기 원자력 발전소와 한국전력 운영시스템에 해킹 공격이 들어왔다는 보고를 받았다. OKA와 OKB가 그 즉시 발전소와 한국전력 운영시스템을 연결하여 그 해킹과 전자파를 분석하고 발원지를 잡아냈다. 발원지는 중국 북경 ××× 지점의 한 건물이었다. OKA의 추적에 의하면, 이는 중국 주재의 북한 사이버 테러단으로 판명되었다. 이를 상황본부와 정보원에 보고했다.

"OK, 여기는 OKA다. OK 본부, 국정원 나와라, 오버."

"OK, 여기는 OK 본부, 국정원이다, 오버."

"확실한 특수정보 입수다. 전파 정보 분석에 의하면, 이번 원자력 발전소와 한국전력 해킹은 중국 주재 북한 사이버 테러단 소행이다. 그런데 또 다른 첩보가 그곳으로부터 접수됐다. 이는 우리 정부 요인을 제거하라는 지시다. 그 목표가 대통령임이 틀림없다. 그 발원지는 중국 북경시 ×××가 ×××번지 ××× 빌딩이다. 오버."

"OKA, 알았다. 지금부터 비상사태로 돌입한다. 수시로 보고하라, 오버."

"알았다, OK 본부."

작전 상황본부에 비상이 걸렸다. 본부장이 대통령 일정관리 비서에게 연락하여 대통령의 외부 방문 일정을 조사하라 했다. 그리고 본부장은 우선 급한 것부터 처리하기로 했다. 본부장은 OKB, OKD, OKE 각 소속장을 통신기로 불렀다.

"OK, 여기는 OK 본부, OKB, OKE, OKD2, 그리고 OKD1 동시에 나와라, 오버."

"OK 본부, 여기는 OKB, OKE, OKD2, OKD1이다. 오버."

"OKB, OKE, OKD2, OKD1, 잘 들어라, 지금 즉시 작전 개시다. 대통령 제거 특수정보가 입수됐다. OKB, OKE, OKD2, OKD1은 즉시 실전 투입 특공작전에 돌입한다.

현재 23시, 목표 위치는 중국의 북경시 ×××가 ×××번지 ××× 빌딩이다. 작전 타임은 익일 02시까지다. OKB는 즉시 그곳에 전파 교란 작전을 개시하라. 20분 후에 OKE는 10명이 1조가 되는 특공팀을 목표 위치에 낙하시켜 시설 파괴 특공 임무를 개시한다. 뒤이어 20분 후인 23시 40분에 OKD1 10명이 1조가 되어 목표지점에 투입, 북한 사이버 테러단을 생포하여 귀대한다. 유사시 사살해도 좋다. 오버."

"OK 본부, 알았다 오버. 작전 개시한다."

특공작전의 명령이 떨어지고 특공작전이 개시됐다. 잠시 후, OKE 시설 파괴 특공팀을 태운 스텔스 헬기가 하늘에 뜨는 모습이 상황본부실 화면에 잡혔다. 그리고 20분 뒤, 또 다른 스텔스 헬기 한 대가 OKD1 납치 특공팀을 태우고 목표지점을 향해 떠나는 것이 화면에 감지됐다. 그리고 잠시 후, 북경의 목표 위치에서 OKE 특공대원들이 전기, 전자 시설을 차단하는 모습이 보였다. 곧이어 스텔스 헬기로 보이는 비행체가 지붕 위에 앉았다. OKD1 납치 특공대원들이 재빠르게 옥상에서 건물 내로 침투했다.

잠시 후, 어둠 속에서 특공대원들의 레이저건 빛이 보이며 동시에 총소리도 들렸다. 뒤이어 실내로 들어간 특공대원들이 적 공작원 3명을 사살하고 2명을 생포하여 퇴각하는 모습이 화면에 보였다. 이때 상황실 본부에서 급히 OKD1 특공팀에게 통신했다.

"OK, 여기는 OK 본부다, OKD1 나와라, 오버."

"OK, 여기는 OKD1다, 오버."

"OKD1, 조심하라, 지금 5명의 적들이 3층에서 뒤쫓고 있다. 빨리 헬기로 귀대하라, 오버."

"알았다, 오버."

한 시간 후, 스텔스 헬기가 작전을 완수하고 2명의 생포된 적 공작원과 귀대했다. 그리고 잠시 후 OKD 소속장이 본부에 보고했다.

"OK, 여기는 OKD다, OK 본부 나와라, 오버."

"OK, 여기는 OK 본부다, 오버."

"특공작전 완료. 적 사살 8명, 생포자 2명. 지시 바란다, 오버."

"생포자들을 국정원에 인계하라, 오버."

"알았다, 오버."

상황실의 본부장이 즉시 국정원장을 불렀다. 국정원장과 전화로 그간의 상황을 설명하는 눈치였다. 그리고 생포된 공작원들로부터 대통령 제거 지시에 대한 상세 정보를 즉시 알아내라고 지시했다. 국정원 지하 취조실, 생포자들이 격리된 방에서 각각 달리 취조를 받고 있었다. 상세한 대통령 제거 정보를 알아내기 위해 당근과 채찍으로 취조하고 있었다. 하루가 급한 상황이었다.

그리고 다음 날이 되었다. 드디어 생포자 1명이 토로했다. 국정원장이 본부장을 찾아와 상세한 정보를 말해줬다.

"본부장님, 알아냈습니다. 북한 공작원이 노리는 것은 대통령 암살이었습니다. 대통령의 육사 졸업식 축하 연설 때에 대통령을 저격하라는 정보를 알아냈습니다."

본부장이 어이없다는 듯 말했다.

"그렇지. 결국에는 그랬구먼, 알았소. 특별 조치하겠소, 고맙소."

본부장이 작전 소속장들을 또 불렀다.

"OK, 여기는 OK 본부다. OKC, OKD1 동시 나와라, 오버."

"OK, 여기는 OKC, OKD1다, 오버."

"××월 ××일 오전 10시, 대통령께서 육사 졸업식에서 연설하신다. 그때, 북한공작원들의 대통령 암살 정보가 있다. 이를 방어하기 위해 OKC에서는 방탄유리 연설대를 설치하라. 또한, OKD1는 반경 500m 내에서 모든 수색을 즉시 실시하라. 그리고 연설 당시 각 위치에서 저격자를 포착하여 생포 혹은 사살하라, 오버."

"알았다, 오버."

육사 졸업식이 ××월 ××일로 돌아왔다. OKD1 특공대원들이 사복으로 비밀리에 여기저기 배치되어 있었다. 그들은 대통령 저격수를 사살 혹은 생포하려고 온갖 열을 올렸다. 그러나 아직도 그들의 거점을 확보하지 못했다. 예정대로 대통령의 축하연설은 시작됐다.

그리고 10분 후, 2발의 총성이 났다. 총소리는 연설대 중앙 정면 건물 쪽에서 났다. 연설대 중앙 방탄유리에 총알 한 발이 명중됐다. 대통령의 머리가 표적이었다. 대통령은 연단 밑으로 고개를 숙였다.

총소리와 동시에 경호원들이 대통령을 보호했다. OKD1 특공대원들이 재빨리 총소리가 난 건물 쪽을 에워쌌다. 교전이 일어났다. 이윽고 테러 공작원 한 명이 사살됐다. 그리고 OKD1 대원들이 또 다른 위치에 있었던 저격수 한 명을 뒤쫓았다.

잠시 후, 경호원들이 대통령을 피신시키고자 청했으나, 대통령은 거절하고 다시 연설대에 올랐다. 테러의 잔연에 졸업생들이 무척 불안해 보였다. 그래서 대통령은 이들을 격려하고 다독였다. 그들은 장래 나라를 앞장서서 지켜나갈 인물들이었다. 대통령의 굳센 모습에 졸업생들도 이윽고 안심하고 침착해졌다.

대통령의 연설이 끝난 후, 육사 졸업생들은 각기 모자를 하늘 높이 던지며 환호했다. 연설을 끝낸 대통령의 얼굴은 아직도 상기되어 있었다. 대통령이 한마디 했다.

"미친놈들, 나만 죽이면 끝나나? 미련한 독종들…."

29 마지막 회의

초겨울이었다. 통일 구국 통일 작전의 D-day가 다가왔다. 그간 혼란 스럽던 정치계도, 사회도 빠르게 안정되었다. 국민들에게 새로운 정신 의식이 자리 잡았다. 윤리 도덕의식이 고취되어 국민계몽으로 이어졌다. 가정과 사회, 국가의 질서와 기강이 잡혀가고 있었다. 사회 악행, 사기, 절도, 성추행, 폭행 등의 사회 범죄도 재활훈련원 덕에 현저히 줄었다.

한편, 극 비밀리로 추진되어 왔던 구국통일 특공작전도 이제 실전투 입 단계로 접어들었다. 이제 사생결단, 대통령의 결단과 명령만 남았다. 대통령이 본부장을 불렀다.

"본부장님, 오늘 저녁 7시, 전 소속장은 물론 육·해·공군, 해병대 사 령관과 이번에는 각 군 사단장들까지 모두 모여 마지막 특공작전 회의 를 합시다. 장소는 상황본부실."

"알겠습니다."

7시 상황본부실. 모두가 엄숙한 모습으로 모여들었다. 이윽고 본부장 이 말했다.

"대통령 각하께서 등단하시겠습니다."

대통령이 등단하여 간단히 말했다.

"여기에 모인 각 소속장과 군사령관 여러분, 그간 여러분의 피나는 노고에 우선 감사를 드립니다. 아시다시피 우리는 조국과 민족, 나라와 백성을 위해 마지막 조국의 희망, 구국통일 특공작전을 비밀리에 수행해 왔고, 또 성공리에 준비를 마쳤습니다. 여러분의 극비 보안에 다시금 감사드립니다. 이제 D-day도 얼마 남지 않았습니다. 조국의 운명이 다가오고 있습니다. 그래서 오늘은 중대 발표를 하려 합니다. 그리고 오늘 우리는 마지막 특공작전 훈련을 볼 것입니다. 중대 발표라 함은, 저는 D-day 2~3일 전에 직접 북한에 다녀오겠습니다. 가서 김정은과 마지막 담판을 짓겠습니다. 전쟁이 아닌 평화적 통일과 자유민주주의제를 그에게 마지막으로 제안할 것입니다. 그래도 만일 그가 거절한다면 저는 즉시 구국통일 특공작전을 명령하여 실천에 옮기겠습니다. 하루라도 빨리 굶어 죽어가는 북한 주민을 구하기 위해서입니다. 조국의 앞날과 후손들의 미래를 위해서 하루라도 빨리 그토록 염원하는 한반도 통일을 이루고 싶습니다. 그래서 마지막으로 여러분을 이 자리에 모셨습니다. 우리 다 같이 마지막 구국통일 특공작전을 연습해 봅시다. 이상입니다."

곧이어 본부장이 단계별 특공작전을 설명했다.

"첫째, D-day 3일 전에 미국에 일방적 구국작전을 통보함과 동시에 유사시 미 군사 지원을 요청하는 사절단을 파견합니다. 동해상에 미 항공모함과 핵잠수함 배치함과 동시에 일본의 오키나와 기지로부터 고공 스텔스 폭격기 B-52, 스텔스 전폭기 F-22, 대공 대응전략을 위해 Pac-2, Pac-3, 사드를 요청할 것입니다.

둘째, 적지에 OKD1 특공대원 투입 1시간 전, 우리 OKB의 고공 스텔스 정찰기와 지상 스텔스 장갑 정찰기가 배치되어 적의 동태를 면밀하게 살필 것입니다.

셋째, 작전 실시 20분 전에 고공 정찰기와 지상 정찰기의 합동 지휘 하에 OKA와 OKB가 적지의 통신 시설을 전파로 교란합니다.

넷째, OKB 작전 개시 20분 후, OKE가 적진에 투입, 시설 파괴를 실 행합니다.

다섯째, OKE 작전 개시 20분 후, OKD1이 적진에 투입, 납치 작전을 수행합니다.

여섯째, OKD1 작전 개시 20분 후, OKF가 북한 내 홍보물 및 식량 을 투하합니다. 이때, OKB의 고공 스텔스 정찰기와 지상 스텔스 장갑 정찰기에서 북한 방송 전파를 역이용하여 북한 전 지역에 TV 홍보 및 라디오 방송을 합니다.

일곱째, OKB의 대북 방송 개시와 동시에 우리 육해공, 해병대 전군 이 일시에 지상, 해상, 공중에서 북진하여 순식간에 북한 전역을 장악 합니다.

여덟째, 북한 점령이 확인된 즉시 OKE와 OKH, 그리고 OKI가 연이 어 파괴한 시설 복구와 행정 및 시민 봉사를 위해 북한으로 가서 사회 안정과 행정 지원에 나섭니다.

아홉째, 구국 통일 작전이 성공되면 3일 이내에 한반도 통일을 알리 는 국제사절단을 유엔 및 각국에 파견합니다. 이상이 간략한 구국 작 전의 단계별 특공작전이 되겠습니다. 지금까지 말씀드린 본 작전 계획 은 여러분의 목숨과 같습니다. 그만큼 극비에 실천해야 한다는 말씀입 니다. 조국과 민족, 나라와 백성이 죽느냐 사느냐 하는 중대한 역사적 대업입니다. 여러분에게 조국의 운명을 맡깁니다. 그럼 지금부터 마지막 구국 통일 훈련 작전을 실시하겠습니다."

본부장의 설명이 끝났다. 그러나 분위기가 어수선했다. 대통령이 마지막 담판을 짓기 위해 북한에 간다는 말에 모두가 반대하는 기색이었다. 본부장을 에워싸며 각 소속장들이 대통령 북한 방문 건으로 항의하기 시작했다. 본부장이 한마디 했다.

"저 역시 극구 반대인 것은 마찬가지입니다. 그러나 대통령께서 조국과 민족, 나라와 백성을 위해 결심하셨습니다. 저 역시 계속 만류할 생각입니다. 그래도 정 가시겠다면 가신 후 유사시에 우리가 준비한 구국특공작전을 사전에 실시하여 대통령의 신변을 보호할 수도 있습니다. 그러니 지켜보십시다."

본부장의 부연 설명에 참석한 참모들의 항의가 수그러들었다. 그리고 이어서 본부장이 작전 준비 보고를 명령했다. 본부실의 참석자들은 조용해졌다.

"OK, 여기는 OK 본부, OKA 소속장이다. 작전 준비 보고하라, 오버."

"OK. 여기는 OKA 특공팀, 작전 준비 완료. 이상 무, 오버."

"OK, 대기하라."

뒤를 이어 소속 부대별로 준비 완료 보고가 이어졌다. 이윽고 특공산하 전 소속 부대, 그리고 각 군사령관의 작전 준비 완료 보고가 끝이 났다. 이제 특공작전 실시 명령만 남았다. 드디어 본부장이 작전 명령을 내렸다.

"OK, 여기는 OK 본부, 본부장이다. 전 소속장들과 3군 사령관들은 모두 동시에 나와라, 오버."

"OK, 여기는 전 소속장들과 3군 사령관들이다. 오버."

"오늘의 작전 실시 목표지점은 60곳이 아닌 3곳으로 제한한다. 3곳은 이미 지시된 바로다. 오버."

"OK, 알았다. 알았다, 오버."

"그럼 지금부터 작전 개시다. 각 소속별 명령 대기하라, 오버."

"OK, 알았다. 알았다, 오버."

드디어 본부장이 작전 명령을 내리기 시작했다. 대통령이 의자에 앉아 지켜봤다. 상황실에 있는 소속장들과 사령관들이 명령 하달과 지시를 기다리고 있었다. 드디어 본부장이 손짓하며 작전 개시 명령을 했다.

"OK, 여기는 OKA 특공팀, 오버."

"작전을 실시하라. 현재 시각 01:00, 완료 타임은 추후 명령에 따른다. 지금 이후 모든 정보는 신속하게 OK 본부, 해당 소속장에 즉시 보고하라, 오버."

"OK, 알았다, 오버."

"OK, 여기는 OK 본부, OKB 소속장이다. OKB 나와라, 오버."

"OK, 여기는 OKB 특공팀, 오버."

"작전을 개시하라. 작전 목표지점은 3곳, 파란색 신호로 상황판에 표시된다. 지금 시간은 01:00, 작전 완료는 05:00까지다. 전파 교란, 지상 정찰 장갑차, 고공 정찰기를 즉시 출격하라, 오버."

"알았다, 작전을 개시한다. 오버."

상황실 상황판에 파란색이 뜨며 즉시 교란 작동이 실시되었다. 또한, 지상 스텔스 정찰 장갑차 1대가 깃발만 보이며 최전방에서 정찰 활동을 하는 것이 상황판에 나타났다. 그리고 즉시 번호만 보이는 고공 스텔스 정찰기 1대가 하늘로 치솟았다. 정찰 작전을 위해서였다. 이윽고 OKB 소속장이 특공대원을 시켜 작전 지역 내의 전화 통화 여부를 확인시켰다.

"모두 불통입니다, 소속장님."

이때, OKB 소속장이 본부장에게 말했다.

"이제 작전 지역 내 전파 및 통신 모두가 불통되었습니다."

본부장이 알았다는 듯 고개를 끄덕였다.

뒤이어 20분 후, OKE 소속장이 작전 명령을 지시했다.

"OK, 여기는 OK 본부, OKE 소속장이다. OKE, OKD2, 동시에 나와라, 오버."

"OK, 여기는 OKE, OKD2다. 오버."

"작전을 실시하라, 파괴 목교 지점은 3곳, 노란색 신호로 상황판에 표시된다. 현재 시각 01:20, 02:20까지 작전을 완수하라. 오버."

"알았다, 작전을 실시한다, 오버."

이윽고 상황판에 노란색 신호가 떴다. 곧이어 흐릿하게 보이는 스텔스 헬기 3대(#1~#3번)가 번호와 문만 뚜렷하게 보인 채 출격 준비를 했다. 또한, 3대의 스텔스 전폭기(#1~#3번)가 역시 똑같이 출격할 준비를 했다. 곧이어 파괴 목적 특공대원들이 1조에 10명씩 번호별로 각 헬기에 탑승하는 모습이 상황판에 뚜렷이 나타났다. 그리고 순식간에 작전 지역을 향해 헬기와 전폭기가 날아갔다.

20분이 지난 후, OKD 소속장이 작전 명령을 내렸다.

"OK, 여기는 OK 본부, OKD 소속장이다. OKD1, OKD2, 동시에 나와라, 오버."

"OK, 여기는 OKD1, OKD2 특공팀이다, 오버."

"작전을 개시하라. 납치 목표지점은 3곳, 빨간색 신호로 상황판에 표시된다. 현재 시각 01:40, 02:40까지 작전을 완료한다. 오버."

"알았다. 작전을 실시한다. 오버."

이윽고 상황판에 빨간색 신호가 떴다. 곧이어 스텔스 헬기(#4~#6번)의 번호만 보였다. 뒤이어 특공대원들이 1조에 10명씩 스텔스 헬기 번호별로 각각 탑승하는 모습이 상황판에 뚜렷이 보였다. 또한, 이들을 호위할 스텔스 전폭기(#4~#6번)가 역시 번호만 뚜렷이 보인 채 동시에 출격할 준비를 하고 있었다. 그리고 순식간에 작전 지역을 향해 날아갔다.

또다시 20분이 지난 후, OKF 소속장이 명령을 내렸다.

"OK, 여기는 OK 본부, OKF 소속장이다. OKF, OKD2, 동시 나와라, 오버."

"OK, 여기는 OKF, OKD2다. 오버."

"작전을 개시하라. 홍보 및 식량 낙하 목표지점은 3곳, 흰색 신호로 상황판에 표시된다. 현재 시각 02:00, 03:00까지 작전 완료다. 오버."

"알았다. 작전 실시한다. 오버."

이윽고 상황판에 흰색 신호가 떴다. 곧이어 스텔스 수송기(#1~#3번)가 번호만 보인 채 출격준비를 마쳤다. 이윽고 수송기 번호별로 1조가 10인씩 재빠르게 탑승하는 모습이 보였다. 또한, 호위용 스텔스 전폭기(#7~#9번)가 역시 번호만 보인 채 동시에 출격할 준비를 마쳤다. 그리고 순식간에 동시에 작전 지역을 향해 날았다.

이때, OKB 소속장과 OKD 소속장이 시계를 들여다봤다. 홍보물 및 식량 낙하와 동시에 대북방송을 펼치며 전군이 북진 점령을 장악할 때가 되었기 때문이었다. 이윽고 OKB 소속장이 명령을 내렸다.

"OK, 여기는 OKB 본부다. OKB 나와라, 오버."

"OK, 여기는 OKB 특공팀이다. 오버."

"지상 스텔스 정찰 장갑차는 즉시 대북 방송을 실시하라. 현재 시각 02:00, 05:00까지 계속 방송하라, 오버."

"알았다, 오버."

이윽고 상황본부의 TV와 라디오에서 북한 전 인민에 전송되는 대북 방송이 흘러나왔다. 방송들을 확인한 본부장이 직원을 시켜 끄라고 지시했다. 작전 진행에 방해됐기 때문이었다.

뒤이어 동시에 OKD 소속장이 또 다른 작전을 명령했다.

"OK, 여기는 OKD 소속장이다. OKG1, OKG2, OKG3 작전실, 모두 동시에 나와라, 오버."

"OK, 여기는 OKG1, OKG2, OKG3 작전실이다. 오버."

"전 3군은 즉시 적진을 점령하라. 목표지점은 3곳으로 OKG1은 검은색, OKG2는 보라색, OKG3는 초록색 신호로 상황판에 표시된다. 현재 시각 02:00, 05:00까지 점령 완료다. 전군은 점령 장악 후 각각 보고하라, 오버."

"알았다. 작전을 개시한다."

이윽고 상황판에 검은색(육군·해병대), 보라색(공군), 초록색(해군)이 떴다. 이윽고 전방 부대의 육군, 해병대의 출격 준비 중인 스텔스 전략 무기들, 스텔스 탱크, 스텔스 장갑차, 스텔스 전차, K-9 고사포 등이 번호들만 보인 채 전진하고 있는 모습이 포착됐다. 그리고 특수부대 대원들이 트럭 위에 앉아 북진하는 모습도 보였다. 동시에 공군의 스텔스 폭격기들과 고공 스텔스 전폭기들이 역시 번호가 보일 듯 말 듯하며 하늘을 나는 날쌘 모습도 화면에 떴다.

서해, 동해 상에서는 해군의 최첨단 스텔스 함대들, 스텔스 잠수함들이 역시 번호만 흐릿하게 보인 채 상륙부대원을 태우고 적지의 항만을 향해 힘차게 발진했다. 그리고 잠시 후 해병대 상륙 부대가 스텔스 수륙상륙정을 타고 적지의 해변에 상륙했다.

이번에는 OKH 소속장이 시계를 봤다. 그리고 명령을 했다.

"OK, 여기는 OK 본부, OKH 소속장이다. OKH 나와라, 오버."

"OK, 여기는 OKH다, 오버."

"작전을 실시하라. 피해 복구 목표지점은 3곳, 남색 신호로 상황판에 표시된다. 현재 시각 02:20. 03:20까지 작전 완료하라, 오버."

"알았다. 작전을 실시한다, 오버."

이윽고 번호만 보이는 스텔스 헬기 3대(#7~#9번)에 1조 10명씩 특공대원이 탑승하는 모습이 보였다. 역시 번호만 겨우 보일 듯 말 듯한 스텔스 전폭기 3대(#10~#12번)가 출격 태세를 했다. 그리고 곧이어 헬기와 함께 폭격기가 동시에 작전지를 향해 날아갔다.

이때, OKE의 작전 완료 보고가 들어오기 시작했다.

"OK, 여기는 OKE#2다. 작전 완료다, 오버."

"OK, 여기는 OKE 소속장이다. 수고했다. 즉시 귀대하라, 오버."

"OK, 여기는 OKE#3다. 작전 완료다, 오버."

"OK, 여기는 OKE 소속장이다. 수고했다. 즉시 귀대하라, 오버."

OKE의 작전 완료 보고가 계속 들어왔다. 그리고 그때 OKD1-#3에서 보고가 들어왔다.

"OK, 여기는 OKD1-#3이다, OKD본부 나와라, 오버."

"OK, 여기는 OKD 본부다, 오버."

"작전 완수다, 오버."

"즉시 귀대하라, 오버."

이때 뒤이어 빨간색이 깜빡거리며 OKD1-#2에서 긴급 보고가 들어왔다.

"OK, 여기는 OKD1-#2이다. OKD1 나와라, 오버."

"OK, 여기는 OKD1 본부다. 무슨 일인가? 오버."

상황판에 OKD1-#2 특공팀의 활동상황이 나타났다. 특공대원 2명이 납치인을 호송했다. 동시에 적들과 심한 교전을 하며 힘겹게 헬기를 향해 움직이고 있는 모습이 보였다.

"OK, 여기는 OKD1-#2이다. 납치인 #2와 함께 헬기로 귀대 중이다. 그러나 적의 공격 수가 너무 많다. 납치인과 함께 헬기 귀대가 위험하다. 지원 즉시 바란다, 오버."

"알았다, 오버."

OKD 소속장이 즉시 OKD1-#2를 호위하는 스텔스 전폭기 #2를 불렀다.

"OK, 여기는 OKD 본부다, 스텔스 전폭기 OKD1-#2, 즉시 나와라, 오버."

"OK, 여기는 OKD1-#2다. 오버."

"OK, 여기는 OKD 본부다. OKD1-#2에 문제가 발생했다. 긴급상황이다. 스텔스 폭격기 #2는 지금 즉시 XY 위도 ×××, ××× 지점에 OKD1-#2를 호위하고 공격해오는 적군을 괴멸하라, 오버."

"알았다, 오버."

OKD1-#2 목표지점은 북한 지점을 가상한 인천 ××× 건물이었다. 납치인 #2를 납치하는 위치였다. 뒤이어 OKD1-#1 특공팀의 납치 완료 보고가 들어왔다.

이때 본부장이 시계를 봤다. 현재 시각 02:50이었다. 지금쯤 OKE와 OKD1 특공팀들이 특공 미션을 완수해야 했다고 생각했다. 이는 곧 OKD1-#2를 제외하고는 모든 작전이 성공했다는 의미였다. 문제가 발생한 곳은 오직 OKD1-#2 뿐이었기 때문이었다. 상황판에 OKD1-#2의 작전 지역에서 스텔스 전폭기 #2이 가담하면서 조명탄이 터지며 마치 불바다가 된 듯 화염에 싸이는 모습이 보였다.

그리고 10분 후, 드디어 적군을 제압하고 OKD1-#2 특공대원들이 피납인 #2과 헬기에 오르는 모습이 보였다.

OKH 작전 개시 후 2시간 40분이 지났다. 상황실 벽시계가 17:00를 가리키고 있었다. 이때였다. OKI 소속장이 명령을 내렸다.

"OK, 여기는 OK 본부, OKI 소속장이다. OKI 나와라, 오버."

"OK, 여기는 OKI다, 오버."

"작전을 개시하라. 목표지점은 3곳, 상황판에 주황색 신호로 상황판에 표시된다. 현재 시각은 05:00, 작전 완료는 추후 지시 명령에 따른다. 오버."

이어 번호만 보이는 스텔스 헬기(#1~#3) 안으로 OKI 특공 행정요원들과 시민봉사자들이 문 안으로 들어가는 모습이 보였다. 그리고 이들을 호위할 스텔스 폭격기도 동시에 출격 준비를 했다. 잠시 후, 헬기와 수송기, 전폭기가 차례로 하늘에 치솟으며 적지로 향했다. 최종 작전 훈련은 이것으로 막을 내렸다. 상황실에 모인 모두가 박수갈채를 보냈다. 대통령도 만족한 듯 또한 열심히 손뼉을 쳤다. OKD 소속장이 신난다는 듯 큰 소리로 말했다.

"이제 김정은은 갔네…"

"그래, 맞어, 맞어…."

모두가 한목소리로 맞장구쳤다.

30 눈치챈 미국 CIA

 D-day 작전 며칠 전이었다. 주한 미국 대사가 예고 없이 외무장관을 찾았다. 장관이 반갑게 대사를 맞았다. 둘은 날씨 얘기를 시작으로 대화하다가 대사가 방문한 목적을 말했다.

 "장관님, 본국으로부터 수상쩍은 통보를 받았습니다. 사실 확인차 방문했습니다."

 "무슨 문제라도?"

 "지난달 2차례에 걸쳐 Pac-2, Pac-3 미사일 운영 시스템에 이상이 생겼다는 것입니다. 내용인즉, 2번에 걸쳐 전파 교란을 당하여 운영 시스템에 제동이 걸렸다는 보고였습니다. 수상한 것은 전파 교란 당사자를 추적해 본 결과, 북한도 중국도 아닌 한국이었다는 점입니다. 이것이 남한 내의 간첩 소행인지, 아니면 또 다른 이유인지 알아보기 위해 찾아왔습니다. 이는 북한의 미사일 발사 대응에 중요한 일이기 때문입니다. 그래서 주한 미군 사령부에서 본국에 국방부 정보국에 보고했고 제게 통보해 왔습니다. 혹시 아시는 정보라도 있으면 해서…"

 "아, 그 문제라면 별로 걱정을 안 하셔도 될 듯싶습니다. 대민안전을 위해 만약 북한이 핵미사일을 남한에 발사했을 때를 생각하여 지난달 약 30분 동안 민방공 훈련과 동시에 전파 교란 훈련이 있었다는 보고를 받은 적이 있습니다. 전파 교란은 적 침투 시 적의 통신 수단을 차단키 위한 일종의 민방위 훈련이었다 합니다. 저는 그것밖에는 더 이상 아는 것이 없습니다만…."

"아, 그랬군요. 그런데 문제는 본국 CIA에서는 달리 보는 견해가 있는 듯하여 혹시 해서…. 한번 국방부와 자세히 알아봐 주셨으면 해서…."

"예, 그렇게 하겠습니다."

대사를 배웅한 외무장관 역시 의아했다. 당시 스마트폰이 안 돼서 주위에 물어본 결과, 민방위 훈련 때문에 일시 불통이 되었다는 소리를 들은 적이 있는 장관이었다. 그런데 지금 대사의 말에 의하면 Pac-2, Pac-3 등 미사일 발사 대응 운영 시스템까지 작동되지 않았다는 소리에 외무장관도 의심이 간 것이다. 대공 미사일 방어 체제가 작동불능이었다면 이는 심각한 일이라 생각했다. 북한의 핵미사일이 남한에 떨어졌을 때를 생각하니 아찔했다. 장관은 대사와 있었던 대화를 청와대에 보고할 겸 청와대로 대통령을 찾았다.

"어, 장관님. 어서 와요."

"각하, 오늘 주한 미 대사가 저의 부서에 와서 미국 CIA를 운운하며 심각한 문제를 말하더군요. 내용인즉, 지난달 2차에 걸쳐 Pac-2, Pac-3 미사일 발사 운영 시스템이 전파 교란으로 작동 불능이 됐다는 겁니다. 그러면서 그는 이는 중국도, 북한 소행도 아닌 우리를 의심하는 미 정보처의 판단이라며 확인차 저를 찾아왔었습니다."

장관의 설명에 대통령은 무슨 일이었는지 알아차렸다. 구국 작전 연습 훈련 시에 있었던 OKB의 전파 교란 특공작전 때문이라 생각했다. 아차 싶었다. 외무장관은 처음부터, 그리고 지금까지도 구국 통일 작전 비밀을 모르고 있었기 때문이었다. 작전상 해당 부서가 아니었고, 또 최대한 기밀을 유지키 위해 장관들에게도 극비로 했던 것이었다. 그 생각도 잠시, 대통령은 OKB 소속의 전파 교란 작전이 그렇게 큰 실효를 나타낼 줄을 몰랐다. 내승 속으로 흐뭇했다. 한참 후, 대통령은 장관에게 나 역시 잘 모르는 일이란 식으로 말했다.

"장관께서 대사한테 잘 대답을 했군요. 실은 나도 ××월 중 그것도 야간에 특수 민방위 훈련을 했다는 보고만 받았어요. 이번엔 특별히 북한의 미사일 도발에 대비한 훈련이라면서⋯. 그런데 Pac-2, Pac-3 운영 시스템이 작동 불능까지 될 정도의 전파 교란이라면 그 역시 중대한 문제군요. 내가 그 연유를 자세히 알아보겠소. 여하튼 얘기해줘서 고맙소."

"그런데 각하, 문제는 미 CIA 정보팀이 한국 내에서 무슨 일이 일어났는지 알아보고 있다는 점이 문제인 듯싶습니다."

"아, CIA까지 동원됐다고요? 허, 허, 할 일도 없군. 그렇잖아도 미 대통령을 만날 일이 있는데⋯. 걱정하지 마시오. 내 한번 알아보겠소."

외무장관이 청와대를 떠났다. 대통령은 속으로 올 것이 왔구나 생각했다. 어차피 구국통일 특공작전의 실시 전에 미국 대통령을 만나 특공작전을 말하고, 만약의 사태에 대비해 미국의 지원요청을 부탁할 참이었다. 대통령은 비서실장을 불렀다.

"실장님, D-day 5일 전에 미 대통령을 급히 만나 봐야 할 것 같소. D-day 3일 전에 한국에 돌아올 수 있도록 지금 곧 미국과 연락하여 일정을 잡아주시오."

"예? 그렇게 빨리요? 일정이 너무 임박한 듯싶네요. 노력해보겠습니다. 헌데 D-day도 얼마 남지를 않았는데, 무슨 일로 그렇게 급히?"

"좀 전에 외무장관의 보고에 의하면, 미국에서 우리의 구국 통일 작전 훈련 시에 전파 교란을 했던 사실을 눈치챈 것 같소. 작전 훈련 시 전파 교란으로 그날 모든 스마트폰이 일시 불통이 되지 않았소? 그때 Pac-2, Pac-3의 운영시스템이 작동이 불능이 됐던 모양 같소. 그래서 하는 소리일 거요. 어차피 D-day 전에 미 군사 지원도 받아야 하고…. 내가 잠깐 미국에 다녀와야 할 것 같소."

"알겠습니다. 곧바로 수속하겠습니다."

대통령은 미 대통령을 만나 솔직히 구국통일 작전계획을 말하고, 그 참에 유사시 전쟁 대비 군사 지원을 해달라는 간청을 할 참이었다. 우리의 구국 작전은 조국의 앞날과 후대의 희망을 위해 하지 않으면 안 된다는 대통령의 결심을 미 대통령에게 솔직히 말해야겠다고 생각했다.

D-day 7일 전, 대통령은 미국 대통령과의 밀담을 위해 비밀리에 미 대통령과 담판을 짓기 위해 미국으로 떠났다. 그리고 백악관을 방문하여 미 대통령을 은밀히 만났다.

"사랑하는 대통령 헨리, 잘 지냈소? 몸은 건강하오?"

"Oh, fine, thank you. and how about you?

"I'm fine too, thanks."

"So, what's up? why you visit suddenly?"

"This might be my last visit to see you before I die."

"What? you die?"

웃음기 없는 대통령의 진지한 말에 헨리가 웃었다가 갑자기 눈이 휘둥그레지며 정색했다. 준호가 비장한 어조로 말했다.

"사실대로 말하면 내가 방금 한 말이 사실일지 모르오. 사실 이번 미국 방문은 이 일 때문에 왔어요."

헨리 미 대통령이 진지한 표정으로 준호를 뚫어봤다. 그리고 물었다.

"왜? 뭔데? 왜 그래요, 김."

"나 이번에 구국통일 특공작전으로 북한 김정은을 위시하여 정권 실세들 모두를 남한으로 납치해 올 거요. 그리고 한반도를 통일시킬 것이오. 이들 때문에 북한 국민이 한 해에 200만여 명 이상이 굶고 있어요. 그런데도 북한은 오직 핵과 미사일만 개발하며 남한을 호시탐탐 노리며 무력 도발만 하고 있어요. 유엔과 미국 등 세계가 제재해도 김정은은 전혀 겁먹지 않고 도발만 계속하고 있어요. 이러다 김정은이 정신이 돌아 이판사판으로 핵폭탄을 남한에 날린다면 순식간에 600만 명의 목숨이 날아가서 그간 피땀으로 부흥한 한강의 기적이 삽시간에 잿더미가 되고 말겠죠.

그래서 이참에 선제공격, 구국통일 특공작전으로 북한을 점령하고 굶어 죽는 동족, 북한 주민을 살리고 한민족의 숙원인 남북통일도 달성할 거요. 그래서 만약 작전이 실패하여 전면 전쟁이 발생한다면, 이때 미국의 지원이 절대 필요하기에 이를 부탁하기 위해 미국에 왔소. 미국의 전략 무기들을 대기해뒀다가 유사시 지원을 부탁하오. 그리고 이는 당신과 나만의 극비 사항이요."

미 대통령, 헨리가 놀라 자빠지는 시늉을 했다. 그리고 큰 소리로 말했다.

"Are you crazy? This is going to be war, you know?"

"그래, 나도 알아요. 그러나 어쩔 수 없소. 북한은 6·25 남침 후 지금껏 핵과 미사일을 준비해왔소. 전쟁 준비만 해왔소. 그러면서 무려 880번이나 도발해왔소. 이판사판 시에는 분명 남한에 핵폭탄을 쏠 거요. 이를 사전에 막기 위해 나는 내 목숨을 하늘에 맡기고 지난 1년간 오직 구국 특공작전에만 몰두하여 훈련을 해왔소. 이제 준비는 끝났소. 기필코 조만간 결행할 거요. 그래야 한반도가 통일되고 자유민주주의가 정착할 거요. 그래서 나는 후대에 희망을 줄 거요.

우리가 특공작전 훈련 시에 한때 전파 교란을 시켰던 그때 Pac-2, Pac-3 대공 미사일 운영 시스템도 작동이 멈췄는지도 모르겠소. 이제 주사위는 던져졌소. 유사시 우리의 혈맹, 미국이 도와주지 않으면 누가 우리를 도와주겠소? 이것이 내가 당신을 방문한 목적이요."

미 대통령, 헨리가 어이없는 듯 심각한 표정이었다. 그러나 대통령은 단호했다. 미국이 군사 지원을 해주든, 하지 않든 상관없다는 식으로 배짱을 부렸다. 그리고 대통령은 말했다.

"나도 이번에 죽을지 모르오. 이번에 D-day 직전에 북한을 방문하여 김정은과 담판을 하려 하오. 그 담판 내용은 첫째가 평화 통일이요. 둘째는 통일 후 한반도 전체를 자유민주주의로 한다는 조건이요. 셋째는 김정은으로 하여금 통일 후 지도자로 세우겠다는 것이 나의 제안이요. 넷째는 통일 후 김정은이 지도자가 된 후 기존 남한의 행정 체제 및 공직자 한 사람도 해고치 못한다는 조건이오. 다섯째는 위 조건들의 약속을 위해 미국, 중국, 러시아, 일본이 연대 보증을 서는 조건이요. 그리고 마지막 여섯째는 만일 통일 후 김정은이 지도자가 된 후 위 조건 중 하나라도 위반할 경우에는 보증한 미, 중, 러, 일본이 김정은을 즉시 축출한다는 조건이요. 이렇게 해서라도 나는 민족의 숙원인 통일과 굶어 죽는 북한의 동족을 살리고 싶소."

헨리가 대통령의 단호한 결단에 어쩔 바를 몰라 했다. 그리고 말을 이었다.

"이건 전면전이야. 그렇게 각오하고 생각해봐야 하겠군."

대통령이 한마디 했다.

"99%가 그렇지 않을 수도 있소. 우리의 구국통일 특공작전이 반드시 성공할 것이니까…."

헨리가 물었다.

"미국, 우리가 할 일이 뭐겠소?"

"구국 통일 작전 D-day가 ××월 ××일 새벽 1시요. 그전에 동해에 항공모함, 핵 잠수함, 일본 오키나와에 있는 스텔스 폭격기 B-52, 스텔스 F-22 등의 출격 준비를 비밀리에 해주시오. 특공작전의 실패로 전면전이 발생할 경우, 북한을 선제 공격할 전략 자원으로 북한을 공격해 달라는 것이요."

대통령 헨리가 턱에 손을 받치고 심각하게 한참을 생각했다. 그리고 말했다.

"동맹 한국을 버릴 수 없지. 더구나 6·25 전쟁 때 우리 미군을 5만 명이나 죽게 한 땅, 우방국이 아니오. 그렇게 하겠소. 그놈, 이번엔 영원히 없애 버립시다. 아울러 이번에 당신의 납치 작전이 꼭 성공하길 기원하겠소."

"Thank you forever. You are my friend and destiny. Korea shall never forget you. Thanks forever for the Korea."

대통령이 영어로 화답하고 대통령은 됐다는 홀가분한 기분으로 급히 한국, 조국으로 돌아왔다.

31 대국민 구국 담화

D-day 3일 전이다. 어김없이 조국의 운명은 다가오고 있었다. 준호는 이미 죽을 각오가 돼 있었다. 마지막 역사에 남을 한반도 대통일의 운명을 가늠하고 있었다. 비서실장을 불러 지시했다.

"실장님, 때가 온 듯싶소. 오늘 저녁 대국민 담화 발표를 하겠소. 언론 방송에 알려 주시오."

"알겠습니다."

비서실장과 경호는 아직도 대통령이 북한에 가는 것을 반대하며 만류하고 있었다. 죽으러 가는 거라며 극구 반대하는 분위기였다. 대통령은 북한에 가기 전, 아내와 하루라도 더 같이 있고 싶었다. 아내는 아직도 남편이 왜 북한에 가는지를 알지 못했다. 그저 남북 정상회담차 북한에 가는 줄로 알고 있었다.

대통령이 모처럼 집에 왔다. 뒤뜰에 뒷산을 산책하자고 아내에게 말했다. 아내가 따라오며 준호의 손을 다정하게 잡았다. 갑자기 옛일이 생각났다. 비행기 안에서 만난 일, 미국 각 도시에서 그녀와 같이했던 일, 그리고 아름다운 낭만들이 주마등처럼 스치고 지나갔다. 지금 이 산책길에 마지막이 될지도 모른다는 생각도 들었다. 눈에 들어오는 들녘과 산야가 새삼 그리웠다. 어디선가 지저귀는 새소리까지 모두가 새로웠다.

대통령은 인생의 무모함을 생각하고 있었다. 그리고 아내가 새삼 사랑스러워 보였다.

"여보, 춥지? 봄은 아직 멀어. 추운 겨울이야."

아내는 오늘따라 남편의 예전 같지 않은 표정에 의아했다.

"웬일이셔? 한겨울에 산책을 다 하자고 하고…. 무슨 일 있어?"

"있긴 뭐, 언제나 똑같이 그렇지…."

"당신, 내일 북에 간다고? 이상하네, 왜 갑자기 북한에를?"

"비밀회담인데, 알려고 하지 마. 다 잘 될 거야."

"그래도 그렇지. 평상시 정상회담 같지가 않아서…."

"돌아와서 말할게. 이번에 북한에 가면 김정은과 좋은 일 있을 거야. 한 맺힌 이 민족, 분단된 한반도에 숨통이 터졌으면 좋겠어. 오늘도 굶어 죽어가는 북한 주민들을 생각하면 가슴이 아파. 생각해보면 이 민족은 참으로 모질고 독해."

해가 질 무렵이었다. 스산해진 날씨에 꽤 추위가 감돌았다. 추위를 피해 둘은 산책에서 돌아왔다. 비서실장이 대통령을 기다리고 있었다. 밤 8시, 대국민 담화가 있기 때문이었다. 대통령이 옷을 갈아입고 집무실 마이크 앞에 앉았다. 그리고 담화를 발표했다.

"사랑하는 국민 여러분, 저는 오늘 중대발표를 하고자 합니다. 오천년 장구한 역사, 삼천리 금수강산, 그 속에서 우리 민족은 모질고 끈질기게 한 많은 세월을 한스럽게 살았습니다. 그나마 남북이 분단되어 동족이 동족과 대적하며 지금껏 살아왔습니다. 우리는 조국통일을 얼마나 그리워하며 염원해 왔습니까? 세계를 보십시오. 모두 다 자유로운 세상 속에 살고 있습니다. 그러나 북한은 아직도 철의 장막 속에 갇혀 있고, 우리의 동족, 북한 주민들은 시름과 고통 속에서 살고 있습니다.

세상 어디에도 북한과 같이 지독한 공산주의는 찾아볼 수가 없습니다. 왜 우리가 부모, 형제 이산가족이 되어 서로가 통곡하며 살아야 합니까?

사랑하는 국민 여러분, 이제 남북은 평화적 통일을 이룩해야 합니다. 그래야 조국의 미래와 후대의 영광을 가져올 수가 있습니다. 통일은 반드시 이뤄져야 합니다. 백두에서 한라로 아름다운 발길들이 통해야 합니다. 이제 소수의 정권 야욕에서 벗어나 다수의 자유와 번영을 찾아야 합니다. 그래서 저는 결심했습니다. 북한의 지도자를 만나 담판을 짓겠습니다. 통일된 한반도에 한 나라, 한 핏줄로 살아야 한다고 말하겠습니다. 그래서 백성이 자유롭게 사는 나라로 변해야 합니다. 저는 이번에 북한을 방문하여 한반도의 평화적 통일을 제안하고자 합니다. 통일 후 북한의 통치자가 비록 새 지도자가 될지언정 마다치 않고 오직 조국과 민족, 나라와 백성을 위해, 그리고 통일을 위해 이 한목숨 바치고 싶습니다. 그래서 오천 년 역사의 한스러운 맥을 끊겠습니다. 자유로운 한반도의 새로운 역사를 쓰고자 합니다. 감사합니다.“

담화가 끝났다. TV 방송이, 언론 보도가 북새통을 이뤘다. 온 나라, 온 국민이 난리가 났다. 대통령이 무슨 말을 한 것이냐? 무슨 뜻으로 저러느냐? 어떻게 하려고 그러느냐? 죽으려 북한 가느냐 등등 나라 전체의 민심이 동요됐다.

다음 날, 청와대 역시 불난 집 그 자체였다. 장관들이 모두 몰려와 항의에 야단법석이었다. 대통령의 심중을 잘 알고 있는 몇몇 사람들은 묵묵부답으로 침묵을 지키고 있었다. 다만, 대통령의 큰 뜻에 존경할 따름이었다. 그때 쏜살같이 달려온 한 장관이 대통령에게 말했다.

“각하, 북한에 절대로 못 가십니다, 각하가 마치 북한으로 가서 세상을 하직하는 모양새입니다. 절대로 가시면 안 됩니다."

"왜요? 북한에 가면 죽기라도 한단 말이오? 또 죽으면 어떻소? 조국과 나라 위해 죽는데, 그만한 영광이 또 어딨겠소? 걱정들 마오. 잘 갔다 잘 올 테니…."

"아니, 각하, 그게 아니라 어떻게 김정은을 믿습니까?"

"남한도 또 공산주의로 넘어갈까 봐 그러슈? 그렇게는 안 될 것이요. 지금같이 자유민주주의만 지속한다면 통일 후 김정은 보고 대통령 하라지 뭐."

"어디 그게 말이나 되는 말씀입니까? 그자를 몰라서 그런 말씀을 하십니까?"

"아니면? 천년만년 조국이 분단되어 원수로 살아가야 되겠소? 남한이 북한이 원하는 공산주의로 바뀌게 된다면 미국이 가만히 있겠소? 걱정들은 마시오. 맑은 물은 여전히 흐르고 있을 테니까…."

모두가 청와대를 떠난 후, 아내의 얼굴에 눈물이 마르지 않았다. 대통령은 아내를 안심시키기에 여념이 없었다.

"걱정 마, 안 죽어. 꼭 돌아와. 의인의 길인데 하나님이 가만있겠어?"

그래도 아내의 눈가엔 눈물이 끊이질 않았다.

3 2 목숨 건 방북 밀담

D-day 3일 전이다. 김정은과 마지막 담판을 짓기 위해 북한으로 떠나는 날 아침이었다. 일행은 대통령과 경호, 그리고 특공작전에서 제외된 외무장관과 경호원 2명뿐이었다. 일행은 판문점을 통해 북한으로 넘어가기로 돼 있었다. 일행은 청와대에 모두 모였다. 떠나기 전 대통령은 비서실장을 불러 마지막 당부를 했다.

"실장님, 내 인생의 마지막 부탁이요. 내가 이번에 북한에 가서 살아오든 말든 무조건 D-day에 구국 통일 작전은 실시돼야 하오. 이를 하늘에 맹세해주시오. 이건 조국의 운명이요. 이 한 몸이 죽어 조국의 밀알이 된다면 죽어도 여한이 없겠소. 나와 약조한 거요, D-day 특공작전을 반드시 실천에 옮기겠다고…."

"각하, 그런 말씀 마십시오. 꼭 돌아오십니다. 각하의 당부는 꼭 실행하겠습니다."

"고맙소, 꼭 그래야 하오. 미국 대통령의 약조를 받았으니 미국이 동해에서, 오키나와에서 우리 조국을 지켜줄 것이오. 실장님만 믿겠소."

이때, 간호사가 실장 옆에 나타났다. 실장이 생각난 듯 말했다.

"떠나시기 전에 각하를 비롯한 수행원들이 특수 용액의 주사를 맞아야 합니다. 그래야 북한 어디에 계시거나 위치가 드러납니다. 또한, 손에 특수 용액을 바르고 가셔야 합니다. 그 용액은 한 달간 유지되면서 누구와 악수를 하던 그 악수한 자의 신분 위치 또한 노출됩니다. 그래야 만약에 있을 구출 작전이 용이합니다."

대통령은 간호사가 하는 대로 주사를 맞았다. 그리고 양손에 용액을 발랐다. 일행도 모두 따라 했다. 그리고 일행은 청와대 정문으로 나와 떠날 차비를 했다. 그때 아내가 달려와 껴안았다. 눈가엔 눈시울이 아롱져 있었다. 대통령은 마중 나온 사람들에게 손을 흔들며 차에 올랐다. 일행의 차가 청와대를 벗어나 넓은 자유로를 따라 판문점을 향했다. 차창에 내리비친 햇살이 하나님의 축복 같았다. 시야에 들어오는 산야가, 논밭이, 길가의 가로수들이 새로웠다. 산자락의 텃밭을 보니 마치 조상들이 쟁기질에 콩밭을 매는 형상이 눈에 아른거렸다. 머릿속의 상상이었다. '이 길을 다시 돌아올 수 있을는지…' 생각에 생각이 이어졌다. 판문점에 도달했다.

곧바로 차는 북한땅을 밟고 스치어갔다. 북한군이 그들을 경호했다. 간혹 들에 보이는 북한 주민 한두 명, 아직도 북한 땅은 차가운 겨울이었다. 그리고 2시간쯤 지났다고 생각했을 때 대통령 일행은 평양에 도착했다.

그런데 이게 웬일인가? 중앙당 정문 앞에 빨간 카펫이 깔렸고, 바로 정문에서 북한 통치자 김정은이 배웅을 나온 것이 아닌가? 대통령은 예기치 않은 듯 놀라는 기색이었다. 대통령이 하차하자 김정은이 다가와 악수와 포옹으로 맞았다.

"먼 곳 오시느라 고생 많으셨습니다. 북조선에 오신 것을 환영합니다."
"감사합니다. 여기까지 마중 나와 주셔서 감동했습니다. 고맙습니다."

김정은을 따라 대통령과 일행은 중앙당 당사로 들어갔다. 귀빈 접대실 같았다. 여성 비서가 가져온 차를 마시며 대통령은 김정은과 환담을 계속했다.

"오시는 대통령님을 환영하듯 날씨가 퍽 좋았습니다."

"예, 아주 좋은 날씨였어요. 수령께선 건강해 보이십니다."

"아, 그럼요. 아직도 젊습니다. 어디 불편하신 데는 없으십니까?"

"예, 아직은…."

환담을 나눈 후, 대통령과 일행은 모란봉 호텔에 여장을 풀었다. 그리고 다음 날 오전 9시, 대통령 일행은 또 김정은과 마주했다. 그러나 그날은 대통령의 뜻에 따라 대통령과 김정은 단둘이서만 밀담을 나눴다. 대통령이 우선 말을 꺼냈다.

"제가 김 수령님을 만나려는 이유는 조국통일과 조국 미래를 위해서요. 우리는 5천 년 역사의 작은 나라요. 더구나 한겨레, 한 핏줄 백의민족이 아니겠소? 그러나 기구한 역사를 통해 우리 민족은 한 많은 세월을 한스럽게만 살아왔어요. 이제라도 쪼개진 남북을 하나로 평화통일을 시켜 자유롭고 복 받는 나라로 만들고 싶소이다. 이제 핵과 미사일을 포기하시고 평화통일로 한반도를 통일시킵시다. 이 뜻을 지도자 수령님과 상의하고자 왔습니다."

뒤이어 김정은이 말을 이었다.

"좋은 뜻이요. 북조선도 항상 통일만을 염원해왔습니다. 그러나 지금 껏 우리 북조선은 한 가지 불만이 있었지요. 우리 북조선의 체제도 또한 우리가 만든 핵과 미사일도 인정치 않고 무조건 반대한다는 점이 우리의 불만이요. 그래서 그럴수록 우리가 우리대로 살아남기 위해 핵과 미사일 개발에 전력을 다했습니다."

"혹시 김 수령께서는 통일에 대한 어떤 방안이라도 갖고 계시는지?"

"통일 이전에 우선 조선 연방제를 주창합니다. 그리고 남북이 평화적으로 존재하되, 남북이 서로 다른 통치체제하에서 상호 협력하는 방법이지요. 또한, 정전 협정으로 잘못된 NLL 선과 38선을 다시 정하는 남북한의 협약이 우선이라 봅니다."

뒤이어 대통령이 말했다.

"조선 연방제라면 통일과 다른 게 아닙니까? 전 하나의 나라, 통일을 말씀드리고 있는 것입니다."

김정은이 말을 이었다.

"연방제도 통일이나 마찬가지죠. 마치 미국이 그렇듯 고려연방제 역시 한 개의 나라, 통일입니다. 다만 미국과 같이 각주의 법과 행정 자치가 다르듯 통치수단이 다를 뿐…."

"연방제하에 북한은 계속 공산주의로, 남한은 자유민주주의로 존속하면서 하나의 나라를 연방제로 하자는 겁니까?"

"그렇디요."

"그건 하나의 나라가 아니질 않습니까? 국기도 다른데…. 우리 조국의 미래와 후대의 영광을 위해 잘 생각해봅시다. 6·25 전쟁이 어디 우리 조국의 뜻이었습니까? 당시 강대국, 미소 간의 여세에 휘말려 그렇게 된 것이 아닙니까? 어떻게 미국, 중국, 소련, 일본을 믿습니까? 이제 남북이 합심하여 우리 힘으로 평화적 통일이 돼야죠. 전 그걸 말씀드리고 있습니다. 그리고 북한도 지금껏 무력통일을 주장해 온 것이 바로 자력으로 통일하자는 일종의 민족자결주의가 아니겠습니까? 그러니 무력통일 대신 평화통일을 자력으로 해보자는 제 말씀입니다."

대통령이 열을 올렸다. 그리고 잠시 생각 후 김정은이 말을 했다.

"그렇다면 나라 체제가 공산주의요? 아니면 자유민주체제요? 또 누가 지도자 혹은 대통령이 되는 거요?"

"그야 당연히 자유민주주의가 돼야죠. 수령께선 지금 북한 인민이 행복한 삶을 살고 있다 믿으십니까? 그리고 통일 후 만약 한반도가 자유민주주의를 유지하는 한 저는 수령님께 대통령직을 양도할 생각도 있습니다만…."

"나는 대통령보단 수령으로 남겠소. 자유민주체제하에서 어떻게 내가 선거에서 대통령이 될 수가 있겠소? 말도 안 되오."

"그래서 저는 북한 방문 전에 남북한이 통일되면 북한의 김정은 수령을 대통령으로 추대하겠다고 했소. 그러니 제발 이제 우리 통일 후 자유민주주의로 하여 북한 주민도 남한민처럼 자유롭게, 행복하게 살 수 있도록 합시다."

김정은이 고개를 갸우뚱하며 말했다.

"남한이 진정 그런 뜻이 있다면 왜 여태껏 미군을 남한에 주둔케 하고 있소? 이건 중대한 문제요. 미군을 먼저 퇴각시키고 다음에 우리 자주통일, 자주 통치를 생각해봅시다. 나로선 아직 남한이 믿음이 가지 않고…. 여하튼 좀 더 생각해 봅시다. 고견 잘 들었습니다. 며칠 더 편히 쉬시다 가시오. 그리고 가시기 전에 한 번 더 만납시다."

북조선 김정은과의 1차 밀담은 소득 없이 끝났다. 대통령은 호텔로 돌아와 특단의 더 좋은 방법을 생각하고 있었다. 김 수령의 요구는 무리였다. 연방 고려제란 말도 되지 않는 소리였다. 또한, 이는 북한이 6·25 전쟁 이후 한결같이 주장해 온 것이었다. 양측 생각이 너무 달랐다. 대통령은 김정은의 무력도발 의미를 알 수 있었다. 대통령의 머리가 복잡하게 돌아가고 있었다.

다음 날, 대통령은 김정은과 마지막 단독 밀담을 했다. 중앙당 1호실, 양쪽 측 참모들을 모두 내보내고 단둘이 밀담을 했다.

"김 수령님, 단도직입적으로 말하겠습니다. 북한이나 남한이나 모두가 소원은 통일입니다. 그러나 통일의 길은 오직 2가지밖에 없습니다. 평화통일이냐, 아니면 전쟁에 의한 통일이냐입니다. 제가 북한에 온 이유는 평화통일을 위해서입니다. 전쟁은 동족을 말살하고 모든 것을 잿더미로 만듭니다. 그래서 평화적 통일이 오직 방법입니다. 그러니 우리 이참에 남북을 통일시킵시다. 통일 후 저는 대통령직을 김 수령께 양보하겠습니다. 그러나 한 가지 원칙, 즉 조건이 있습니다. 통일 후 한반도의 자유민주주의를 보장하는 의미에서 미국, 중국, 소련, 일본이 같이 연대보증을 서는 조건입니다. 그래야 통일 후 김 수령께서 자유민주주의를 수호한다는 확신이 설 것이 아닙니까? 그렇지 않고는 한반도가 또다시 공산주의가 되지 않는다는 보장이 없지 않습니까? 만일 이 원칙이 무너진다면 미국, 중국, 소련, 일본이 합동하여 기필코 한반도에 자유민주주의를 수호해야 하지 않겠습니까? 저는 대통령직에 연연치 않습니다. 제가 바라는 오직 소망은 조국과 민족, 나라와 백성들이 잘 먹고 잘사는 것입니다. 그럴 수만 있다면 오늘 죽어도 여한이 없습니다. 지금까지 말씀드린 제 제안을 어떻게 생각하십니까?"

김정은의 표정이 갑자기 심각해졌다. 그리고 잠시 후 그가 말했다.

"김 대통령은 참으로 위대한 정치가요. 목숨을 바치는 민족 지도자요. 대통령에 연연치 않는 진정 애국자요. 나 역시 그렇고 싶소. 그러나 우리 북조선은 아직도 남한과 미국을 믿지 않소. 미군을 남한에서 퇴각시키지도 않았던 분들을 어떻게 믿겠소? 그러나 오늘 김 대통령의 민족과 한반도에 대한 진정어린 사랑을 보았소. 김 대통령의 제안을 숙고해보겠습니다. 그리고 가신 후라도 또 한 번 만납시다."

"예, 숙고해 결정해 주십시오. 우리 한 번 일을 내봅시다. 따지고 보면 민주주의, 공산주의, 모두 다 통치수단이요. 소수의 권력 욕심에 불과하오. 모두 다 인간이 인간을 통치하기 위한 수단이지요. 우리가 한 번 죽지 두 번 죽습니까? 이제 조국과 민족, 나라와 백성을 위해 한번 결단과 결행을 해봅시다. 답을 기다겠습니다. 응해주셔서 고맙습니다."

남북 정상의 밀담은 그렇게 끝났다. 북한의 김정은도 대통령의 말에 수긍하는 기색이 역력했다. 그리고 그 뜻을 진지하게 받아들였다.

대통령이 호텔로 돌아왔다. 이제 주사위는 북조선 김정은에게 넘어갔다. 그러나 대통령은 마음 한쪽에 뭔가 꺼림칙한 느낌이 있었다. 그 제안이 남한 국민을 위해 잘한 일인지가 스스로 궁금했기 때문이다. 하기야, 민주주의든 공산주의든 백성들이 잘 먹고 잘살며 자유만 누릴 수 있다면 누가 대통령이 되든 상관없는 일이 아닌가, 스스로 위안했다.

내일 아침이면 서울로 돌아가는 날이었다. 밀담에서 즉답의 성공은 없었지만, 그래도 내일을 기대해볼 만한 성과였다. 시계를 보니 벌써 밤 10시가 됐다. 잠을 청했다. 어쩐 일인지 잠이 오질 않았다.

그때였다. 호텔 밖에서 요란한 발소리가 나더니 순식간에 인민군 무장군인들이 나타나 대통령을 체포했다. 옆 방의 대통령 일행인 경호와 외교부 장관도 체포되긴 마찬가지였다. 군인들이 무조건 우리 일행들의 얼굴을 두건으로 씌웠다. 그리고 그들을 어디론가 연행해갔다. 경호가 큰소리로 항변했다.

"도대체 이게 무슨 짓거리야? 너희 수령, 김정은이 이렇게 하라고 시킨 것인가? 국가 원수를 이렇게 대해도 되는 건가?"

군인들이 윽박지르며 그들을 어딘가로 끌고 갔다. 그리고 어느 장소에 가두고 문을 잠갔다. 경호가 울부짖는 소리로 말했다.

"각하, 괜찮습니까? 혹 밀담에서 무슨 말씀을 하셨기에?"

그때 조용하던 방 한구석에서 말이 나왔다.

"아니, 혹시 김 대통령 아니시오?"

누군가 말을 걸어왔다. 대통령은 두건을 쓴 채 조심스레 답했다.

"예, 그렇소만 누구시오?"

대통령이 되물었다.

"아이구, 그렇구먼. 나, 김정은이오."

대통령이 놀라며 되물었다.

"정말이요? 여기가 어딘데 김 수령께서 왜 여길?"

"우리가 당했소. 우리의 밀담 내용을 보위부에서 도청했던가 보오. 보위부장이 정변을 일으켰소. 큰일이오."

그때 옆에서 외교부 장관이 두건을 쓴 채 말했다.

"각하, 괜찮으세요? 저 ×××장관입니다. 세상에 이런 일이! 남북한 정상이 같이 체포돼 연금된 상태라니, 이건 도저히 믿을 수 없어요. 무슨 대책이 있어야겠는데…. 속수무책 아닙니까?"

이윽고 대통령이 말했다.

"좀 기다려 봅시다. 최악의 경우, 죽기밖에 더하겠소? 마음가짐을 담담히 하시오."

그때 밖에서 전쟁이 난 듯 요란한 총소리가 났다.

33 Operation 38 North

상황본부실, 본부장의 초조한 기색이 역력했다. 지금쯤 대통령이 돌아왔어야 할 시간이 아니던가? 방북 전 대통령의 당부가 생각났다. 대통령이 북한에서 다시 오든 말든, 죽든 말든 무조건 D-day에 구국 작전을 실천하라는 대통령의 명을 기억하면서 망설이고 있었다. 그때였다. OKA에서 본부장에게 통신이 왔다.

"OK, 여기는 OKA 소속장, OK 본부 나와라, 오버."

"OK, 여기는 OK 본부장이다, 오버."

"대통령과 수행원 모두가 중앙당 3호실 지하 벙커, 위치 XY선 ×××, ××× 지점에 있다. 이상한 것은 북한 김정은도 같이 있다는 점이다. 그들이 그곳에 오래 머물러 있다는 점이다. 북한 군부의 쿠데타로 감금된 것으로 보인다. 오버."

상황실 본부가 초상집이 되었다. 소속장들과 사령관들의 얼굴에 근심이 쌓였다. 한편 보복심이 불타올랐다.

"상황판에 영상을 띄워라, 오버."

"아직 영상으로 띄울 수 없다. 특공대원이 투입돼야 영상이 나온다. 그 3호실 내에 카메라 장치가 없기 때문이다. 오버."

"알았다, 오버."

본부장의 얼굴에 수심이 떴다. 특공작전을 결심했다. 시계를 봤다. D-day 10분 전이었다. 곧이어 본부장이 각 소속장에게 마지막 대기 명령을 내렸다. 이어 상황실 본부장이 또 시계를 봤다. 밤 1시였다. 작전 개시 시간이었다. 본부장이 상황실의 각 소속장에게 이번에는 작전 개시 명령을 내렸다. OKB 소속장을 시작으로 작전 명령이 뒤를 이었다.

"OK, 여기는 OKB 소속장이다. OKB 나와라, 오버"

"OK, 여기는 OKB 특공팀이다. 오버."

"작전을 개시하라. 작전 목표는 적지 전파 교란이다. 작전 목표지점은 90곳, 이미 각 특공팀에 전달된 대로다. 상황판에 파란색 신호로 활동 사항이 표시된다. 현재 시각 01:00, 작전 완료 시각은 05:00까지다. 전파 교란 작전, 지상 정찰 작전, 항공 정찰 작전 개시하라. 오버"

"알았다. 작전을 개시한다. 오버."

이윽고 상황실 상황판에 파란색 신호가 떴다. 즉시 전파 교란이 작동됐다. 또한, 지상 스텔스 정찰 장갑차 1대가 번호만 흐릿하게 보인 채 최전방, 위도 ×××, ××× 지점에서 정찰 중임이 눈에 들어왔다. 그리고 동시에 형상만 흐릿하게 보이는 고공 스텔스 정찰기 1대가 고공에서 정찰 활동을 하는 상황이 상황판에 떴다.

이윽고 OKB 소속장이 OKB를 불렀다.

"OK, 여기는 OKB 본부다. OKB 나와라. 오버."

"OK, 여기는 OKB다. 오버."

"적군과 아군의 통신작동 여부를 보고하라. 오버."

"북한 전역 GPS 교란으로 적지 내 통신 불통이다. 아군은 OK다. 오버."

"알았다. 오버"

OKB의 작전 개시 20분 후, OKE 소속장이 작전 명령을 지시했다.

"OK, 여기는 OK 본부, OKE 소속장이다. OKE, OKD2, 동시에 나와라, 오버."

"OK, 여기는 OKE, OKD2다. 오버."

"작전을 개시하라, 작전은 운영시스템 시설 파괴다. 목표지점은 25곳, 각 팀에 지시된 대로다. 그러나 OKE-#1은 잘 들어라. 목표지점은 XY 위도 ×××, ×××에서 ×××, ×××으로 목표지점이 바뀌었다. 상황판에 노란색 신호로 작전활동 표시된다. 현재 시각 01:20, 02:20까지 작전을 완수하라. 오버."

"알았다. 작전을 실시한다. 오버."

이윽고 상황판에 노란색 신호가 떴다. 곧이어 번호만 흐릿하게 보이는 스텔스 헬기들(#1-#25)이 보였다. 잠시 후 대기 중인 OKE 특공대원들이 10명씩 헬기 번호에 맞춰 탑승하는 모습이 보였다. 또한, 이를 호위할 스텔스 전폭기(#1~#25)들이 희미하게 보인 채 동시 출격 준비를 했다. 곧이어 헬기와 전폭기가 순서대로 작전 지역을 향해 하늘에 올랐다.

OKE의 작전 개시 20분 후, OKD 소속장이 다시 작전 명령을 내렸다.

"OK, 여기는 OK 본부, OKD 소속장이다. OKD1, OKD2 동시에 나와라, 오버."

"OK, 여기는 OKD1, OKD2 특공팀이다, 오버."

"작전을 개시하라. 작전목표는 납치다. 목표지점은 25곳, 이미 각 팀에 전달된 대로다. 그러나 OKD1-#1 잘 들어라. 목표지점이 XY 위도 ×××, ××× 지점에서 XY 위도 ××× 지점, 평양 중앙당으로 긴급 변경됐다. 그곳에 우리 VVIP도 감금돼 있다. 기필코 작전 성공하라. 지금부터 그대들의 활동상황이 상황판에 빨간색 신호로 표시된다. 현재 시각 01:40, 02:40까지 작전을 완료한다. 오버."

"알았다. 작전을 개시한다. 오버."

이윽고 상황판에 빨간색이 떴다. 뒤이어 흐릿한 스텔스 헬기 (#26~#50번)들이 상황판에 화면으로 떴다. 뒤이어 OKD1 특공대원들이 10명씩 헬기 번호대로 재빠르게 오르는 모습도 보였다. 또한, 이들을 각각 호위할 스텔스 전폭기(#26~#50번)들도 동시 출격 준비를 하고 있었다. 그리고 곧 헬기와 전폭기가 적지를 향해 하늘에 올랐다.

OKD의 작전 개시 후 20분, OKF 소속장이 명령을 내렸다.

"OK, 여기는 OK 본부, OKF 소속장이다. OKF, OKD2, 동시 나와라, 오버"

"OK, 여기는 OKF, OKD2다, 오버"

"작전을 개시하라. 작전 목표는 홍보 및 식량 낙하. 목표지점은 40 곳은 전달한 대로다. 상황판에 흰색 신호로 활동 상황이 표시된다. 현재 시각 02:00, 04:00까지다. 그리고 작전 완료 후 2일에 한 번씩 북한 전 지역에 홍보물과 식량을 계속 낙하한다. 최종 완료 시각은 추후 지시에 따른다. 오버."

"알았다. 작전 개시한다. 오버."

이윽고 상황판에 흰색 신호가 떴다. 뒤이어 스텔스 수송기 번호 (#1~#10)와 문틀만 선명히 보였다. 이윽고 OKF 특공대원들이 수송기 번호별로 10명씩 재빨리 문 안으로 들어가는 모습도 보였다. 그리고 이들을 호위할 스텔스 전폭기(#51~#60)가 동시 출격을 준비하고 있었다. 곧이어 수송기와 전폭기가 하늘로 적지를 향해 치솟았다.

OKB 소속장이 시계를 들여다봤다. OKF의 작전 개시와 함께 OKB의 북한 전역 대북방송이 시작할 때였기 때문이었다. 이윽고 OKB 소속장이 명령을 내렸다.

　"OK, 여기는 OKB 본부다. OKB 나와라, 오버."

　"OK, 여기는 OKB 특공팀이다. 오버."

　"지상 스텔스 정찰 장갑차와 또한 고공 스텔스 정찰기에서 대북 방송을 즉시 하도록 하라. 현재 시각 02:00, 작전 완료는 05:00까지다. 그후 매일, 매시간 계속 대북방송을 지속하되 북한 방송국 접수 후 정규 방송 실시까지 방송하라, 오버."

　"알았다, 오버."

　OKB 소속장이 본부 직원을 시켜 대북 TV 방송과 라디오 방송의 작동 여부를 확인시켰다. 대원이 대북방송 기기를 틀었다. 그때였다. 상황실 오디오에서 또렷한 대북방송이 흘러나왔다.

　"사랑하는 북한 주민 여러분, 군사 동지 여러분, 그리고 행정 동지 여러분, 지금 문을 열고 밖에 나가 남한에서 여러분께 드리는 홍보물과 식량을 가져가십시오. 이는 굶주려 고통받는 우리 동족, 북한 주민들에게 드리는 선물입니다. 지금 남한은 남북통일의 민족 숙원 사업을 진행하고 있습니다. 그간 여러분은 얼마나 많은 고통과 굶주림을 당해 왔습니까? 그간 툭하면 총살에 굶겨 죽이는 북한 독재자들로부터 얼마나 고통과 설움을 당했습니까? 이들은 모두 체포되어 남한으로 이송 중입니다. 보위부 사령관 박영식은 저항하다 스스로 목숨을 끊었습니다.

　이제 여러분은 자유입니다. 남한이 북한을 점령했습니다. 우리는 한 민족에 한 핏줄, 한반도에 한 나라가 아닙니까? 그런데 어째서 금수강산 삼천리가 남북으로 갈리어 그토록 한 많은 세월을 한스럽게 살아와야 했습니까? 어째서 부모, 형제가 이산가족이 되어, 한이 되어 살아야 했습니까? 이 모두가 김정은과 그를 따르는 북한의 권력자들 때문이었습니다. 이제 여러분을 자유롭고 사람답게 살게 하고자 오늘 밤, 남한이 북한을 점령했습니다. 이제 여러분은 완전 자유입니다. 밖에 나가 눈과 귀와 입을 열어 맘껏 말해보십시오. 아무도 여러분을 잡아넣을 사람이 없습니다. 이제 남한 정부와 인민들이 고통에 시달려 온 여러분을 따뜻하게 맞을 것입니다….”

그때 본부장이 작전 수행을 위해 방송을 끄라고 지시했다. 옆에 있던 OKD 소속장(국방장관)과 합동 참모장이 시계를 보며 놀라는 기색으로 본부장에게 말했다. OKF 작전 개시와 함께 동시에 전군(육, 해, 공, 해병대)에 북한 진군 명령을 해야 할 때가 늦었기 때문이었다. OKD 소속장이 허겁지겁 서둘러 작전을 명령을 내렸다.

“OK, 여기는 OKG 소속장이다. OKG1, OKG2, OKG3, 동시에 나와라, 오버.”

“OK, 여기는 OKG1, OKG2, OKG3 작전실이다. 오버.”

“전군 북진 점령 명령이다. 북진을 개시하라. 작전 목표는 북한 전역 점령이다. 목표지점은 이미 전달된 대로 60곳이다. 상황판에 OKG1은 검은색, OKG2는 보라색, OKG3는 초록색 신호로 활동 상황이 표시된다. 현재 시각 14:10, 17:10까지 임무 완수다. 진군 점령 후 각 부대는 각각 작전 완료 보고하라, 오버.”

“알았다. 작전을 개시한다.”

이윽고 상황판에 검은색(육군·해병대), 보라색(공군), 초록색(해군) 신호가 상황판에 떴다. 뒤이어 OKG1, 전방 부대의 육군, 해병대가 일시에 동부 전선, 중부 전선, 서부 전선에서 북진하는 모습들이 화면이 바뀌며 상황판에 떴다. 그들이 앞세운 스텔스 전략 무기들, 최신예 장갑차, 탱크, 미사일 포, K-9 포, 차량 등이 부대별로 작전계획대로 이상 없이 북진하는 모습이 보였다. 또 함께 패기에 넘쳐 북진하는 보병 사단 대원들의 모습도 보였다.

한편 OKG2, 전 공군의 북진 영공 활동도 영상에 잡혔다. 최첨단 스텔스 정찰기, 스텔스 전폭기, 스텔스 헬기, 스텔스 수송기 등이 하늘에서 위용 있게 작전 계획에 따라 작전 활동을 전개하는 모습이 화면에 떴다. 이들은 OKD2 특공팀과 달리 자체 계획하에 작전을 수행하는 것이었다. 이들의 모든 전략 무기들은 이미 최근에 개발된 신무기 스텔스 비행체로 모두 장착돼 있었다. 또한, 상황판에 일본 오키나와 미군기지에서 출격한 미국 고공 정찰기, B-52, 스텔스 F-22들의 비행 활동도 화면에 나타났다.

이번에는 OKG3, 전 해군 작전활동이 영상에 떴다. 대부분 해군 전략 무기들도 최신 스텔스 기능으로 첨예화돼 있었다. 우리 스텔스 이지스함, 잠수함, 상륙정 등이 서해상에서 북한 개성, 해주 등으로, 또한 동해상에서 원산, 함흥 등으로 각각 북진하는 장면이 보였다. 또한, 동해상에는 유사시를 대비하여 미국의 애리조나호 핵 항공모함, 핵잠수함 등이 해상에 비상대기 상태로 머물고 있는 장면들이 생생하게 화면에 떴다.

이어 OKG 소속장이 3군 작전활동을 점검하기 시작했다. 지상작전 활동상황을 파악하기 위해 OKG1 각 전선 작전실을 호출했다.

"OK, 여기는 OKG 본부다. OKG1 동부 전선, 중부 전선, 서부 전선 모두 동시에 나와라, 오버."

"OK, 여기는 동부 전선, 중부 전선, 서부 전선이다, 오버"

"각 부대는 점령 시, 점령지마다 보고하라, 오버."

"알았다, 오버."

이번에는 북한 상공 정찰을 점검하기 위해 OKD2 작전실을 호출했다.

"OK, 여기는 OKG 본부다. OKD2 작전실, 나와라, 오버."

"OK, 여기는 OKD2다. 오버."

"현재 북한 상공 항공 정찰 보고하라, 오버."

"OKD2-#1은 신의주 영공, #2는 평양 영공, #3는 해주 영공, #4는 강원도 영공, #5는 함흥 영공, #6는 양강도 영공, #7는 청진 상공을 각각 정찰 중이다. 현재 이상 무, 오버."

"수고한다. 계속 정찰하라, 오버."

"알았다, 오버."

그리고 마지막으로 해상작전 활동 점검을 위해 OKD3 해군 작전실을 호출했다.

"여기는 본부, OKD3 사령관이다. 각 함대 및 상륙작전 위치와 작전 임무 보고하라, 오버."

"OK, 여기는 OKG 본부다. OKG3 작전실 나와라, 오버."

"OK, 여기는 OKG3다, 오버."

"현재 북한 해상 작전활동 보고하라, 오버."

"OKG3-#1은 신의주 해안 이지스함, #2는 청진 해안 광개토함과, #3는 원산 해안 이순신함, #4는 해주 세종대왕함, 각 지역 모두 해병 상룩단이 이미 상륙 점령함. 모두 이상 무, 오버."

"수고한다. 계속 대비하라. 오버."

"알겠다. 오버."

OKG의 전군 북진 상황 활동을 점검으로 주요 구국통일 특공작전은 마무리 단계에 이르렀다. 이때 OKH 소속장이 상황실의 시계를 봤다. 02:20이었다. 그리고 그때 OKH 소속장이 작전 명령을 내렸다.

"OK, 여기는 OKH 본부다. OKH 나와라, 오버."

"OK, 여기는 OKH다, 오버."

"작전 개시다. 작전 목표는 피해 복구다. 목표지점은 OKE 작전 지역과 동일한 25곳이다. 단, OKD1–#1의 목표지점은 XY 위도 ×××, ××× 에서 위도 ×××, ×××, 평양 중앙당 3호실로 변경됐다. 명심하라. 작전 활동은 남색 신호로 상황판에 표시된다. 현재 시각 02:20, 작전 완료는 03:20까지다. 오버."

"OK, 작전 개시한다. 오버"

이윽고 상황판에 남색 신호가 떴다. 스텔스 헬기 20대가 번호 (#51~#75)만 보인 채 OKH 특공대원이 10명씩 번호대로 문안으로 들어가는 모습이 보였다. 또한, 이들을 호위할 스텔스 전폭기(#51~#75)들이 동시에 출격 준비를 했다. 곧이어 헬기와 전폭기가 북한을 향해 하늘로 치솟았다.

그때 본부장이 초조하게 시계를 봤다. 02:30이었다. 아직 중요한 OKD1 특공팀들의 미션 완료 보고가 들어오지 않았기 때문이었다. 납치 활동 종료시각이 02:40이었다. 특히, 그중에 OKD1–#1의 납치 목표지점은 대통령과 수행원들이 감금돼 있었던 곳이었다. 작전 완료 보고가 없었기에 본부장이 불안해하고 있었다. 그때 OKE로부터 호출이 들어왔다.

"OK, 여기는 OKE-#2다. OKE 본부 나와라. 오버."

"OK, 여기는 OKE 본부다. 오버."

"작전 완료다. 오버."

"수고했다. 귀대해라. 오버."

그리고 그 후 OKE 특공작전 완료 보고가 계속 들어왔다. 이때 갑자기 상황판에 노란색 신호 OKE-#1가 깜빡거렸다. 뒤이어 긴급보고가 들어왔다.

"OK, 여기는 OKE-#1, OKE 본부 나와라. 오버."

"OK, 여기는 OKE 본부다. 무슨 일인가? 오버."

"문제가 생겼다. 지하 벙커에 핵폭탄 5개를 발견했다. 지시 바란다. 오버."

"OKE 특공팀, 잠깐 기다려라. 오버."

OKE 소속장이 본부장과 상의하는 모습이 보였다. 북한 풍계리 미사일 기지에서 온 OKE 통신이었다. 그리고 잠시 후 OKE 소속장이 지시했다.

"OKE 특공팀, 여기는 OKE 소속장이다. 핵폭탄을 절대 터치하지 마라. 그대로 둬라. 오직 미사일 작동 운영 시스템만 파괴하라. 오버."

"알았다. 오버."

그리고 OKE-#5, #6. #8의 작전 완료 보고가 잇따랐다. 그때였다.

"OK, 여기는 OKD1-#8 특공팀이다. OKD 본부 나와라. 오버."

"OK, 여기는 OKD 본부다. 무슨 일이냐. 오버."

"목표지점 #8, 북한 인민무력부 지휘국이다. 저항이 심하다. 공중 지원이 시급하다. 오버."

이때 본부장이 사태의 심각성을 알고 다가와 OKD 소속장에게 물었다.

"인민 무력부장 납치 장소요. 전폭기 지원이 시급하니 속히 보내도록 하시오."

뒤이어 OKD 본부장이 OKD2-#8 스텔스 전폭기를 호출했다.

"OK, 여기는 OKD 본부다. OKD2-#8 전폭기 급히 나와라, 오버."

"OK, 여기는 OKD2-#8이다. 오버."

"OKD1-#8 지상 지점에서 심한 교전 중이다. 즉시 공중 지원하라, 오버."

"이미 OKD1-#8 작전 지점서 지원 사격 중이다. 오버."

뒤이어 상황판에 OKD1-#8 특공대원들의 납치 침투작전 활동이 화상에 떴다. 우리 전폭기가 후미에서 조명탄에 이어 미사일을 발사하여 화염에 휩싸인 장면이 보였다. 그리고 연이은 기관총 발사가 새벽 밤하늘을 수놓았다.

잠시 후, 인민군 공격이 잠잠해지며 우리 대원들이 중앙당 본부 건물 지하로 침투하는 모습이 보였다. 갑자기 지하실 저편에서 수십 명의 보위부 군사들이 몰려들며 지하실 복도에서 교전이 일어났다. 우리 특공대원들의 레이저 건 불빛이 복도를 수놓았다. 지하실 내에서도 수십 명의 적군이 저항했다.

그 와중에 우리 특공대원 2명이 다리에 총상을 입고 쓰러졌다. 대원 4명이 교전하고 2명이 부상자를 거들었다. 곧이어서 부상 입은 2명이 다리를 질질 끌며 작전에 가담했다. 잠시 후 그들이 8호실 문을 걷어차며 들어갔다. 대원들이 깜짝 놀라는 기색이었다. 그리고 곧 OKD 본부에 통신했다.

"OK, 여기는 OKD1-#8 특공팀이다. OKD 본부 나와라, 오버."

"OK, 여기는 OKD 본부다. 무슨 일이냐. 오버."

"납치인 #8이 자살했다. 오버."

"자살을 확인하라. 그리고 즉시 헬기로 복귀하여 귀대하라. 오버."

"알았다. 오버."

통신을 끝낸 OKD 소속장이 본부장에게 OKD1-#8 목표위치, 무력부장 박영식이 자살했다는 소식을 알렸다. 본부장의 얼굴에 허탈한 웃음이 돌았다.

"결국 자살했구먼. 지독한 놈, 끝까지 독재를 하는군."

그리고 그 후 OKD1 #5, #9, #10 등에서 작전 완료 보고가 접수됐다. 상황실 벽시계가 이미 02:55을 가리키고 있었다. 본부장이 초조하게 OKD1-#1의 완료 보고를 기다리고 있었다. 대통령과 수행원 신변 상황이 궁금했다. 아직도 OKD1-#1 특공팀들로부터 납치 완료 보고가 들어오질 안 왔기 때문이었다. 그때였다. OKD1-#3에서 보고가 들어왔다.

"OK, 여기는 OKD1-#3다. OKD 본부 나와라. 오버."

"OK, 여기는 OKD 본부다. 오버."

"작전 완수다. 오버."

"수고했다. 즉시 귀대하라. 오버."

본부장이 OKD1-#1 작전에 신경을 곤두세우며 OKD 소속장에 다가가 말했다.

"소속장님, OKD1-#1을 불러 작전 상태를 알아보시죠. 감금되어 있는 각하와 수행원들의 신변 상황이 심히 궁금합니다."

"알겠습니다."

OKD 소속장이 그 즉시 OKD1-#1을 불렀다.

"OK, 여기는 OKD 본부다. OKD1-#1 나와라. 오버."

"OK, 여기는 OKD1-#1이다. 오버."

"그곳 작전 상황을 보고하라. 그리고 각하와 수행원들의 신변상황도 보고하라. 오버."

"예상치 못한 적의 공세로 작전이 지연됐다. 지금 침투 중이다. 밖에는 아직 우리 군과 교전 대치 중이다. 수많은 북한군이 공격해오는 중이다. 공중 지원이 시급하다. 오버."

"알았다. 오버."

통화를 끊은 OKD 소속장이 본부장에게 보고했다. 그리고 즉시 공중 지원을 위해 OKD2-#1을 불렀다.

"OK, 여기는 OKD 본부다. OKD2-#1 스텔스 전폭기 즉시 나와라. 오버."

"OK, 여기는 OKD2-#1이다. 오버."

"지금 즉시 OKD1-#1 지상 위치로 복귀하여 OKD1-1 대원들을 보호하고 인민군 공격을 괴멸하라. 긴급사항이다. 오버."

"알았다. 오버."

상황본부의 상황판에 OKD1-#1의 작전 상황이 떴다. 5명의 특공대원들이 건물 밖에서 적들과 전투태세였다. 이윽고 안으로 침투하는 OKD1-#1 특공대원들이 긴장된 모습으로 총부리를 겨누며 침투하는 모습이 보였다.

그때였다. 앞에서 북한군들이 나타나 총을 쏴댔다. 이어 특공대원들의 레이저 건이 빛을 발했다. 북한군들이 쓰러졌다. 한 특공대원은 머리에 총알을 맞았는지 머리가 휘청했다. 곧이어 자세를 바로 하며 삼엄한 경계 태세로 침투를 진행했다. 방탄복에 방탄모로 튼튼히 무장됐기에 다행이었고, 작전 진행이 빨랐다.

이윽고 특공대원들이 대통령과 수행원들이 감금된 곳의 문을 걷어찼다. 감금돼 있던 대통령과 수행원들이 깜짝 놀랐다. 특공대원들이 다가가 패기에 찬 인사를 했다.

"필승! 각하, 괜찮으십니까?."

"필승, 적지에서 수고들이 많소. 장하오."

순간 특공대원들이 각하와 수행원들을 에워싸 호위했다. 그리고 같이 감금돼 있던 김정은을 제압하며 수갑을 채웠다. 대원들이 이들을 에워싸고 밖으로 나오는 장면이 보였다. 정문 가까이 도착했을 무렵, 숨어 있던 몇 명의 북한군이 뒤에서 총을 쐈다. 이어 호송하던 특공대원들의 레이저 건이 컴컴한 지하실 복도를 수놓았다. 그리고 이들이 각하와 일행을 호위하며 정문 밖으로 나왔을 때는 적군의 공격을 감당할 수가 없었다.

그때였다. OKD2-#1의 스텔스 전폭기가 나타나 조명탄을 터트렸다. 그리고 순식간에 북한군 공격진에게 소이탄과 기관총으로 후미에서부터 북한군을 쏴댔다. 북한군들이 힘없이 쓰러졌다. 그 틈을 타 OKD1 특공대원들이 각하와 일행들을 호위하며 대기하고 있는 스텔스 헬기에 사력을 다해 다가갔다.

OKD1 대원 한 명이 쓰러졌다. 다리에 총상을 입은 듯했다. 다른 대원이 그를 부축해갔다. 그리고 곧이어 대원들과 일행이 헬기에 오르는 모습이 보였다. 헬기가 금세 창공에 떴다.

상황실에 있던 모든 대원들이 일제히 기립박수로 함성을 질렀다. 대통령이 구출되어 돌아온다는 기쁨이었다. 초조했던 본부장이 한숨을 길게 내쉬며 안도를 되찾은 모습이었다. 그리고 무심결에 한 마디 튀어나왔다.

"아유, 이제 살았네. 이제 됐어. 각하가 구출됐어. 감사합니다, 하나님. 수고했다, 우리 특공대원들, 고맙다, 온 국민들이여…."

그리고 잠시 후 OKD1-#1으로부터 통신이 들어왔다.

"여기는 OKD1-#1 특공팀, OKD 본부 나와라, 오버."

"여기는 OKD 본부다, 오버."

"헬기에 전원 무사하다. 귀환 중이다. 오버."

"여기는 OKD 본부, 수고했다. 오버."

이때 본부장이 OKD 소속장에 다가가 통신기를 잡았다. 그리고 말했다.

"OK, 나는 OK 본부장이다. 각하를 비롯해 모두 신변 상태가 어떠한가, 오버."

"모두 안전하다. 오버."

"각하를 바꿔라, 오버."

본부장이 기뻐 큰소리로 대통령에게 말했다.

"각하, 얼마나 놀라셨습니까? 어디 다치신 데는 없으십니까?"

"본부장, 다시 말하게 되어 정말 반갑소. 얼마나 수고가 많소. 감사하오."

통화를 끝내고 본부장이 OKD1-#1 스텔스 전폭기를 다시 불렀다.

"여기는 상황실 본부, 본부장이다. OKD2-#1, #2 나와라, 오버."

"여기는 OKD2-#1, #2다, 오버."

"즉시 OKD1-1를 호위하여 안전하게 귀대시켜라, 오버."

"알았다, 오버."

뒤이어 OKD1-#5, #7, #19, #10 등에서 계속 납치 성공 완료 보고가 들어왔다. 이제 본부장은 안도의 숨을 골랐다. 납치인들의 위치를 정확히 알려준 OKA 특공팀의 족집게 정보가 큰 몫을 했다고 생각했다. 무척 고마웠다. 본부장은 벽시계를 봤다. 어느새 03:50이었다. 불안과 흥분 속에서 시간이 꽤 빠르게 흘렀다고 생각했다.

그때 본부장의 머리에 섬광이 지나쳤다. 전군 북진 상황이 궁금했다. 지금쯤 우리 군부대가 북한 지역을 점령하여 이미 보고가 들어 왔어야 할 시각이었다. 본부장이 OKG 소속장을 불러 말했다.

"소속장님, 아직 OKG1, OKG2, OKG3로부터 소식이 없습니까? 점령했다는 보고가 없었습니까?"

다그치듯 말하는 본부장에게 미소 띤 얼굴로 OKG 소속장이 답했다.

"예, 이미 들어왔습니다. 벌써 20곳에서나…. 각하 구출에 경황이 없는 듯 보여서 본부장님에게 말씀드리지 못했습니다. 죄송합니다."

"아, 그랬군요. 괜찮습니다. 좋은 소식이니까요. 그런데 어디 어디를 점령했다고 보고가 들어 왔는지요?"

"OKG1은 이미 강원도 철원, 고산, 함경북도 사리원, 평양남도 평양, 순천, 덕천 등 15여 곳을 점령했고, OKG3 서부 전선 상륙 작전은 개성을 시점으로 해주, 남포, 안주를 점령했고, 또 OKG3 동부 전선 상륙 작전은 원산을 시점으로 함흥, 김책, 청진까지 점령했다는 보고를 받았습니다."

그때였다. OKG1의 검은색이 상황판에서 깜빡거렸다. 그리고 OKG1으로부터 긴급통신이 왔다.

"OK, 여기는 OKG1, OKG 본부 나와라, 오버."

"OK, 여기는 OKG 본부, 무슨 일인가, 오버."

"여기는 OKG1 동부 전선, XY 위도 ×××, ××× 지점, 북한의 11군단 번개 부대의 저항이 매우 심하다. 그들이 죽기 살기로 저항한다. 수적으로 열세다. 즉시 공중지원이 요구된다. 오버."

"알았다, 즉시 출격시키겠다. 오버."

OKG 본부장이 급한 표정으로 OKD2를 호출했다.

"OK, 여기는 OKG 소속장이다. OKD2 즉시 나와라, 오버."

"OK, 여기는 OKD2이다. 오버."

"지금 즉시 스텔스 전폭기 10대를 OKG1 동부 전선 XY 위도 ×××, ××× 지점으로 급파하여 우리 군 OKG1을 보호하고 북한군을 괴멸하라. 긴급상황이다, 오버."

"알았다, 즉시 출격한다. 오버."

이윽고 상황실 상황판에 스텔스 전폭기 10대가 하늘에 치솟는 장면이 떴다. 그리고 화면에 OKG1의 전투지점 상황이 떴다. OKG1의 탱크와 장갑차에서 미사일과 포탄을 적진을 향해 쏘아대는 모습이 보였다. 그러나 사생결단으로 공격해 오는 북한군의 포화에 아군의 기세가 위태로웠다. 10분 후, 우리 OKD2 스텔스 전폭기들이 북한군 11군단 진지를 미사일과 기관총 발사로 초토화하는 장면이 나타났다. 슬픈 장면이었다.

본부장은 생각을 달리했다. 이들이 아직도 저토록 사생결단으로 저항하는 이유에는 아직도 남한이 북한을 점령한 사실을 모르고 있다는 생각이 들었기 때문이었다. 그래서 본부장이 OKG 소속장과 협의하고 지시했다. 그리고 곧이어 OKG 소속장이 OKB와 OKF를 호출했다.

"OK, 여기는 OKG 본부다. OKB, OKF 동시 나와라, 오버."

"OK, 여기는 OKB, OKF 특공팀이다. 오버."

"추가 특공 활동이 긴급히 요구된다. OKG1 동부 전선 XY 위도 ××
×, ××× 지점, 북한군 11군단 번개 부대에 추가 홍보물과 식량을 투하하라. 이들이 아직도 우리의 작전 완료를 모르고 저항한다. 그리고 OKB는 대북방송을 계속 지시한 대로 시행하라, 오버."

"알았다, 오버."

뒤이어 스텔스 수송기 1대에 OKF 특공대원들이 탑승하는 모습이 상황판에 떴다. 그리고 곧이어 OKB 소속장의 지시에 따라 지상 스텔스 정찰기에서 대북방송이 또다시 이어졌다.

OKH 작전 개시 후 시간이 지나 상황실 시계가 4:30을 가리켰다. 그때였다. 대통령과 수행원 모두가 갑자기 상황실로 들어왔다. 본부장을 위시한 전 대원들이 달려가 대통령을 맞았다. 대통령은 수행원들과 뜻 깊은 악수를 하며 칭찬과 위로, 격려를 했다. 모두가 기쁨을 감추지 못했다. 기쁨이 하늘 같았다.

어느새 만났는지 옆에 서 있던 영부인도 연방 눈물을 닦았다. 구국통일 특공작전의 극적인 장면이었다. 이윽고 대통령이 상황실의 낮은 연단에 올라 간단한 인사를 했다.

"여러분, 우리가 해냈소. 여러분 덕에 구국이 됐소. 여러분 덕에 내가 다시 살았소. 여러분과 국민 덕에 이제 통일이 됐소. 이제 죽어도 여한이 없소. 감사합니다. 고맙소."

대통령이 목멘 소리에 눈물을 닦았다. 곁에 있던 모든 이들도 눈물을 훔쳤다. 잠시 후 본부장이 뒤이어 말했다.

"아직 작전이 진행 중입니다. 북진 점령 지역 몇 개에 아직 점령 보고가 아직 들어오지 않았습니다. 그리고 또 05:00에 있을 OKI(행정 지원 및 시민 봉사) 특공작전이 아직 남아 있어요. 자, 모두 분발하여 작전 완료를 마칩시다. 감사합니다."

그때였다. OKG1 서부 전선 북진군에서 보고가 들어왔다.

"OK, 여기는 OKG3, OKG1 서부 전선 북진팀, OKG 본부 나와라, 오버."

"OK, 여기는 OKG 본부다, 오버."

"우리 OKG3, OKG1 서부 전선 해병대 상륙 부대가 드디어 한반도 서북 끝 XY 위도, ×××, ××× 신의주를 점령했다. 오버."

본부장이 통신기를 인계받고 OKG 소속장 대신 말했다.

"장하다. 서부 전선 OKG3, OKG1 북진팀, 고생했다. 오버."

그리고 잠시 뒤, 또 OKG3, OKG1 동부 전선 해병대 상륙부대가 동북 끝, XY 위도 ×××, ××× 나진을 점령했다는 보고가 왔다. 그리고 뒤이어 OKG1 중부 전선 북진팀, 양강도 혜산−백두산 삼지연을 점령했다는 통신이 왔다. 드디어 금수강산 삼천리, 한반도가 통일된 것이었다. 상황실에 있던 모든 사람들이 저절로 감동에 찬 만세삼창을 불렀다.

34 엇갈린 인생

　한반도가 통일된 지도 몇 달이 지났다. 준호는 대통령직을 사임하고 사회봉사단체에서 지원하는 기금으로 독거노인들의 집을 수리해주었다. 돈도 없고 몸이 늙어 거동도 불편한 노인들을 위해 봉사하고 있었다. 다가오는 추운 겨울을 대비하여 비 새는 지붕과 바람이 숭숭 들어오는 문짝들을 자원 봉사자들과 수리했다.

　준호는 옆구리에 수리용 연장들을 꿰차고 열심히 지붕 서까래를 수리하고 있었다. 그때 손자, 손녀를 앞세우고 아내와 아들, 며느리가 차를 타고 찾아왔다. 대원들과 일하는 손을 멈추고 준호는 달려오는 손자와 손녀를 안았다. 손녀가 말했다.

　"할아버지, 아니 대통령 할아버지. 대통령 할아버지가 왜 이런 일을 해?"

　"응, 이 일이 대통령 일보다 더 좋아서…."

　"그렇게 대통령 일이 힘들어?"

　"아암, 그 일은 더 힘들어."

　"왜?"

　"이 일은 한 사람을 위해 하는 일이지만, 그 대통령 일은 많은 사람을 위해서 목숨을 다해 일하는 일꾼이니까 자연히 힘들지."

　초등학교 2학년 학생인 손녀가 갸우뚱한다. 잠시 후에 집주인 할머니가 말했다.

"아니, 저 양반이 대통령이었다구? 정말이당가?"

옆에서 잠시 쉬고 있던 봉사 대원중 한 명이 큰소리로 할머니 말에 답했다.

"네, 저분이 바로 남북 통일시키신 대통령이세요, 할머니."

할머니가 땅에 대고 큰절을 했다. 준호가 달려가 엎드린 할머니의 몸을 일으키며 말했다.

"할머니, 대통령보다 이 일이 훨씬 좋아요. 흙냄새도 맡고, 먼지도 쓰고, 할머니도 볼 수 있고…. 전 할머니, 어머니가 없어요. 어머니가 일찍 북한에서 돌아가셔서…."

할머니가 말했다.

"아유, 하늘같이 높은 분이 세상에 이런 일을 하시다니…. 글쎄, 구슬땀을 흘리며 일을 하시더라고…."

준호는 아내가 사온 수박을 갈라 손자 손녀에게 나누어 주며 대원들과 수박을 먹었다. 그때, 한 봉사대원이 김정은과 그 일당들이 재판을 받는 뉴스가 떴다고 말했다. 그러자 봉사대원 모두가 스마트폰을 꺼내 그 장면을 지켜봤다.

유엔 국제사법 재판소였다. 검사가 설명했다.

"당신은 국제사회에서 유명한 악동이었소. 툭하면 총살에 학살, 척하면 당신의 국민을 굶겨 죽여도 상관없이 핵폭탄에 미사일만 개발하여 국제사회를 공포에 떨게 한 사람이오. 그뿐만 아니라 고난의 행군을 시작으로 지금까지 한 해에 200만 명 이상을 굶겨 죽인 사람이요. 더구나…."

김정은과 그 일당이 쇠사슬에 묶여 한 줄로 서 있는 모습이 처량해 보였다. 다그치는 검사의 말에 묵묵부답이었다. 그들의 독재 권세는 한때 날아가는 새도 떨어뜨릴 만큼 유아독존이었다. 법정 내외에서는 수천 명의 군중이 그들을 사형시키라는 구호와 함께 판결을 기다렸다. 준호는 눈을 감고 입속말을 되뇌었다.

"생야일편부운기(生也一片 浮雲起)요, 사야일편부운멸(死也一片 浮雲滅)이라. 산다는 건 하늘에 떠 있는 한 조각 구름이요, 죽는다는 건 떠 있는 구름이 한순간에 사라지는 것이거늘, 어찌 인간이 인간을 죽이고, 어찌 인간이 인간을 판단할꼬. 인생이란 잠시 보이다가 없어지는 안개인 것을…. 잠시 스쳐 가는 바람인 것을…. 잠시 오르다 그치는 모락 연기인 것을…. 어찌 사람들이 욕심으로 저렇게 될까? 욕심이 과하면 죄를 짓고, 죄가 과하면 사망에 이른다는 진리를 그렇게도 모르는 것이란 말인가!"

준호는 아내와 손자, 손녀를 배웅하며 다시 일터로 나섰다.

– 끝 –

OPERATION 38
통일 대작전

펴 낸 날 2016년 8월 31일

지 은 이 김기상
펴 낸 이 최지숙
편집주간 이기성
편집팀장 이윤숙
기획편집 장일규, 윤일란, 허나리
표지디자인 장일규
책임마케팅 하철민
펴 낸 곳 도서출판 생각나눔
출판등록 제 2008-000008호
주   소 서울 마포구 동교로 18길 41, 한경빌딩 2층
전   화 02-325-5100
팩   스 02-325-5101
홈페이지 www.생각나눔.kr
이 메 일 bookmain@think-book.com

• 책값은 표지 뒷면에 표기되어 있습니다.
  ISBN 978-89-6489-625-9 03810

• 이 도서의 국립중앙도서관 출판 시 도서목록(CIP)은 서지정보유통지원시스템 홈페이지
  (http://seoji.nl.go.kr)와 국가자료공동목록시스템(http://www.nl.go.kr/kolisnet)에서
  이용하실 수 있습니다(CIP제어번호: CIP2016019887).